W0213308

PIERGIORGIO PULIXI

DIE INSEL DER SCHWARZEN KATZEN

ROMAN

Aus dem Italienischen von
Barbara Engelmann, Barbara Neeb
und Katharina Schmidt

KAMPA

Die italienische Originalausgabe erschien 2023 unter dem Titel *La libreria dei gatti neri* im Verlag Marsilio Editori, Venedig.

Für den Blick hinter die Verlagskulissen:
www.kampaverlag.ch/newsletter

Copyright © 2023 by Piergiorgio Pulixi
First published in Italy in 2023 under Rizzoli trademark.
This edition published in agreement with the author
represented by United Stories Agency – Roma,
in conjunction with Piergiorgio Nicolazzini Literary Agency (PNLA).
All rights reserved
Für die deutschsprachige Ausgabe
Copyright © 2024 by Kampa Verlag AG, Zürich
Lektorat: Christina Neiske
Satz: Tristan Walkhoefer, Leipzig
Gesetzt aus der Stempel Garamond LT / 240140
Druck und Bindung: Friedrich Pustet, Regensburg
Auch als E-Book erhältlich
ISBN 978 3 311 12074 2

www.kampaverlag.ch

Für Niccolò Peddio
In tiefer Freundschaft

»Wen hast du lieber – die Mama oder den Papa?«
Universelle sadistische Frage

I

Wäre durch dieses Wohnzimmer ein Tornado gefegt, der Schaden hätte nicht schlimmer ausfallen können – dachte Lucia Castangia, als sie das Schlachtfeld betrachtete, in das sich die Wohnung verwandelt hatte. Ihr Gesicht war so bleich wie das eines Soldaten, der wie durch ein Wunder einen feindlichen Überfall überlebt hat. Noch ganz gelähmt vom Schock starrte sie auf den Fußboden, der mit Chips und Popcorn übersät war wie mit Patronenhülsen, und fixierte die mit Torte verschmierten Tische und Stühle, die Spielsachen, auf denen so lange erbarmungslos herumgetrampelt worden war, bis nur noch ein Trümmerhaufen übrig blieb, die Spritzer von klebrigen Getränken, die sich wie Blutspuren über die Wände zogen, die erschlafften Überreste abgestochener Luftballons, die ungeduldig und voller Neugier hektisch aufgerissenen Geschenkverpackungen und die Myriaden Krümelkadaver von Törtchen, Keksen und Schnittchen, die sich überallhin, bis in den letzten Winkel, verteilt hatten. Sie machte eine Bestandsaufnahme der unschuldigen zivilen Opfer: zertrümmerte Vasen, Bilderrahmen in Scherben und gemarterte Pflanzen. Ein Massaker.

Erschöpft und fassungslos ließ sie sich aufs Sofa fallen.

»Ich will sterben«, flüsterte sie in die nun endlich leere Wohnung – nach viereinhalb Stunden Party mit einem Heer entfesselter Kinder. Obwohl die Gefechtstruppe das Lager bereits vor einer guten halben Stunde geräumt hatte, klingelten ihr immer noch die Ohren vom Nachhall der Schreie und des barbarischen Gelächters. Sie hatte alle Fenster geöffnet, um den Gestank von Adrenalin und Schweiß auszutreiben, den die kleinen Unholde vom ersten Moment an verströmt hatten, nachdem sie, bis an die Zähne mit Geschenken und Kriegslust bewaffnet, die Türschwelle überschritten hatten. Die Eltern hatten Fersengeld gegeben wie desertierende Offiziere und sie der Gewalt der feindlichen Truppen überlassen; nach fast fünf Stunden hatten sie sich wieder eingefunden, um die Invasoren abzuholen, und hatten sich dann erneut klammheimlich davongemacht, ohne für die Kriegsverbrechen Entschädigungen zu leisten.

»Feiglinge!«, hatte Lucia sie leise verflucht.

Ihr graute bereits bei dem Gedanken, nachzusehen, in welchem Zustand sich wohl Bad und Toilette befanden. Sie zog in Erwägung, zu harten Alkoholika zu greifen, um sich Mut anzutrinken: Whisky oder Rum, sofern die kleinen Pestbeulen nicht auch noch die Hausbar geplündert hatten.

Die Tür öffnete sich, und ihr Mann Nicola kam in den Raum gestolpert. Er hatte gerade den vierten Müllsack nach unten geschleppt, da in diesem verfluchten Mietshaus der Aufzug außer Betrieb war. Und das bei einer Wohnung im sechsten Stock! Sein Quadrizeps pochte von der Anstrengung. Sie wechselten einen Blick voll gegenseitigem Mitgefühl wie zwei Partisanen, die dem Tod ins Angesicht geblickt hatten. Nicola ließ sich neben seine Frau fallen. Beiden war bereits deutlich die posttraumatische Belastungsstörung anzumerken, die sich gerade bei ihnen breitmachte.

»Und wenn wir alles so lassen, wie es ist, und uns morgen darum kümmern?«, wollte Nicola sie in Versuchung führen, der wie jeder Mann durchaus in der Lage war, vor der Notwendigkeit eines Großputzes die Augen zu verschließen.

»Vergiss es«, sagte sie lapidar und ließ den Blick über die Apokalypse schweifen, in der sie gegen ihren Willen gelandet waren. »Morgen wäre es nur noch schlimmer … Ich hätte dir niemals nachgeben dürfen. Wenn wir einen Raum gemietet hätten, wäre uns dieses Chaos erspart geblieben.«

Nicola spürte einen hysterischen Tick am rechten Auge. Wie immer hatte seine Frau recht.

»Atme tief durch und sammle deine Kräfte«, sagte Lucia und drückte seine Hand. »In fünf Minuten beginnen wir mit dem Aufräumen.«

Nicola zog Meuterei in Betracht: Ob er die Ausrede ins Feld führen sollte, dass ihnen die Zigaretten ausgegangen wären – schließlich ein überlebenswichtiges Gut in solch einer Notlage – und dass er dringend Nachschub besorgen müsste? Aber dann meldete sich sein Gewissen, und er verdrängte den Gedanken. »Wo ist denn Attila, unser Hunnenkönig?«, fragte er stattdessen.

»In seinem Zimmer, um die Kriegsbeute zu sichten.«

»Wenigstens haben wir ihn glücklich gemacht«, tröstete sich Nicola.

Die Wahrheit dieser Aussage durchbrach ihr Familientrauma und entlockte ihnen ein Lächeln.

»Und Hendrix? Wo ist er abgeblieben?«, fragte Nicola besorgt, da er den Boston Terrier nirgendwo sah.

»Der ist immer noch auf dem Balkon, der arme Kerl. Lass ihn mal rein.«

Ihr Mann ging den Hund befreien. Sie hatten ihn auf dem Balkon ausgesperrt, um zu vermeiden, dass die kleinen Kröten ihn schikanierten.

»Und wenn wir überall Alkohol drüberkippen und die Wohnung abfackeln?«, schlug Nicola vor, als er mit

Hendrix im Arm zurückkehrte. Der Welpe ließ den Blick von einer Ecke des Wohnzimmers zur anderen huschen, völlig verwirrt von all den Duftspuren. »Glaubst du, die Versicherung würde den Schaden ersetzen?«

»Hör schon auf und find dich damit ab. Wenn wir mit vereinten Kräften und gut koordiniert vorgehen, müssten wir bis Mitternacht fertig sein.«

»Mitternacht?«, jaulte Nicola entsetzt auf, während er den kleinen Hund streichelte. »Sobald Lorenzo volljährig ist, zeige ich ihn an und fordere Schadenersatz für all das.«

»Startklar?«

Nicola schickte sich gerade an, noch um ein paar Minuten Schonfrist zu feilschen, als es an der Tür läutete.

»Der Klassiker: die übliche Rotznase, die etwas vergessen hat«, seufzte er und setzte den Hund auf dem Boden ab. »Wer macht auf?«

»Du«, sagte Lucia unerbittlich.

»Zu Befehl, Herrin!«, gehorchte der Gatte und ging den kleinen Flur hinunter, an dessen Ende die Wohnungstür war.

Nicola öffnete, ohne zu fragen, wer da sei: Er wollte den Störenfried schnell loswerden, um sich gleich an die Arbeit zu machen. Vor ihm stand dann aber nicht wie erwartet ein Kind oder eines der zahlreichen Elternteile, sondern ein groß gewachsener Mann mit dunkler Sturmhaube vor dem Gesicht, der blitzschnell eine Spraydose hochriss und ihm etwas ins Gesicht sprühte. Ehe er losschreien konnte, verlor Nicola nach dem Einatmen des Gases das Bewusstsein, der Unbekannte fing ihn auf und ließ ihn sanft zu Boden gleiten.

Hendrix lief herbei, seine Pfötchen rutschten über den Fliesenboden. Er bellte den Fremden zweimal an, der keineswegs erschrak, sondern eine behandschuhte Hand ausstreckte und sie ihm ruhig hinhielt, bis der Boston Terrier näher kam, weil er überzeugt war, dass der Mann keine Bedrohung darstellte.

»Sehr gut, mein Kleiner«, flüsterte der Maskierte und streichelte den Hund.

»Nicola? Alles okay?«, ließ sich Lucia aus dem Wohnzimmer vernehmen.

Der Eindringling schloss die Tür und zog den besinnungslosen Mann einige Meter in die Wohnung. Dann versteckte er sich und wartete darauf, dass die Frau in den Flur kam.

Wie in einem klassischen Horrorfilm verlor die Gattin nach nicht einmal einer Minute die Geduld und ging nachsehen, warum der werte Herr Gemahl nicht antwortete. Als sie ihn am Boden liegen sah, schrie sie bestürzt auf, lief zu ihm und schüttelte ihn. In ihrem angestrengten Bemühen, ihn wiederzubeleben, sah sie den Mann nicht, als er sich aus dem Schatten herausbeugte und sie betäubte. Auch sie wurde ohnmächtig.

Hendrix starrte die reglosen Körper seiner beiden Herrchen an, ohne einen Mucks von sich zu geben.

»Du bist wirklich ein braves Hundchen«, murmelte der Angreifer und streichelte ihn erneut. Aus einer Tasche zog er eine Handvoll Hundekekse und gab sie ihm als Belohnung.

Während Hendrix sich auf den Boden kauerte und selig knabberte, schloss der Unbekannte die Tür von innen ab und schleifte die Eheleute ins Wohnzimmer.

2

Als Erster erwachte der Junge. Er brauchte einige Sekunden, um zu begreifen, wo er sich befand: im Wohnzimmer auf dem Boden, mit Fesseln an Hand- und Fußgelenken. Eine Art Nebel verschleierte seine Sicht, und er hatte einen seltsamen chemischen Geschmack im Mund, der stärker war als der nach Fasern von dem Tuch, das ihn am Sprechen hinderte. Die Ohren schienen mit Watte verstopft, Geräusche drangen wie aus der Ferne zu ihm, als wäre er unter Wasser. Dann überfluteten ihn die Erinnerungen: wie sich die Tür seines Kinderzimmers öffnete, wie er lächelte und eines der frisch erhaltenen Geschenke hochhielt, um es aufgeregt seinen Eltern zu zeigen, wie ihm jedoch dieses Lächeln beim Anblick des Fremden verging und dieser ihm dann blitzschnell etwas mitten ins Gesicht sprühte und wie ihm dann schwarz vor den Augen wurde.

Lorenzo Vincis erschauderte, als sich der Nebelschleier gelichtet hatte und er den Unbekannten vor sich sitzen sah, das Gesicht hinter einer dunklen Sturmhaube verborgen. Neben ihm beobachtete ihn eine digitale Videokamera auf einem Stativ. Das gläserne Auge war auf ihn und seine Eltern gerichtet, die in seiner Nähe auf dem Boden lagen. Das rote Blinklicht signalisierte, dass das Gerät aufzeichnete. Der Mann hatte eine Pistole mit einem langen Lauf in der Hand, den er nun wie einen Zeigefinger an die Lippen führte, um ihn zum Schweigen zu ermahnen. Mit der anderen Hand streichelte er Hendrix zwischen den Ohren, der freudig fiepte und auf die Fliesen sabberte. Der Junge spürte einen Anflug von Eifersucht, als er sah, wie zutraulich sein Hund war. Er hob den Kopf vom Boden und sah zu seinen Eltern hinüber: Auch ihnen waren die Hände hinter dem Rücken gefesselt, und der Eindringling hatte sie geknebelt.

Der Junge versuchte, den Vater zu wecken, indem er ihn mit einem Fuß anstupste. Nicola zuckte zusammen und riss die Augen auf. Beim Anblick der Waffe mit dem Schalldämpfer versuchte er instinktiv, seinen kleinen Sohn mit dem eigenen Körper zu beschützen, indem er sich zwischen ihn und den Verbrecher schob. Der Lumpen, der ihn am Sprechen hinderte, erstickte auch sein Stöhnen. Erst in diesem Moment bemerkte er die hölzerne Sanduhr, die direkt vor ihm auf dem Boden stand.

Als auch Lucia das Bewusstsein wiedererlangt und sich um den kleinen Körper ihres Jungen geschmiegt hatte, sprach der Unbekannte, aber er wendete sich ausschließlich an den Mann.

»Ich weiß, dass das, was ich gleich von dir verlangen werde, sehr hart ist, Nicola. Aber es ist ganz wichtig, dass du ruhig bleibst. Gib mir die Antwort, die ich hören will, und alles ist in wenigen Minuten erledigt«, sagte er kalt, als ob er diese Sätze zuvor bereits Hunderte Male ausgesprochen hätte.

Nicola musterte ihn verwirrt. Er war von einem Raubüberfall ausgegangen: In den letzten Wochen hatte er von einigen Einbrüchen in Wohnungen ihres Viertels gehört. Doch nun dämmerte ihm, dass der Fremde es nicht auf ihre Habseligkeiten abgesehen hatte.

Worauf also dann?, fragte er sich angstvoll.

Die Videokamera nahm weiterhin jede seiner Regungen auf.

»In wenigen Sekunden werde ich die Sanduhr umdrehen.

Von dem Moment an hast du genau eine Minute, um deine Entscheidung zu fällen. Es wird eine schwierige Wahl, das ist mir sehr bewusst. Aber es gibt keinen Aufschub. Sechzig Sekunden. Mehr Zeit hast du nicht. Nicht einen Moment mehr. Verstanden?«

Wovon zum Teufel spricht er?, fragte sich Nicola verwirrt.

Lucia warf ihm einen verzweifelten Blick zu.

»Ich habe dich gefragt, ob du das verstanden hast«, wiederholte der Eindringling und richtete die Waffe auf die Frau.

Nicola nickte heftig.

»Gut … Ich bin hier, um entweder deine Frau oder deinen Sohn zu töten.«

Alle Mitglieder der Familie Vincis wurden blass.

»Entweder sie … oder er …«, wiederholte er und zielte nun mit dem Pistolenlauf auf Lorenzo. »Du hast eine Minute, um dich für einen von den beiden zu entscheiden. Andernfalls werde ich, wenn die Zeit abgelaufen ist, beide töten und dich am Leben lassen. Dann verschwinde ich, und du wirst mich nie mehr wiedersehen.«

Er erklärte alles so klar und einfach, als würde er die Anweisungen eines Kochrezepts weitergeben und nicht etwa einen Mord ankündigen.

»Es ist doch sinnlos, dass beide sterben, oder? Daher triff deine Wahl. Er oder sie?«

Das ist ein Scherz, sagte sich Nicola. Alles andere ergibt doch keinen Sinn.

Über die Absurdität dieser Worte musste er sogar unwillkürlich lächeln.

»Nein, da gibt es nichts zu lachen«, sagte der Eindringling empört. »Mir ist es verdammt ernst. Und jetzt denk nach, denn ich drehe nun die Sanduhr um.«

Lucia und Nicola versuchten vergebens, sich zu befreien. Hendrix, der sie, friedlich am Boden ausgestreckt seinen Keks knabbernd, bis zu diesem Moment seelenruhig beobachtet hatte, spitzte die Ohren und musterte sie verwirrt. Er hatte ihre Angst gewittert.

Der Unbekannte drehte die Sanduhr um: Es war ein schönes, antik wirkendes Exemplar, mit runden hölzernen Grundplatten, die von drei Streben gestützt wurden, dazwischen zwei miteinander verbundene Glaskolben, deren oberer feinsten purpurfarbenen Sand enthielt. Sofort begannen die Körnchen, sich im unteren Kolben zu häufeln. Der Fremde starrte sie ungerührt an, er wirkte über jede Emotion erhaben. Er hatte die Balkontür offen gelassen. Die frische Nachtbrise trug das Ihre dazu bei, dass die Familie, die diesem grausamen Spiel ausgeliefert war, eine Gänsehaut bekam. Eine schmale Mondsichel schaute gleichmütig vom dunklen Himmel aus zu.

»Ich rate dir, denk lieber über deine Entscheidung nach, anstatt mich anzustarren. Glaub mir, das hier ist kein Spiel.«

In einem verzweifelten animalischen Impuls stürzte sich Nicola auf den Eindringling, der ihn mit einer knappen, entschiedenen Bewegung wieder auf den Boden zurückstieß. Er legte die Mündung des Schalldämpfers an die Stirn des Kindes, um jeden weiteren Versuch der Rebellion gleich im Keim zu ersticken. Der Junge schloss verängstigt die Augen. Lucia stöhnte und zitterte noch heftiger.

»Dreißig Sekunden«, verkündete der Mann eiskalt. »Vergeude keine weitere wertvolle Zeit.«

Lucia versuchte, die Aufmerksamkeit ihres Ehemanns auf sich zu lenken, und beschwor ihn mit ihrem Blick, sie auszuwählen: Was auch immer gleich passieren würde,

Lorenzo musste überleben. Das schrien ihre tränenerfüllten Augen.

»Vierzig Sekunden.«

Nicola sah zwischen Ehefrau und Sohn hin und her, dann verharrte sein Blick auf dem Eindringling. In seinen panikgeweiteten Augen stand ohrenbetäubend eine Frage: Warum?

Der andere gab keine Antwort. Er beschränkte sich darauf, ihn auf die unbarmherzig verstreichenden Sekunden hinzuweisen, getaktet von den Sandkörnchen, die sich auf dem Boden der Sanduhr auftürmten. »Fünfzig Sekunden.«

Nicola Vincis schloss die Augen. Als er sie wieder öffnete, sank das letzte Sandkorn in den Abgrund des Glaskolbens und kam auf dem purpurfarbenen Häufchen zu liegen.

»Die Zeit ist um … Also wer?«

Lucia schirmte den Körper des Sohns mit dem eigenen ab, bot sich als Ziel zu seiner Deckung, als wollte sie damit die Entscheidung kundtun, die zu treffen ihr Ehemann nicht den Mut hatte.

Aber der Unbekannte starrte hartnäckig ihren Mann an: Er musste entscheiden.

»Sag mir, wer sterben soll, sonst töte ich sie beide.«

Nicola schluchzte auf, über seine Knie gebeugt, den Kopf gesenkt unter der Last eines unerträglichen Gewichts.

Lucia stieß ihn mit dem Ellenbogen an, wie um ihn aus dieser ausweglosen Horrorsituation zu befreien. Sie schenkte ihm einen sanften Blick, in dem all die Worte lagen, die sie ihm hätte sagen wollen. Dieser Blick war ihr Abschiedsgruß.

Der Ehemann erwiderte den Blick, die Brust vom Schluchzen geschüttelt. Tränen rannen ihm übers Gesicht.

»Sie?«, fragte der Fremde.

Nicola nickte.

Der Vermummte drückte den Abzug. Der schallgedämpfte Schuss aus der Pistole schickte Lucia zu Boden. Das Projektil hatte sie mitten in die Stirn getroffen und Blut auf der Wand versprüht.

Hendrix zuckte zusammen, dann lief er zur Leiche und begann, sie zu lecken und am Ärmel zu zerren, als wollte er sein Frauchen aus diesem plötzlichen Schlaf aufwecken.

Während Vater und Sohn sich in ihrer Verzweiflung schluchzend auf Lucias leblosen Körper warfen, richtete sich der Unbekannte auf und beobachtete sie starr und stumm einige Sekunden, als wollte er sich dieses Bild für die Ewigkeit einprägen. Dann sagte er etwas zum Familienvater. Nicola stand unter Schock und nahm die Worte zunächst nicht einmal wahr. Als er sich aus seiner Schockstarre löste und sich umdrehte, war der Mörder nicht mehr da.

Keine Spur von Stativ und Videokamera.

Neben der Sanduhr dagegen lag eine Schere.

Er drehte sich wieder um und sah in die riesigen Augen seines Sohnes.

Es war, als würde er darin ertrinken.

3

Vier Tage danach

Marzio Montecristo machte sich nichts vor: Dieser Morgen hatte zu gut begonnen, als dass er noch genauso vielversprechend weitergehen konnte. Obwohl heute der Altglascontainer geleert wurde, hatten ihn die Müllleute nicht wie üblich um drei Uhr nachts aus dem Schlaf gerissen, indem sie einen Riesenlärm veranstalteten, als würde es ihnen Vergnügen bereiten, das gesamte Viertel aufzuwecken. Efisietto, der Pinscher von Signora Puddu, die in der Wohnung über ihm lebte, hatte nicht um zehn vor sechs angefangen zu bellen, als würde man ihm die Kehle durchschneiden, womit er normalerweise ohne Unterlass bis acht Uhr weitergemacht hätte. Nachdem er seine Espressokanne auf den Herd gestellt hatte, war Montecristo nicht mit den Ellenbogen auf den Tisch gestützt wieder eingenickt und hatte die Kanne ihrem Schicksal überlassen, wie es ihm oft passierte: Dann blubberte der Kaffee, stieg hoch, spritzte auf den Herd, und in der Küche roch es verbrannt, ein Geruch, der erst nach Wochen wieder verschwand. Er hatte den Kaffee auf dem Balkon genossen, gestreichelt von den ersten unsicheren Sonnenstrahlen, im Hintergrund ein melodischer Gesang von Vögeln, der das Wachwerden noch versüßte und einen krassen Gegensatz darstellte zum gewohnten Geschrei der Mütter, die mit ihren trödelnden Kindern schimpften, oder Ehefrauen, die wütend mit ihren Männern zeterten, weil die allein wieder mal kein Paar zusammenpassende Socken fanden.

Ohne große Erwartungen war Montecristo dann unter die Dusche gegangen und hatte mit einem Schwall eiskalten Wassers gerechnet, obwohl er die Brause schon über eine Minute hatte laufen lassen. Aber an diesem Morgen schien der Durchlauferhitzer ihm wohlgesonnen: Die Temperatur war perfekt, so wunderbar, dass Montecristo sich gute zehn Minuten den angenehmen Streicheleinheiten des Wassers überließ.

Überzeugt, dass hinter der nächsten Ecke schon ein Tiefschlag auf ihn lauerte, verließ Marzio Montecristo das Haus und ging zu seiner Moto Guzzi, einer Eldorado aus dem Jahr 1973. Er hielt bereits ein Päckchen Papiertaschentücher in der Hand, um das Wasser vom Sattel abzuwischen, das bestimmt von der Wäsche auf ihn heruntergetropft war, die die Mieterin aus dem dritten Stock jeden Morgen ausgerechnet über seiner Moto Guzzi aufhängte. Als Montecristo mit einer Hand leicht über das Leder des Sattels strich, konnte er es kaum glauben: Der war trocken! Er sah hinauf zu dem bewussten Balkon und stellte fest, dass die nassen Kleidungsstücke diesmal am linken Ende der Wäscheleine hingen.

»Na gut, aber jetzt ist mindestens meine Batterie leer«, brummte er, zunehmend irritiert von dieser übergroßen Güte des Schicksals.

Seine Moto Guzzi startete beim ersten Versuch, was wohl seit 1973, als sein Vater sie gekauft hatte, noch nie vorgekommen war. Montecristo fuhr in Richtung Stadtzentrum, ohne auf den üblichen dichten Verkehr zu stoßen. Kein Autofahrer hatte es auf sein Leben abgesehen, und er musste vor keiner roten Ampel halten. Im Stampace-Viertel angekommen fand er direkt vor der Buchhandlung Les Chats Noirs einen freien Parkplatz. Einer Buchhandlung, die trotz seiner erheblichen Schulden bei einigen

Banken und Verlagen noch nicht unter den Hammer gekommen war. Dort erwarteten ihn auch nicht die üblichen vierzig Packen mit Neuerscheinungen, für deren Abarbeitung er sonst zwei oder drei Tage gebraucht hätte. Seine gequälten Lendenmuskeln weinten beinahe vor Erleichterung.

Montecristo nahm seinen Motorradhelm ab und schüttelte ungläubig den Kopf. Es war neun Uhr morgens, und er hatte noch nicht ein einziges Mal geflucht. So etwas war seit Jahren nicht mehr vorgekommen. Er zog die Rolltür vor seiner Buchhandlung hoch und stellte fest, dass er entgegen seinen Erwartungen nicht einmal vergessen hatte, das Licht auszumachen. Die beiden Katzen schliefen noch und begrüßten ihn deshalb nicht mit den gewohnten mörderischen Blicken. Er fuhr den Computer hoch und sah sich prüfend um. Alles war in bester Ordnung, es gab keine Kartons mit Büchern, die man auspacken und ins Warenwirtschaftssystem aufnehmen musste. Er entdeckte sogar noch ein letztes Kaffeepad in der Packung und machte sich einen Kaffee in der Maschine, den er trank, während er in *Obscura* blätterte, einer schönen illustrierten Gesamtausgabe der Erzählungen von Edgar Allen Poe, einem seiner Lieblingsautoren, und dabei im Radio »Burning Down the Prairie« lief, der perfekte Song, um gut in den Tag zu starten.

Als er hörte, wie sich die Tür der Buchhandlung öffnete, war er sicher, dass sich dieser Moment der Gnade nun in Trostlosigkeit auflösen würde.

Und in der Tat kam eine Frau auf ihn zu, aufrecht und mit entschlossener Miene wie ein Soldat, und wedelte mit einem Bündel Dokumente.

»Machen Sie hier Kopien?«, fragte sie, ohne einen Gruß an ihn zu richten.

»Ich wünsche Ihnen auch einen guten Tag, Signora. Nein, wir machen keine Kopien«, erwiderte Montecristo und wies auf ein Schild mit der entsprechenden Aufschrift.

»Und warum nicht?«, schnauzte ihn die Frau an, verärgert über seine Antwort.

Montecristo atmete einmal tief durch. »Weil dies hier eine Buchhandlung ist, Signora, und kein Copyshop. Das ist ein feiner Unterschied.«

»Aha … Dann machen Sie keine Kopien hier?«

»Nein, Signora. Wir verkaufen hier Bücher, wie Sie sehen können.« Montecristo unterdrückte seinen Grimm und zeigte auf die Bücherregale an den Wänden.

»Sie machen keine Kopien!«, brüllte die Frau und knallte die Papiere auf den Tresen. »Und dann beschwert ihr euch, dass die Buchhandlungen schließen müssen, und bettelt um staatliche Hilfen. Schämt euch! Euch sollte man in die Minen zum Arbeiten schicken. In die Minen!«

Montecristo ballte die Hände zu Fäusten und biss sich auf die Zunge bei dem Gedanken daran, welch höchste Harmonie seinen Morgen bis zu diesem Moment begleitet hatte. Er beschloss, die Frau lächelnd zu ignorieren, weil Nichtbeachtung so etwas wie ein *Leck mich* im Abendanzug ist.

Als die »Kundin« schimpfend den Laden verließ, seufzte er erleichtert auf und gratulierte sich zu seiner Selbstbeherrschung. Dann blätterte er weiter in der wunderschönen Ausgabe von Poes Erzählungen und ließ sich von den Country- und Bluesklängen Ian Noes einlullen.

Kurze Zeit später öffnete sich die Tür zur Buchhandlung erneut, und wieder trat eine Frau ein. Diese ließ sich zumindest zu einem »Guten Tag« herab.

»Guten Tag, Signora«, grüßte Montecristo zurück. Er beobachtete, wie die Dame mit misstrauischem Blick zwischen den Regalen herumging. Sie war mit Schmuck behängt, kam frisch vom Friseur und trug Designerkleidung. Montecristo brauchte nur ein paar Sekunden, um sie als schwierige Kundin einzustufen: Sein Instinkt sagte ihm, dass sie nichts kaufen würde, dass er nur Zeit mit ihr verlieren würde oder – wenn es schlimmer kam – die Geduld. Und tatsächlich, nachdem sie sich damit begnügt hatte, die Bücher durcheinanderzubringen, fragte sie ihn angriffslustig: »Hören Sie, haben Sie keine reduzierten Bücher?«

Es gab nur eine Sorte Kunden, die Montecristo noch mehr verachtete als die, die Kopien haben wollten: die Sorte, die nach Rabatten fragte.

»Sicher, Signora. Heute gibt es zwei Bände von *Leck mich* zum Preis von einem«, erwiderte er. »Ein Supersonderangebot. Wollen Sie zuschlagen?«

»Was erlauben Sie sich! Sie wissen selbst, dass Bücher im Supermarkt …«

»Dann gehen Sie doch in den Supermarkt und mir nicht mehr weiter auf den Sack!«, knurrte der Buchhändler und zeigte sein wahres Gesicht, das eines bärbeißigen und aufbrausenden Menschen.

Die Frau ging hocherhobenen Hauptes davon, während sie eine Salve von Flüchen auf ihn abfeuerte, und Montecristo schloss das Buch mit Poes Erzählungen, denn ihm war klar, dass dieser Tag nun hoffnungslos ruiniert war. Aller schlechten Dinge sind drei, dachte er, als er hörte, wie sich die Ladentür wieder öffnete. Er blickte grimmig drein, um mögliche lästige Besucher abzuschrecken. Doch sein abweisendes Gesicht reichte nicht aus, um die Neuankömmlinge zu entmutigen; es handelte sich um zwei Polizeibeamte im Dienst.

4

Ispettore Flavio Caruso und Sovrintendente Angela Dimase von der Kriminalpolizei Cagliari betraten sichtlich amüsiert die Buchhandlung.

»Oh Mann, wir haben draußen nur fünf Minuten Zigarettenpause gemacht, und in der Zeit konnten wir zusehen, wie zwei Tussis schäumend vor Wut und laut fluchend aus deinem Laden rauskamen. Du hast es echt drauf mit der Kundenbindung, was, Montecri'? Was haben die dir denn getan?«, fragte Caruso lachend.

»Das waren keine Kundinnen. Nur Nervensägen«, antwortete der Buchhändler seinem Gegenüber, dem man deutlich anhörte, dass er aus Rom und nicht aus Sardinien kam.

»Der Tag geht ja gut los. Und es ist gerade mal neun.«

Montecristo musterte Caruso: Er war ein attraktiver Mann um die fünfzig, der ein Double von Marcello Mastroianni hätte sein können. Er trug einen schwarzen Anzug mit gleichfarbiger Krawatte und dazu ein blütenweißes Oberhemd. In der Hand hielt er eine Sonnenbrille von Versace. Montecristo wusste, dass Caruso nach außen etwas nonchalant wirkte, aber sich hinter dieser Art ein guter Mann und tougher Polizist verbarg. Angela Dimase hatte ihm erzählt, dass Caruso vor ein paar Jahren in einen tragischen Fall verwickelt gewesen war und gerade noch einmal die Kurve gekriegt hatte, bevor er im Meer der Schuldgefühle versank.

»Das Absurde am heutigen Tag ist, dass er so gut begonnen hat. *Zu* gut. Und wie es scheint, war das nur eine gnädige Täuschung, angesichts nun *eurer* Anwesenheit.«

»Hör mal, wie geschliffen er redet …«, sagte Caruso zu seiner Kollegin. »Man merkt doch gleich, dass das ein Mann von Kultur ist.«

»Kultur?«, fragte Angela Dimase entrüstet und sah sich um. »Seit wann sind Krimis Kultur?«

»Was möchtest du damit andeuten?«, fragte Montecristo pikiert.

»Ach nichts, gar nichts«, wiegelte sie ab, während sie weiter misstrauisch die Regale beäugte, auf denen Hunderte Thriller und Kriminalromane versammelt waren. Les Chats Noirs war eine kleine Buchhandlung, die sich auf Kriminalliteratur spezialisiert hatte; in der ganzen Stadt gab es kein vergleichbares Angebot in diesem Genre.

»Hm, ich folgere, dass ihr nicht gekommen seid, um etwas zu kaufen.«

»Da hast du recht«, erwiderte Caruso. »Wir müssen so viele Akten, Protokolle und andere Dokumente lesen … und dann auch noch Bücher? Ausgerechnet Bücher über Morde und Ermittlungen? Nein, bitte nicht.«

»Das tut mir leid für euch. Ihr wisst nicht, was euch entgeht. Also, warum seid ihr hier?«

»Du musst uns einen Gefallen tun«, begann Angela Dimase.

Montecristo sah sie an. Ihr üppig gelocktes, lila gefärbtes Haar war zu einem Bob geschnitten: Die fluoreszierenden Strähnen hatten Glanzeffekte in Lila und Lavendel, die im Dunkeln leuchteten wie Neonfarben. Ihre hochgewachsene, schlanke und muskulöse Figur kam in dem kurzen bordeauxfarbenen Ledermantel und einer schwarzen hautengen Jeans besonders gut zur Geltung, die hochhackigen feuerroten Pumps ließen ihre Beine noch schlanker und länger wirken.

»Was für einen Gefallen?«, fragte Montecristo, bemüht, sich nicht von ihrem athletischen Körper ablenken zu lassen, sondern ihr in die Augen zu schauen. Sie waren beide um die vierzig, aber aus irgendeinem unerfindlichen Grund sah Angela Dimase mindestens zehn Jahre jünger aus.

»Einen von der Sorte, die du nicht ablehnen kannst«, antwortete sie.

»Vergiss es. Ich habe meine Schuldigkeit getan und werde mich nicht noch einmal zur Verfügung stellen.«

Caruso und Dimase tauschten einen verschwörerischen Blick.

»Diesmal liegt der Fall anders«, erklärte Caruso. »Es dauerte auch nicht lange. Versprochen.«

»Auf gar keinen Fall. Ich habe ein Unternehmen zu führen.«

»Na, die Geschäfte laufen ja prächtig, wie ich sehe«, spottete Angela Dimase, vollführte eine demonstrative Drehung in der leeren Buchhandlung und tänzelte auf ihn zu. Sie wusste sehr genau, wie verführerisch sie auf ihn wirkte und ließ keine Gelegenheit aus, ihn zum Erröten zu bringen. Und das gelang ihr regelmäßig.

»Ich glaube kaum, dass dir enorme Einnahmen entgehen, wenn wir dich für ein Stündchen von hier entführen, oder?«, fuhr sie fort. »Und um halb zehn kommt sowieso Patricia, um dich zu unterstützen ...«

»Ja, aber ...«

»Nur eine Stunde, versprochen«, bezirzte sie ihn, indem sie ihm eine Hand auf die Brust legte und ihn mit ihrem Blick in ihren Bann zog.

Wie immer ergab sich seine Vernunft in ihrer Gegenwart

willenlos seinen Gefühlen. Das war schon so, seit sie einander mit dreizehn am Strand kennengelernt hatten.

»Ich bin mit dem Motorrad hier«, stammelte er.

»Wissen wir. Dieses Schrottteil ist nur schwer zu übersehen«, bemerkte Caruso.

Montecristo warf ihm einen vernichtenden Blick zu. »Heute regnet es nur Komplimente, was?«

»Komm schon, Dimase, Abmarsch ... und du, beweg dich, Montecri'. Wir erwarten dich im Präsidium.«

»Der Bart steht dir wirklich gut, weißt du?« Angela Dimase strich ihrem Jugendfreund über die stoppelige Wange. »Das bisschen Grau darin stört überhaupt nicht. Das lässt dich irgendwie wie einen Mann von Welt wirken.«

»Hör auf, mir zu schmeicheln. Kannst du mir wenigstens sagen, was ihr von mir wollt?«

»Das ist leider nichts Angenehmes«, sagte Dimase leise und war schlagartig wieder ernst.

»Na klar ...«, erwiderte Montecristo. »Ich wusste doch, dass es ein Scheißtag werden würde.«

»Sei aber vorsichtig auf deiner Klapperkiste, hörst du?«

»Von wegen Klapperkiste.«

Die Polizistin lachte und folgte ihrem Kollegen.

Während er ihr nachsah, wie sie mit wiegenden Hüften verschwand, bemerkte Marzio Montecristo, dass seine beiden schwarzen Katzen aufgewacht waren und sich auf dem Tresen ausgestreckt hatten. Ihre Blicke galten ebenfalls Angela. Aber im Gegensatz zu ihm lag in ihren bernsteinfarbenen Augen tiefes Misstrauen.

»Sie hasst Kriminalromane, das ist eine Todsünde. Aber ich bin schon verrückt nach ihr, seit ich ein Teenager war«, erklärte er Miss Marple und Poirot, den beiden Katzen, die sich einfach selbst in der Buchhandlung niedergelassen und sie in Besitz genommen hatten.

Poirot reagierte auf Montecristos Bemerkung mit einem plötzlichen feindseligen Fauchen.

»Ich weiß, ich weiß, aber manche Schwärmereien legen sich nie«, antwortete Montecristo. Miss Marple schien verschwörerisch zu blinzeln, voller Verständnis.

»Jetzt redest du auch schon mit den Katzen?«, hörte er eine Frauenstimme hinter sich sagen. Es war Patricia, eine junge Frau mit eritreischen Wurzeln, die ihm in der Buchhandlung aushalf.

»Sonst hört mir ja niemand zu. Anwesende eingeschlossen.«

Die junge Frau lächelte. »Ich bin Angela und Caruso begegnet. Waren sie deinetwegen hier?«

»Genau. Ich muss mit ihnen weg. Aber es dauert nur eine Stunde.«

»Ach, hat dich endlich mal ein Kunde angezeigt?«

»Sehr witzig.«

»Soll ich einen guten Anwalt für dich anrufen?«, fuhr Patricia fort und streichelte dabei die beiden Katzen, die der Buchhandlung Namen und Glanz verliehen.

»Hör sofort auf, oder ich schmeiß dich raus.«

»Tut mir leid, das glaub ich dir nicht. Du bist der typische Brummbär, Chef. Du bellst, aber du beißt nicht.«

»Leck mich doch, Patricia … Du bist auch so eine Frau, die mich nur ausnutzt.« Montecristo griff sich Helm und Jacke. »Ich geh mal und höre, was diese beiden Nervensägen von mir wollen. Wenn du mich brauchst, ruf an, dann komm ich sofort zurück.«

»Okay, Boss.«

»Und nenn mich nicht ›Boss‹, verdammt noch mal. Wenn das jemand hört, bei deiner Hautfarbe, dann gelte ich auch noch als Rassist.«

»Okay, Herr«, verspottete Patricia ihn. »Besser so?«

»Patricia?«

»Ja, ich weiß, ich soll dich am Arsch lecken.«

»Gutes Mädchen«, sagte Montecristo grinsend, während er die Tür hinter sich schloss.

5

Caruso reichte Montecristo einen Pappbecher mit dampfendem Kaffee, was dieser aber nicht einmal bemerkte, weil er ganz gebannt in Richtung der offenen Bürotür des Ispettore starrte, durch die er die Rückenansicht von Angela Dimase genoss, während sie ein neues Pad in die Kaffeemaschine legte.

»Montecri'? Was soll das werden, eine Röntgenaufnahme? Pass bloß auf, sonst wirst du noch blind!«

»Was?«, murmelte Montecristo, der immer noch vollkommen abgelenkt war.

»Dir ist wirklich nicht zu helfen … Weißt du, was man dort sagt, wo ich herkomme? Sie muss dich auch im Pyjama anmachen. Mit hohen Absätzen sind sie doch alle scharf.«

»Mich würde sie selbst dann noch anmachen, wenn sie von oben bis unten mit Müll bedeckt wäre und mit einer Aas fressenden Möwe auf der Schulter.«

»Himmel, was für ein hässliches Bild. Sag's ihr doch endlich! Worauf wartest du?«

»Ach was. Wir sind nur Freunde.«

»Ja sicher. Ganz dicke *Freunde*. Ach, mach doch, was du willst …«

»Warum hat sie eigentlich lila Haare? Erlauben sie euch jetzt schon solche Extravaganzen?«

»Du lebst wohl noch im Mittelalter, mein Freund. Äußerlich bist du vielleicht vierzig, aber innerlich ein alter Sack. Lass dir das gesagt sein.«

»Achtunddreißig, wenn ich bitten darf!«

»Okay. Aber wenn du dich nicht bald wieder einkriegst, dann wirst du keine vierzig, das sag ich dir.«

Kaum war Angela Dimase mit zwei weiteren Kaffee für sich und Caruso in dessen Büro zurückgekommen, deutete Montecristo mit fragendem Blick auf die Haare.

»Ich habe gerade eine Undercovermission in, nennen wir es mal, *jugendlichem* Umfeld hinter mir«, erklärte sie, setzte sich auf den Schreibtisch des Kollegen und schlug die Beine in den hautengen schwarzen Jeans übereinander, ein Move, der Montecristos Herzschlag ein paarmal aussetzen ließ. »Die Frisur gehörte zu meiner Rolle«, fügte sie hinzu und fuhr sich durch ihre fluffigen Haare. »Sie steht mir, deshalb habe ich gedacht, ich lasse sie noch eine Weile so. Gefällt sie dir?«

»Rhetorische Frage, Dimase. Der ist doch verrückt nach dir. Dem würdest du auch noch mit Glatze gefallen.«

»Wir kennen uns, seit wir Kinder waren, Flavio. Wir sind nur Freunde«, antwortete Angela und benutzte dabei die gleichen Worte wie Montecristo. Aber im Gegensatz zu ihm betrachtete sie ihr Verhältnis wirklich nur als gute Freundschaft. »Stimmt's, mein Lieber?«

»Na klar«, log Montecristo, ohne rot zu werden.

Caruso sah ihn an und schüttelte mit einem breiten Grinsen stumm den Kopf.

»Kann ich jetzt endlich mal erfahren, warum ich hier bin?«

»Hast du heute Morgen gut gefrühstückt?«

»Also geht es um Mord«, kombinierte Montecristo. »Zeigt mir die Fotos, damit wir hier fertig werden.«

Caruso öffnete eine Schublade. Holte eine Akte heraus und schob sie Montecristo über den Tisch zu.

»Wie schlimm ist es?«, fragte dieser Dimase.

»Ziemlich.«

Montecristo schnaubte kurz, dann öffnete er die Akte. »Ich hatte es mir übler vorgestellt«, bemerkte er, während er die Aufnahmen einer männlichen Leiche betrachtete, die ausgestreckt auf dem Asphalt lag. Der arme Kerl war geknebelt und hatte die Hände hinter dem Rücken gefesselt. Aus den Fotos ersah Montecristo, dass er sich hinuntergestürzt hatte oder – was wahrscheinlicher war – ihn jemand hinuntergeworfen hatte, und zwar vom Balkon einer Wohnung in den oberen Stockwerken: Der Knebel und die Fesseln passten kaum zur Theorie eines Selbstmordes.

»War er sofort tot?«

»Ja, zu seinem Glück«, antwortete Caruso. »Blätter weiter. Leider ist das noch nicht alles.«

Bei der zweiten Leiche handelte es sich um eine Frau. Sie war ebenfalls gefesselt und geknebelt. Jemand hatte sie mit einem Schuss in die Stirn getötet. Als er die Nahaufnahmen von der Wunde ansah, erkannte Montecristo, dass es sich um einen Schuss aus nächster Nähe handelte.

»Erkennst du die beiden?«, fragte Caruso ihn.

Montecristo schüttelte den Kopf. »Sollte ich?«

Caruso und seine Kollegin tauschten lediglich einen schwer zu deutenden Blick und gingen über seine Frage hinweg.

»Ein Ehepaar«, sagte Caruso schließlich. »Sie wurden an einem der vergangenen Abende getötet. Sie in ihrer Wohnung. Ihn hat man sechs Stockwerke weiter unten auf dem Parkplatz des Wohnhauses gefunden, genau unter ihrem Balkon.«

»Von der Tatwaffe keine Spur«, fuhr Angela Dimase fort. »Der Mann kann nicht geschossen haben, zum einen, weil er gefesselt war, zum anderen hat die Untersuchung auch keine Schmauchspuren an seinen Händen ergeben.«

»Jemand muss doch den Schuss gehört haben …«

»Nein«, widersprach Caruso. »Unsere Ballistiker sagen, dass die Waffe einen Schalldämpfer trug.«

»Gibt es Fingerabdrücke oder DNA vom Täter?«

»Nichts. Der Mord geschah, nachdem in der Wohnung eine kleine Geburtstagsparty gefeiert worden war«, erklärte Caruso. »Die Spurensicherung ist fast wahnsinnig geworden, weil überall Fingerabdrücke waren. Sie haben aber nichts gefunden, was uns zu einem möglichen Eindringling führen könnte.«

»Ich denke mal, die Geburtstagsparty wird für einen Sohn oder eine Tochter gewesen sein, richtig? Und wo steckte der Spross?«

Die beiden Polizisten warfen sich wieder einen verschwörerischen Blick zu.

»Zeig's ihm«, wies Caruso seine Kollegin an, die daraufhin einer weiteren Akte ein Foto entnahm. Dieses stammte nicht von den Kollegen der Spurensicherung. Es zeigte einen Jungen von etwa sechs Jahren, der die Arme um einen Mann um die dreißig schlang. Beide lachten vergnügt. Sie waren im Klassenzimmer einer Grundschule. Der kleine Junge trug einen himmelblauen Schulkittel. Der Mann auf dem Foto war Montecristo.

»Erkennst du ihn?«, fragte Caruso.

»Lorenzo Vincis …«, sagte Montecristo kaum hörbar.

Angela Dimase nickte und tippte mit ihren lila lackierten Fingernägeln auf das Foto. »Wir haben das Bild gerahmt im Zimmer des Jungen gefunden. Er ist der einzige Überlebende der Familie.«

6

Marzio Montecristo hatte zum ersten Mal geahnt, dass Emilio Musiu ein Geheimnis hütete, als er sich in einer seiner Mathematikstunden der Bank seines Schülers genähert hatte, um zu überprüfen, ob er die Aufgabe verstanden hatte. Er hatte sich über ihn gebeugt und ihm als fürsorgliche, aufmunternde Geste eine Hand auf den Rücken gelegt, so wie er es bei all seinen Schülerinnen und Schülern zu tun pflegte. Beim Kontakt mit der Hand des Lehrers hatte sich Emilios Gesicht in eine schmerzverzerrte Grimasse verwandelt, und der Junge war zusammengezuckt, fast so, als hätte er einen elektrischen Schlag erhalten.

Montecristo hatte ihn gefragt, ob alles in Ordnung sei, und der Junge hatte genickt. Doch in seinen Augen hatte er, neben dem Schmerz, Angst und Scham gelesen. Emilio war ein extrem zierlicher Junge, selbst für die erste Grundschulklasse. Er war sehr still und schüchtern und zeigte wenig Neigung, sich in den Klassenverband einzufügen.

Nach diesem Vorfall hatte Montecristo begonnen, diesen Schüler aufmerksamer zu beobachten. Bei zwei anderen Gelegenheiten war er an ihn herangetreten, um einen Blick in sein Heft zu werfen, mit demselben Ergebnis wie beim ersten Mal: Als er ihn berührte, reagierte er mit schmerzverzerrtem Gesicht und schreckte zurück wie ein wildes Tier, das verletzt und verängstigt ist.

Von da an war Montecristo überzeugt, dass er sich das nicht bloß einbildete: Der Junge verbarg etwas. Etwas

Schlimmes. Daher hatte er mit den Kolleginnen gesprochen, ihnen seine Vermutungen geschildert und alles erzählt, was er selbst hautnah erlebt hatte. Auch andere Lehrerinnen hatten nun geäußert, dass sie ähnliche Erfahrungen mit diesem introvertierten und für sein Alter sehr stillen Kind gemacht hatten. Damals war Montecristo dreiunddreißig Jahre alt gewesen und seit knapp fünf Jahren Lehrer. In diesem Zeitraum war ihm nie etwas Ähnliches untergekommen, daher hatte er nicht gewusst, wie er sich verhalten sollte. Schließlich hatte er beschlossen, sich einer älteren und erfahrenen Kollegin anzuvertrauen. Und die hatte ihm geraten, die Eltern einzubestellen. Doch nur die Mutter war erschienen. Noch ehe die Frau den Mund auftat, hatte Montecristo angesichts der Sonnenbrille, die sie auch dort in dem Raum aufbehielt, der für die Treffen zwischen Eltern und dem Lehrpersonal vorgesehenen war, alles verstanden, was es zu verstehen gab.

Er war nicht gleich auf das Problem zu sprechen gekommen, sondern hatte eine Weile darum herum geredet, um einschätzen zu können, ob Emilios Mutter auf seiner Seite war oder nicht. Leider hatte sich die Frau absolut unempfänglich für seine Sorgen gezeigt. Empört über die verdeckten Anschuldigungen des Lehrers hatte sie ihn ohne Umschweife aufgefordert, sich gefälligst um seine eigenen Angelegenheiten zu kümmern und sie für so einen Unsinn nicht mehr zum Gespräch zu bitten, sonst werde sie den Sohn von der Schule nehmen.

Montecristo hatte innerlich gekocht vor Wut, doch er hatte nichts weiter unternehmen können.

In den folgenden Wochen war das Kind im Klassenraum noch stiller geworden. Und nicht nur das: Er wurde immer unkonzentrierter und melancholischer. Montecristo hatte versucht, mit ihm darüber zu reden in der Hoffnung, dass er sich etwas öffnen würde, aber der Junge hatte ihn immer wieder zurückgewiesen. Das hatte er früher nie gemacht, fast war es, als hätten die Eltern ihm eingetrichtert, wie er sich Lehrern und Mitschülern gegenüber verhalten sollte.

Montecristo war kein Mann, der in so einer Situation gleichgültig bleiben konnte. Deshalb hatte er um ein Gespräch mit der Schulleiterin gebeten, in dem er seinen Verdacht mitteilte. Auch die Rektorin war keine Person, die bei einem solchen Fall wegschaute. Die beiden hatten sich über das weitere Vorgehen abgestimmt, und am folgenden Tag war die Schulleiterin ohne Ankündigung in die Klasse gekommen, um sich mit den Kindern zwanglos zu unterhalten. Sie hatte mit jedem Kind aus der Klasse ein paar Worte gewechselt, und als Emilio an der Reihe war, hatte sie ihm einen leichten Klaps auf den Rücken gegeben. Der Junge hatte aufgejault wie ein kleiner Hund, der getreten worden war. Da hatte die Rektorin ihn aufgefordert, sie zu den Waschräumen zu begleiten, wo sie ihn zusammen mit einer Lehrerin gebeten hatte, sich den Schulkittel und das T-Shirt auszuziehen. Der Junge hatte sich geweigert. Erst als die Schulleiterin lauter im Ton geworden war, hatte Emilio unter Tränen gehorcht.

Wenige Minuten später hatte die Rektorin den Mathematiklehrer dazugebeten. Montecristo war heftig erschrocken: Der Rücken des Jungen war übersät mit Prellungen und bläulichen Hämatomen, ebenso Teile der Arme und des Gesäßes; an den Rippen konnte man die Narben von einer Gürtelschnalle sehen. Ganz leise und so ruhig wie möglich hatte er den Jungen gefragt, wer ihm das angetan habe, obwohl er in Wirklichkeit die Antwort schon kannte. Emilio hatte jedoch behauptet, dass niemand ihn geschlagen habe: Er sei im Garten hingefallen, als er mit dem Hund spielte.

Montecristo hatte mit der Schulleiterin einen traurigen Blick gewechselt, und diese hatte ihn gebeten, den Schüler zurück in die Klasse zu bringen.

Die Rektorin hatte sich daraufhin an den Sozialdienst gewandt und die Situation geschildert, sie hatte darauf hingewiesen, dass sie und Montecristo nach dem Prinzip des übergeordneten Interesses des Minderjährigen und nach ihrem Gewissen gehandelt hätten. Die Sozialarbeiterinnen hatten versichert, dass man sich des Falles annehmen würde, und hatten das Jugendamt eingeschaltet.

In der folgenden Woche war Emilio nicht einen Tag zur Schule gekommen. Besorgt hatte Montecristo bei den Musius zu Hause angerufen. Die Mutter hatte ihm gesagt, dass der Junge krank sei, und dann einfach kommentarlos aufgelegt.

Am nächsten Montag brachte die Mutter den Jungen zur Schule, wo Montecristo am Eingang bereits auf sie wartete. Wieder hatte die Frau eine Sonnenbrille auf. Ohne ein Wort zu sagen, war er auf sie zugegangen, hatte ihr diese mit einer raschen Bewegung von der Nase gerissen und so das blaue Auge darunter zum Vorschein gebracht. Die Frau hatte ihn beschimpft und sich hastig zum Gehen gewandt, doch er hatte sie an einem Arm gepackt und gezwungen, sich umzudrehen und ihm in die Augen zu sehen.

»Richten Sie Ihrem Mann aus, dass er zum letzten Mal Hand an Sie und Ihren Sohn gelegt hat. Falls er es noch einmal versucht, wird er dafür büßen. Das hier ist meine Nummer«, hatte er gesagt, während er eine Visitenkarte in ihre Handtasche gleiten ließ. »Falls Sie Angst haben, falls Sie Hilfe brauchen, falls Sie nicht die Polizei rufen wollen, dann rufen Sie bei mir an. Das muss aufhören. Wenn Sie Ihren Sohn lieben, dann können Sie so etwas Schreckliches nicht zulassen.«

Die Frau hatte sich aus seinem Griff befreit und war wortlos weggerannt.

Am nächsten Tag war Emilio wieder nicht zum Unterricht gekommen. Auch nicht am übernächsten. Ebenso wenig am Tag darauf. Montecristo hatte die Sozialarbeiterinnen benachrichtigt, die ihm versichert hatten, dem Amtsrichter einen Bericht mit dem Verweis auf dringenden Handlungsbedarf vorgelegt zu haben.

Nachdem Emilio eine Woche lang dem Unterricht ferngeblieben war, hatte Montecristo seine alte Freundin Angela Dimase angerufen und ihr alles erzählt. Eine erste Recherche über den Vater des Jungen hatte keine Hinweise auf frühere Vorkommnisse ergeben: Der Mann hatte eine makellose Führungsakte, die Ehefrau hatte ihn wohl niemals angezeigt. Noch am selben Abend hatte die Polizistin sich zusammen mit Ispettore Caruso, ihrem Vorgesetzten, zum Haus der Musius begeben. Caruso war sehr hellhörig bei Fällen von Gewalt gegenüber Minderjährigen und hatte den informellen Hinweis des Lehrers sehr ernst genommen. Doch die Musius waren nicht zu Hause gewesen. Die beiden Polizeibeamten hatten Montecristo versichert, dass sie es am nächsten Tag erneut versuchen wollten und sich der Angelegenheit persönlich annehmen würden. Aber das war nicht nötig gewesen: Am nächsten Tag war der Junge wieder in der Schule erschienen, diesmal in Begleitung eines eleganten Herrn in Anzug und Krawatte. Sein Aussehen hätte nicht weiter von der allgemeinen Vorstellung eines gewalttätigen Ehemanns und Vaters entfernt sein können. Wie jeden Morgen hatte der Lehrer am Eingang der Schule gestanden und seine Schülerinnen und Schüler begrüßt. Sobald Emilio aus dem Auto gestiegen war, war er zu ihm gegangen und hatte ihm den Schulkittel mit schnellen, brüsken Bewegungen vom Leib gerissen.

Der Vater hatte ihn angeschrien und versucht, ihn daran zu hindern. Montecristo hatte ihn zurückgestoßen. Dann hatte er dem Jungen das T-Shirt hochgezogen, und beim Anblick von neuen und noch zahlreicheren Blutergüssen auf dem kleinen Rücken hatte sein Verstand ausgesetzt, und der animalische Teil in ihm hatte die Oberhand gewonnen.

7

Lorenzo hatte seinen Lehrer zuletzt vor vier Jahren gesehen. An jenem Morgen hatte er mit seinen Schulkameraden am Fenster des Klassenzimmers gestanden und sich die Nase an der Scheibe plattgedrückt, nachdem Schreie aus dem Hof sie alarmiert hatten. Schreckensstarr hatte er beobachtet, wie sein Lehrer den Vater eines ihrer Mitschüler verprügelte. Lorenzo hatte den Mathematiklehrer verehrt und hätte sich niemals vorstellen können, dass dieser jemandem etwas antun könnte. Doch in diesem Moment hatte er nicht mehr wie er selbst gewirkt, so wütend war er auf den anderen Mann losgegangen.

Nachdem es einer Gruppe von Leuten gelungen war, ihn mit Gewalt von dem Mann wegzuzerren, auf den er es abgesehen hatte, lag dieser am Boden; sein Gesicht sah aus wie ein zertrampelter Windbeutel. Von den Schreien des Lehrers hatten sich die Härchen auf den Armen seiner Schüler aufgerichtet. So verzweifelt hatten sie geklungen, wie das Brüllen eines Tiers. Wenig später wurden sie vom Sirenengeheul zweier Streifenwagen übertönt, die mit quietschenden Reifen vor der Schule zum Stehen gekommen waren. Die Streifenbeamten waren ausgestiegen, hatten dem immer noch völlig außer sich tobenden Lehrer Handschellen angelegt und ihn fortgebracht.

Von diesem Tag an hatten Lorenzo und seine Mitschüler keinerlei Kontakt mehr zu Montecristo gehabt. Er war nicht einmal gekommen, um sich von ihnen zu verabschieden.

Einige Wochen später hatte Lorenzo seine Mutter gefragt, was aus seinem Lehrer geworden sei und wann er zurückkommen würde. Sie hatte geantwortet, dass er sich wohl damit abfinden müsse, seinen Lehrer nicht mehr wiederzusehen: Nach dem, was Marzio Montecristo getan hatte, war er aus dem Schuldienst entlassen worden. Auf die Frage ihres Sohnes, warum der Lehrer den anderen Mann verprügelt habe, hatte seine Mutter geseufzt, die Stirn gerunzelt und einige Zeit überlegt, ehe sie ihm antwortete.

»Es ist kompliziert, Lori. Manchmal können die Erwachsenen, wenn sie etwas Gutes tun wollen, nicht vermeiden, etwas Schlimmes zu tun. Dein Lehrer wollte etwas Gutes tun, aber er hat sich mit seinen eigenen Händen ins Unglück gestürzt.«

Lorenzo hatte nicht viel von ihren Worten verstanden. Das Einzige, was er sicher wusste, war, dass er seinen Lehrer vermisste. Und ihm kamen die Tränen bei dem Gedanken, dass er ihn nie mehr wiedersehen würde.

Als vier Jahre nach jenem Tag die Tür im Büro des Polizeipräsidiums aufging und sein Lehrer mit seinem ermutigenden und ansteckenden Lächeln hereinkam, brach Lorenzo in Tränen aus und rannte zu ihm, er flüchtete sich in seine Arme, als wäre er der letzte Freund, der ihm auf der Welt geblieben war. Und in einem gewissen Sinn war das auch so.

8

Die Intuition von Sovrintendente Dimase hatte sich als goldrichtig erwiesen. Sie saß zusammen mit Caruso an einem der Außentischchen der Bar Vidal im Park Monte Urpinu und beobachtete, wie ihr Jugendfreund sich mit dem Jungen unterhielt. Wenige Meter entfernt überwachte eine Sozialpädagogin das informelle Gespräch, gemeinsam mit einer Therapeutin, die das Jugendgericht geschickt hatte.

»Du hattest recht«, sagte Caruso und steckte sich eine Marlboro an.

»Tja, ich hatte es dir ja gesagt: Er mag Erwachsenen gegenüber mürrisch sein, aber zu Kindern ist er einfach zauberhaft.«

Seit sie am Tatort erschienen waren, hatte es keine Möglichkeit gegeben, Lorenzo zum Sprechen zu bewegen: Er hatte sich in absolutes Schweigen gehüllt, nicht einmal den Polizeipsychologen war es gelungen, dieses aufzubrechen. Der Junge stand unter Schock und schien jeden Versuch zu scheuen, sich die Mordnacht wieder vor Augen führen zu müssen, sodass die Ermittler den Ablauf der Ereignisse nicht rekonstruieren konnten, was wiederum die für die Lösung eines Falls so entscheidende Anfangsphase der Ermittlung verzögerte. Bei der Durchsuchung seines Zimmers war Angela Dimase auf das Foto gestoßen, das ihn zusammen mit Marzio Montecristo zeigte. Sie wusste genau, dass ihr Freund ein geradezu magisches Gespür für Kinder hatte: Seine ehemaligen Schülerinnen und Schüler verehrten ihn, und er hatte ihnen sogar ein sonst ungeliebtes Schulfach wie Mathematik schmackhaft machen können.

»Fragen wir doch Marzio«, hatte sie ihrem Teampartner Caruso vorgeschlagen. »Lorenzo hat beide Elternteile verloren, es scheint keine anderen wichtigen Bezugspersonen in seinem Leben zu geben, und wenn er in seinem Zimmer ein Foto von seinem Lehrer behalten hat, nun, dann muss ihre Beziehung schon sehr eng gewesen sein. Lass es uns einfach versuchen.«

»Warum nicht?«, war Carusos knappe Antwort gewesen. Der Richter hatte seine Zustimmung erteilt unter der Bedingung, dass das Gespräch im Beisein einer der Sozialpädagoginnen des Heims geführt wurde, dem das Kind vorübergehend anvertraut worden war. Den Vorschlag mit dem Park hatte Montecristo selbst gemacht: In seinen Augen war die nüchterne, kalte Umgebung des Polizeipräsidiums wenig geeignet für ein Kind und hätte nur ihr Gespräch behindert. Daher hatte er sich mit Lorenzo in die Nähe eines Spielplatzes gesetzt, und nach ein paar Minuten konnten die beiden Ermittler beobachten, wie der Junge sich öffnete und zu erzählen begann. Plötzlich war Lorenzo in Tränen ausgebrochen: Montecristo hatte ihn in die Arme genommen, getröstet und der alten Freundin einen tief betroffenen Blick zugeworfen. An seiner steifen Haltung und den nervösen Zuckungen im Gesicht konnte man erkennen, dass die Erzählung des Kindes ihn hatte erstarren lassen.

9

Montecristo ließ den Jungen in den Händen der Sozialpädagogin und der vom Jugendgericht bestellten Psychologin, die sich auf die Behandlung von traumatisierten Opfern spezialisiert hatte, und ging zu den Polizisten hinüber. Er war versucht, etwas Hochprozentiges zu bestellen, doch er blieb standhaft.

»Deinem Gesichtsausdruck entnehme ich, dass er geredet hat«, sagte Caruso, während er beobachtete, wie Montecristo nervös ein Päckchen Süßstoff zwischen den Fingern hin und her gleiten ließ.

Der Buchhändler nickte, immer noch erschüttert von den Enthüllungen des Kindes.

Angela Dimase musterte ihren Freund aufmerksamer und dachte, wie sehr er sich in den letzten Jahren doch verändert hatte. Vom Makel des Gewaltausbruchs stigmatisiert und mit einem unauslöschlichen Fleck in der Personalakte war er gezwungen gewesen, das Unterrichten für immer aufzugeben. So musste er mit immerhin geschlagenen vierunddreißig Jahren seinem so geliebten Lehrerberuf, der für ihn eine Mission war, Lebewohl sagen; er hatte seine Ersparnisse geplündert und diese kleine Buchhandlung eröffnet, sich als Händler neu erfunden und bis ins hohe Alter verschuldet. Nachdem er die Rolle des Lehrers für immer aufgegeben hatte, hatte er seine dichten schwarzen Haare wachsen lassen und angefangen, sich nur noch einmal alle zwei Wochen zu rasieren, wenn der Bart dann zu struppig wurde und ihn störte oder Patricia ihm sagte, dass er allmählich die Kunden verschreckte. Er war ein attraktiver Typ: groß, schlank, sportliche Figur. Die Kilos, die er nach all dem Ärger mit Emilios Vater verloren hatte, hatte er nie mehr zurückgewonnen, davon zeugten die ausgezehrten Wangen und der für einen Mann seines Alters zu schmale Hals. Die langen Haare umrahmten ein Gesicht mit scharfen, kantigen, aber regelmäßigen Zügen, aus denen zwei schwarze mandelförmige Augen hervorstachen. Er hatte von Natur aus einen sehr hellen Teint, und seit er die Buchhandlung eröffnet hatte, war seine Hautfarbe die »eines Vampirs«, wie er selbst dazu sagte, da er die meiste Zeit seines Lebens im Geschäft verbrachte. In letzter Zeit wirkte er zunehmend wie ein geprügelter Hund: Er meinte, das käme von den Schulden und den schwierigen Kunden. Um ihn aufzuziehen, sagte Angela Dimase oft, dass er den Helden in den Krimis glich, die er verkaufte: mürrisch, verhärmt, vernachlässigt. Eine Schattengestalt, die aus ihrem Versteck nur bei Nacht hervorkam, wie Mr Hyde.

An diesem Morgen sah er noch bleicher aus als sonst.

»Was darf ich Ihnen bringen?«, fragte ein Kellner, der an ihren Tisch getreten war.

»Eine Bluttransfusion«, antwortete Caruso für ihn. »Am besten eine doppelte.«

Montecristo warf ihm einen finsteren Blick zu. »Danke, nichts«, sagte er zu dem Kellner.

»Wie schlimm ist es?«, wollte Caruso wissen.

»Ziemlich«, erwiderte Montecristo. »Habt ihr schon die Ergebnisse der toxikologischen Untersuchungen von den Eltern erhalten?«

Caruso nickte. »So wie es aussieht, wurden sie beide betäubt.«

Montecristo schob sich die Haare hinter die Ohren und

starrte seinen ehemaligen Schüler an, der auf einer Schaukel saß.

»Warum fragst du?«, erkundigte sich Angela Dimase.

»Um zu verstehen, ob der Bericht des Kindes einen wahren Kern enthält.«

»Warum sollte er das nicht?«, hakte Caruso nach.

»Weil es so unglaublich klingt. Wie aus einem Film.«

»Wir sind ganz Ohr.«

»Zuerst sollten wir eines klarstellen.«

»Schieß los.«

»Ich sage euch, was mir der Junge erzählt hat, und damit ist der Fall für mich abgeschlossen. Ich will nichts mehr damit zu tun haben, klar?«

»Ist es so schlimm?«

»Sind wir uns einig oder nicht?«

»Ja, Marzio. Erzähl uns, was er dir gesagt hat, und dann werden wir dich nicht mehr behelligen«, versicherte Dimase. »Versprochen!«

»Habt ihr am Tatort eine Sanduhr gefunden?«

Die zwei Polizeibeamten wechselten einen beunruhigten Blick. Dieses Detail hatten sie bewusst verschwiegen, um zu vermeiden, dass sich Gerüchte breitmachten: Das war die klassische Einzelheit, die die Journalisten auf den Plan gerufen hätte, wie Geier hätten sie sich darauf gestürzt.

»Ja. Was sagt Lorenzo dazu?«, fragte Dimase.

»Das wird euch nicht gefallen.«

10

Montecristo beendete den Bericht und heftete seinen Blick auf den Jungen, der mit verloren wirkendem Gesichtsausdruck auf der Schaukel unter dem smaragdgrünen Gewölbe der Bäume saß, unter den wachsamen Augen der beiden Frauen. Eigentlich hätte ihm das Hin- und Herschwingen Spaß machen müssen, doch stattdessen schien er wie betäubt: Er saß mit gesenktem Kopf da, die Augen starrten ins Leere, und die Lider waren noch gerötet von den vielen Tränen, die er bei dem Gespräch mit seinem ehemaligen Lehrer vergossen hatte. Mechanisch ließ er die Hände über die Eisenketten gleiten. Montecristo seufzte: Es war ein so herzzerreißender Anblick, dass es ihm die Kehle zuschnürte. Er riss seinen Blick los und konzentrierte sich auf die beiden Ermittler, die ihm gegenübersaßen.

»Bist du wirklich sicher, dass er all das gesagt hat?«

»Worauf willst du hinaus?«, erwiderte Marzio barsch.

»Nichts. Auf gar nichts will er hinaus«, sagte Angela Dimase und ging die Notizen durch, die sie sich in ihr Büchlein gemacht hatte. Während Montecristo erzählte, hatten sie und Caruso beide mitgeschrieben, mit ebenso angespanntem wie ungläubigem Gesichtsausdruck. Manchmal waren die Stifte sogar in der Luft erstarrt vor Erstaunen.

»Glaubst du, dass er jetzt auch mit uns sprechen wird?«

»Keine Ahnung … Eher nicht. Ich würde ihn auf jeden Fall in Ruhe lassen, Angela. Zumindest für heute. Für ihn ist es schon schwer genug, alles zu verarbeiten, was …«

»Sicher, klar. Ich bin ganz deiner Meinung … Sag mal, wärst du so freundlich, uns noch einmal alles ganz ruhig zu erzählen?«, bat Dimase.

»Was ist, hast du etwa Probleme mit den Ohren?«

»Na mach schon, Montecristo. Lass dich nicht bitten!«

Er stöhnte kurz und wiederholte dann noch einmal, was Lorenzo ihm enthüllt hatte.

11

Nach der Party stand im Zimmer des Jungen plötzlich ein schwarz gekleideter Mann mit vermummtem Gesicht. Die klassische eng anliegende Sturmhaube. Noch ehe er hätte schreien können, sprühte der ihm mit einer Spraydose etwas ins Gesicht, und Lorenzo ist ohnmächtig geworden. Als er aufwachte, war er gefesselt und hatte einen Stofffetzen im Mund als Knebel. Seine Eltern waren ebenfalls gefesselt und geknebelt und lagen schlafend auf dem Fußboden. Lorenzo hat versucht, sie zu wecken, und war entsetzt, dass ihr Hund Hendrix friedlich und ruhig zu Füßen des Eindringlings lag, der sich in die Mitte des Wohnzimmers gesetzt hatte. Neben ihm stand ein Stativ mit einer digitalen Videokamera darauf.«

»Videokamera oder Handy?«, fragte Caruso.

»Er hat gesagt ›Videokamera‹.«

»Okay. Erzähl weiter.«

»Der Kerl trug Handschuhe, ebenfalls schwarz. In der Hand hielt er eine Pistole mit einem sehr langen Lauf, ›so eine wie im Film‹, ich zitiere wörtlich.«

»Unser Schalldämpfer …«, murmelte Caruso und unterstrich etwas auf seinem Block.

»Vor ihnen auf dem Fußboden stand eine hölzerne Sanduhr. Sobald die Eltern wach geworden waren, hat der Kerl zum Vater gesagt, dass er nun vor einer schwierigen Wahl stehe: Er würde ihm eine Minute Zeit geben, um sich zu entscheiden, wer sterben solle, der Junge oder die Frau …«

»Lieber Gott …«, flüsterte Dimase.

»Falls er sich nicht innerhalb dieser Frist entscheiden würde, werde er sie alle beide töten und den Vater am Leben lassen«, fuhr er fort.

»Hast du ihn gefragt, ob er die Stimme schon mal gehört hatte oder sie ihm irgendwie vertraut vorkam?«

»Ich bin ja nicht von gestern, Ispettore. Na klar hab ich das. Noch nie zuvor gehört, hat Lorenzo gesagt. Ich habe auch gefragt, ob er einen bestimmten Akzent hatte, ob er seiner Meinung nach wohl aus Cagliari oder Sardinien stammte, aber er hat gesagt, dass er sich nicht daran erinnern könne. Doch er glaubt nicht.«

»Siehst du, dass das Lesen von Krimis doch zu was nütze sein kann?«, wandte sich Caruso an seine Teampartnerin.

Angela Dimase runzelte skeptisch die Stirn und forderte ihren Freund stumm auf, fortzufahren.

»Der Drecksack hat dann die Sanduhr umgedreht. Der Vater hat sich als erste Reaktion auf den Fremden gestürzt, aber der hat ihn auf den Boden zurückgestoßen. Ständig hat er ihn daran erinnert, dass die Zeit abläuft. Nachdem die Minute verstrichen war, hat der Vermummte den Vater gezwungen, ihm zu zeigen, wer sterben sollte … Vincis hat Lorenzos Mutter gewählt. Ohne im Geringsten zu zögern, hat der Kerl die Frau erschossen. Lorenzo hat sich völlig verstört auf seine Mutter geworfen. Als er sich wieder umdrehte, war der Mörder nicht mehr da. Und mit ihm waren die Videokamera und das Stativ verschwunden. Die Sanduhr hingegen stand noch da, außerdem lag eine Schere daneben … Habt ihr die Patronenhülse gefunden?«

Angela Dimase überließ die Antwort ihrem Kollegen, da es eine sensible Information war, die unter das Ermittlungsgeheimnis fiel.

Caruso schüttelte den Kopf. »Die muss er mitgenommen haben.«

»Also achtet er auch auf die Details«, schloss Montecristo.

»So sieht es aus. Die Schere hingegen stammte aus der Küche der Vincis'.«

»Kommen wir zum schwierigsten Teil«, sagte Angela beklommen.

»Lorenzo hat gesagt, dass der Vater ihn mit Tränen in den Augen angestarrt hat, während der Hund versuchte, sein Frauchen aufzuwecken. Dann hat der Mann es geschafft, auf die Beine zu kommen, und ist nach draußen auf den Balkon gestolpert. Ohne sich noch einmal umzublicken, hat er sich übers Geländer gestürzt. Nach ein paar Minuten hat der Junge sich mit der Schere befreit und die Nachbarn gerufen. Er hat es nicht über sich gebracht, nach unten zur Leiche des Vaters zu schauen … Was wird jetzt aus ihm?«

»Im Moment ist er in der Obhut der Sozialdienste und bleibt in einer geschützten Unterkunft. Dann wird er Verwandten übergeben. Solange wir nicht wissen, wer die Mutter getötet hat, werden wir ihn bewachen. Er ist der einzige Zeuge, den wir haben. Wir müssen ihn beschützen.«

»Klar … Habt ihr irgendeinen Verdacht, wer so etwas getan haben könnte?«

Sie schüttelten den Kopf.

»Das waren ganz normale Leute. Ruhig. Fleißig. Keinerlei Auffälligkeiten, keine früheren Vorkommnisse. Keine Feinde«, fasste Caruso zusammen. »Was der Junge sagt, klingt so unwahrscheinlich. Glaubst du ihm?«

Montecristo schaute zu Lorenzo hinüber: Er saß immer noch auf der Schaukel, allerdings holte er nun keinen Schwung mehr. Die Frauen redeten auf ihn ein und versuchten, ihn einzubeziehen, aber er schien sie nicht zu hören. Er starrte ins Leere. Oder vielleicht sah er auch wieder die Geschehnisse jener Nacht vor sich, als ob er die Wohnung nie verlassen hätte.

Würde er diese grauenhafte Tat jemals vergessen können?

»Marzio …«, riss ihn seine Freundin vorsichtig aus seinen Gedanken.

»Ja, ohne den geringsten Zweifel«, sagte Montecristo, der es gewohnt war, Kinder beim Lügen zu überführen. »Er hat die Wahrheit gesagt.«

12

Marzio Montecristo war nach dem Gespräch noch vollkommen durcheinander. Erneut gewann sein Beschützerinstinkt die Oberhand, dieser Charakterzug, der ihn schon einmal in Schwierigkeiten gebracht hatte und ihn nun um Lorenzos Schicksal bangen ließ.

Wer konnte nur so krank im Kopf sein, ein Kind dazu zu zwingen, etwas Derartiges mitanzusehen?, fragte er sich. Was war das nur für ein Monster?

Am meisten machte ihm der Blick zu schaffen, mit dem der Junge ihn angesehen hatte: Als könne er, sein ehemaliger Lehrer, etwas tun, um die Situation in den Griff zu bekommen, so wie er es bei einer schwierigen mathematischen Gleichung getan hätte, die unlösbar erscheint, sich aber ganz einfach enträtseln lässt, was sich offenbart, wenn der Lehrer an die Tafel geht. Montecristo hatte vergessen, wie sehr ihn die Schüler verehrt hatten, beinahe wie einen Gott, der vom Himmel zu ihnen herabgestiegen war. Wie hätte er Lorenzo denn erklären können, dass seine »Superkräfte« nur innerhalb des Klassenzimmers funktionierten, das ihn vor den Tücken der realen Welt abschirmte? Ganz einfach: Er konnte es nicht. Und leider war auch keine greifbare Lösung in Sicht. Angela und Caruso waren gute Polizisten, aber während er ihnen erzählte, was der Junge gesagt hatte, war ihm klargeworden, wie sehr die Situation sie selbst überforderte.

»Darf ich bei dir bleiben?«

Diese unschuldige Bitte hallte in seinem Kopf wider wie

ein Mantra. Als Lorenzo sie am Ende ihres Gesprächs geäußert hatte, war Montecristo ausgewichen. Er hatte ihn beruhigt und gesagt, er müsse jetzt den Polizisten helfen und dann noch eine Weile bei seinen Verwandten bleiben. Der enttäuschte Blick des Jungen hatte ihn wie ein Messer mitten ins Herz getroffen.

So kann ich nicht in die Buchhandlung zurück, sagte er sich. Sonst bring ich den ersten Kunden um, der mir auf den Sack geht.

Deshalb hatte er den Viale Poetto genommen, die Panoramastraße, die am Meer entlangführt, mit rechter Hand der von Palmen gesäumten Promenade und zur Linken den spektakulären Salzbecken, in denen rosa Flamingos Farbtupfer setzen. Er musste diese schlimmen Bilder aus seinem Kopf bekommen. Und Nunzia, die Präsidentin des Klubs, würde ihn schon auf andere Gedanken bringen.

Das hoffte er zumindest.

13

Montecristos Buchhandlung war nicht gerade gut angelaufen. Er hatte zwar nicht erwartet, dass sein Leben nun eine Wende nehmen und er Geld scheffeln würde, aber er hatte zumindest gehofft, damit sein anständiges und gesichertes Auskommen zu haben. Dabei hatte ihm jeder abgeraten, in den Buchhandel einzusteigen, angefangen bei seinem Steuerberater. Als dieser seinen Businessplan gelesen hatte, konnte er sich nicht mehr halten vor Lachen.

»Eine unabhängige Buchhandlung für Krimis? In Italien? Ausgerechnet in Cagliari? Dort, wo niemand liest? Vergiss es, mein Guter. Hör auf mich, bevor du dich selbst ruinierst. Investiere dein bisschen Geld in etwas Handfesteres. In eine Pizzeria zum Beispiel. Etwas, was mehr deinen Möglichkeiten entspricht und dir ein sicheres Einkommen garantiert. Ja, bei deinem geringen Kapital würde ich eine Pizzeria eröffnen.«

»Eine Pizzeria?«, hatte Montecristo angewidert zurückgefragt.

»Genau. Ja, stimmt, die Konkurrenz ist groß, und du wirst bestimmt nicht reich dabei, aber du wirst auch keine Verluste machen. Denk dir doch so was aus wie ›Aperitif mit Fingerfood‹, Aperol Spritz und Bier für zehn Euro, dann wird der Rubel rollen …«

»Leck mich«, hatte Montecristo ihm geantwortet, seinen Businessplan mitgenommen und so eine jahrzehntelange Freundschaft beendet. Er hatte einen neuen Steuerberater gefunden und seine Buchhandlung eröffnet, die er zunächst »La Libreria del Mistero« nannte. Ein ausgesprochen wohlklingender Name, obwohl das Geheimnis, das Rätsel im Namen dieser Buchhandlung darin bestand zu begreifen, warum kein Kunde in sein Geschäft kam. Und die wenigen Menschen, die seinen Laden betraten, waren Touristen aus dem Ausland, Neugierige oder Tagediebe, mit denen Montecristo am Ende immer Streit anfing. Die gefürchteten Lastschriften mussten schließlich bezahlt werden und bluteten sein Konto weiter aus, das sowieso schon schwach auf der Brust war. Nach dem ersten halben Jahr schrieb sein Laden beunruhigend rote Zahlen. Die Buchhaltungen der Verlage bombardierten ihn mit Anrufen und überhäuften ihn mit Zahlungsaufforderungen. Um sich nicht komplett zu ruinieren, hatte Montecristo seine kleine Mietwohnung gekündigt und schlief in einem Hinterzimmer seiner Buchhandlung, das bis dahin als Lager gedient hatte. Aufgrund der Geldsorgen und weil die Luftfeuchtigkeit und der Staub von den Büchern sein Asthma verschlimmerten, war für ihn an Schlaf kaum zu denken. Und dass er so wenig schlief, machte ihn noch reizbarer als ohnehin schon.

Am Ende dieses halben Jahres hätte er den Laden sicher geschlossen, wäre da nicht Nunzia gewesen. Seit der Eröffnung hatte sie als Einzige an ihn und sein seltsames Projekt geglaubt und war zudem seine beste Kundin: Sie liebte Krimis über alles – besonders die Klassiker aus der guten alten Zeit – und kaufte und las sie en masse. Wenn Montecristo überhaupt etwas zu beißen hatte, dann verdankte er das allein ihr. Nunzia war achtundsiebzig Jahre alt: Dem äußeren Anschein nach eine zerbrechliche alte Dame, immer gut angezogen und von Lavendelduft umgeben, aber hinter dieser Fassade einer freundlichen und sympathischen Seniorin verbargen sich eine unglaubliche Willenskraft und Entschiedenheit. Bei jedem Besuch brachte sie Montecristo einen frisch gebackenen Kuchen mit, und nachdem sie ihn aufgemuntert hatte, verließ sie den Laden immer mit mindestens fünf oder sechs neuen Büchern.

»Leute, die Krimis lieben, sind anders als normale Leser«, hatte sie ihm eines Tages gesagt, um ihn zu ermutigen, als er wieder einmal am Boden war. Bis auf sie beide war niemand in der Buchhandlung. »Man könnte sie fast als manisch bezeichnen, so tief ist ihre Treue zum Genre. Sie sind wie eine Sekte.«

»Und ich wäre so gern ihr Guru. Aber du siehst ja, die Kunden bleiben aus.«

»Ich weiß, was es hier braucht«, hatte sie mit Befriedigung erklärt.

»Und was wäre das?«, hatte er misstrauisch gefragt.

»An welchem Tag ist hier am wenigsten los?«

»Das ist jeden Tag gleich.«

»Dann rate ich dir, mal ein wenig mehr an deinen zwischenmenschlichen Kompetenzen zu arbeiten, mein Sohn … Na, wir nehmen am besten den Dienstag.«

»Und was soll am Dienstag passieren?«

Da hatte Nunzia gelächelt: »Der Dienstagskrimi.«

14

Nunzia hatte ihm nichts weiter erklärt. Sie hatte ihn nur gebeten, ihr am folgenden Dienstag nach Ladenschluss den Raum mit den reduzierten Büchern für ein paar Stunden zur Verfügung zu stellen. Sie hatte auch dafür gesorgt, dass er dreißig Exemplare von Daphne du Mauriers *Rebecca* orderte.

»Dreißig Stück? Bist du wahnsinnig? Das ist viel Geld! Und dann für einen Roman, der alt, ja uralt ist. Natürlich ein Meisterwerk, aber das Buch hat seine Zeit gehabt. Wann soll ich die je verkaufen? Die werde ich sofort remittieren müssen, und Remittenden kosten Geld.«

Sie hatte ihn wieder angelächelt und ihn beruhigt: »Keine Sorge, du wirst sehen, damit wirst du nicht mal auskommen.«

Montecristo hatte ihr also vertraut und die dreißig Stück geordert. Innerhalb weniger Tage waren sie verkauft, und er musste noch ein Dutzend nachbestellen. An dem bewussten Dienstag hatte er nur noch ein einziges Exemplar. Bei Ladenschluss war sein Geschäft von einer Gruppe Leuten gestürmt worden, fast alle über sechzig. Am Ende waren es fünfundzwanzig, die sich in dem kleinen Raum zusammendrängten, der fast aus allen Nähten platzte. Und alle hielten ein Exemplar von *Rebecca*, das sie in seiner Buchhandlung erworben hatten, in der einen Hand, und in der anderen eine Tüte mit Essen oder Getränken. Unter Anleitung von Nunzia hatten sie dann ein kleines improvisiertes Büfett aufgebaut.

»Leider konnten viele nicht kommen, besonders die Ältesten unter uns … Das nächste Mal müssen wir ein paar Stühle mehr aufstellen«, hatte Nunzia Montecristo zugeraunt, nachdem sie festgestellt hatte, dass mindestens die Hälfte der Anwesenden auf dem Boden sitzen musste. Bevor dieser noch etwas erwidern konnte, ging Nunzia in die Mitte des Raums, stellte sich mit dem Rücken zu dem Kamin, der dieser Zusammenkunft eine viktorianische Atmosphäre verlieh, und dankte allen, dass sie der Einladung gefolgt waren. Sie hatte sich selbst zur Präsidentin des Lesekreises »Der Dienstagskrimiklub« ernannt und erklärt, worum es dabei ging. Dann hatte sie eine knappe Stunde über den Roman der englischen Autorin und Dichterin gesprochen und das Publikum mit ihrer brillanten Dialektik in den Bann gezogen; ihre Ausführungen waren nie langweilig, ja oft waren sie von einem feinen, intelligenten Humor durchdrungen, der die Zuhörer immer wieder zum Lachen brachte. Alle hatten ihr schweigend zugehört, hingerissen davon, wie Nunzia diesen Roman analysierte. Nach ihrem Vortrag hatte die Präsidentin des Dienstagskrimiklubs den Leuten das Wort erteilt, die den Roman gelesen hatten: Wer sich äußern wollte, musste nur die Hand heben, und Nunzia übergab ihm oder ihr den Stab. Jeder war frei, seine Meinung zu sagen und den anderen seine persönliche Erfahrung beim Lesen des Buches mitzuteilen.

Am Ende der Diskussion hatte Nunzia wieder das Wort ergriffen und das Buch hochgehalten, um das es am folgenden Dienstag gehen würde: *Die vier Gerechten* von Edgar Wallace, ein Klassiker der Kriminalliteratur. Sie hatte betont, dass man nur eins tun musste, um an der Diskussion teilzunehmen: Das Buch hier in der Buchhandlung kaufen, und es wäre sehr freundlich, wenn man es gleich bei der

Bestellung bezahlte. Dann hatte sie alle für den folgenden Dienstag eingeladen, und die Leute waren glücklich und zufrieden nach Hause gegangen, nachdem sie tatsächlich, überflüssig das zu erwähnen, ihr Exemplar des Romans, über den man in der folgenden Woche sprechen würde, im Voraus bezahlt hatten.

»Hm, ich denke, das hat gut funktioniert«, hatte Nunzia bemerkt, während sie Montecristo beim Aufräumen half.

»Und ob, Nunzia! Ich … ich weiß gar nicht, was ich sagen soll. Ganz ehrlich.«

»Schau mal, wie viel Essen übrig geblieben ist. Davon kannst du dich eine ganze Woche ernähren. Hast du einen Kühlschrank?«

Montecristo hatte genickt. »Wer sind denn die ganzen Leute? Woher kennst du sie?«

Nunzia hatte gelacht. »Weißt du noch, wie ich gesagt habe, dass Krimiliebhaber so etwas wie eine Sekte sind? Und das stimmt wirklich. Wir sind eine eingeschworene Gemeinschaft. Nur eins fehlte uns, ein Versammlungsort, an dem wir uns treffen können.«

»Na, ich würde sagen, den habt ihr jetzt gefunden.«

»Genau. Es gibt für alles eine Lösung, mein Sohn«, hatte sie ihn bestärkt und ihm mütterlich über den Rücken gestrichen. »Man braucht nur Geduld und Durchhaltevermögen. Darf ich dir noch einen Rat geben?«

»Na klar.«

»Nimm es mir nicht übel, aber dieser Bart … Also an deiner Stelle würde ich ihn abrasieren. Er schreckt Menschen ab, besonders die älteren. Und du hast ja das Publikum von heute Abend gesehen. Das sind fast alles alte Leute, die sind konservativ und hängen immer noch der Idee an, dass ein anständiges Aussehen gleichbedeutend mit Professionalität ist.«

»Wenn es hilft, dass sie auch in den nächsten Wochen wiederkommen, färbe ich mich sogar blond, ziehe High Heels an und einen Tanga mit Leopardenmuster, trage Lippenstift und Lidschatten auf …«

»Ich glaube kaum, dass du so weit gehen musst. Du wirst sehen, das nächste Mal sind wir noch mehr. Gute Nacht, mein Lieber.«

Nachdem er die Rolltür heruntergelassen hatte, war Montecristo auf einen Stuhl gesunken und beim Anblick der Tageseinnahmen und des übrig gebliebenen Essens in Tränen ausgebrochen wie ein Kind, weil ihn die Großzügigkeit dieser Menschen einfach überwältigt hatte.

15

Am folgenden Dienstag hatten sich sogar dreißig Leute in der Buchhandlung eingefunden. Und an dem darauf fünfunddreißig. Vom vierten Treffen an hatte sich der Leseklub auf etwa dreißig Personen eingependelt, von denen sich die Hälfte eine Sitzgelegenheit von zu Hause mitbrachte. Es gab immer Abgänge, aber Montecristo verkaufte jede Woche allein an den Dienstagskrimiklub zwischen dreißig und vierzig Exemplare von dem jeweils besprochenen Buch. Inzwischen gab es sogar eine Warteliste für die Treffen, weil er einfach nicht mehr Platz für weitere Teilnehmer hatte. Die Nachricht von den Treffen hatte sich herumgesprochen, jetzt kamen die Kunden nicht nur an den Dienstagen des Leseklubs, was zu einem beträchtlichen Anstieg der Umsätze führte.

Nunzia war die Seele des Klubs und in gewisser Weise auch der Buchhandlung geworden. Sie kannte die Namen aller Teilnehmenden und empfing sie als großartige Gastgeberin. Sie sorgte dafür, dass sich alle wohlfühlten und als ein Teil einer Familie empfanden.

Innerhalb eines Monats hatte Montecristo zwei bis drei Kilo zugenommen und das Einkaufen eingestellt: Nach jedem Treffen blieb so viel von dem reichlich mitgebrachten Essen übrig, dass er sogar einen Teil davon an seine Lieblingskunden verschenken musste.

Er war auch Nunzias Rat gefolgt, rasierte sich jetzt täglich und ging alle vierzehn Tage zum Friseur. Diese kleinen einfachen Maßnahmen hatten seine Kundschaft so überzeugt, dass sich ihre Miene, wenn sie den Laden betraten, bei seinem Anblick nicht mehr verfinsterte, sondern dass sie ihn grüßten und – was einige Wochen zuvor noch undenkbar gewesen wäre – ihn ansprachen und um Beratung und Hilfe baten. Vielleicht zum ersten Mal, seit er den Laden eröffnet hatte, fühlte Montecristo sich wirklich wie ein Buchhändler, und er liebte dieses Gefühl.

Ein paar Jahre lief alles wunderbar, und die Libreria del Mistero erlebte ihre Blütezeit.

Doch dann war Nunzia von einem Tag auf den anderen erkrankt.

16

Seit etwa zwei Jahren lebte Nunzia in einer Seniorenresidenz in der Gegend von Flumini. Das Altersheim befand sich in einer großen einstöckigen Villa mit Meerblick und direktem Zugang zum Strand. Sie war umgeben von Palmen und verfügte über einen herrlichen, üppigen Garten. Das medizinische Personal war freundlich und entgegenkommend und spezialisiert auf Demenz und andere Formen von neurodegenerativen Krankheiten, die oft mit fortschreitendem Alter eintraten. Alles in der Anlage strahlte Ruhe, Schönheit und Heiterkeit aus. Viele der Bewohner waren jedoch zu sehr von ihrer Krankheit beeinträchtigt, um diese Oase des Friedens so nah am Meer noch genießen zu können.

Obwohl es ihn schmerzte und jedes Mal tagelang herunterzog, besuchte Montecristo Nunzia dort oft. Sie hatte ein Einzelzimmer, das genauso eingerichtet war wie das Schlafzimmer ihrer Wohnung, in der sie jahrzehntelang gelebt hatte: So wurde es von den Ärzten empfohlen, um die Bewohner nicht zu sehr zu verwirren. Nunzias Zimmer war mit Büchern vollgestopft, obwohl sie nicht mehr so las wie früher, denn nach wenigen Zeilen verlor sie den Faden der Handlung.

»Guten Tag, Marzio«, begrüßte ihn die Rezeptionistin, als sie ihn in die Halle kommen sah. »Die Präsidentin ist auf ihrem Zimmer.«

»Wie geht es ihr heute?«, fragte Montecristo. In den vergangenen Monaten waren bei Nunzia Wutanfälle und

Angstzustände aufgetreten, die sie veranlassten, wegzulaufen oder es wenigstens zu versuchen. Die Ärzte sagten, dies sei im Rahmen des üblichen Verlaufs: Die Krankheit schritt unerbittlich voran und zog das Gehirn immer mehr in Mitleidenschaft.

»Sie wirkt ruhig. Heute hat sie gut gefrühstückt und sogar an einer Gruppenaktivität teilgenommen.«

»Wunderbar. Dann verderbe ich ihr hoffentlich jetzt nicht die Laune«, sagte Montecristo leicht ironisch.

Er ging zu ihrem Zimmer, klopfte und trat ein. Die »Präsidentin« saß da und starrte aus dem Fenster. Sie hielt einen Roman von Michael Connelly in Händen, einem ihrer Lieblingsautoren. Seit fünf Monaten versuchte sie nun schon, dieses Buch zu lesen, und kam nie über Seite sechs hinaus.

»Guten Tag, Nunzia.«

Die alte Dame wandte sich um und lächelte ihn an. »Ist es schon Zeit für meine Tablette, Doktor?«

Montecristo schüttelte niedergeschlagen den Kopf. »Nein, meine Liebe. Ich bin nicht der Doktor. Ich bin Marzio, der Buchhändler. Erinnerst du dich?«

»Oh, natürlich. Entschuldige vielmals. Das Alter, du weißt schon …«

»Sicher. Ich habe dir den neuen Roman von Elizabeth George mitgebracht.«

»Wie schön. Ich liebe Inspector Rebus!«

Du meinst Lynley, korrigierte Montecristo sie stumm, Inspector Lynley, meine Liebe.

»Leg das Buch nur dort auf den Stapel. Wie du siehst, habe ich noch viel zu lesen.«

»Und wie findest du den da?«, fragte er und deutete auf den letzten Roman mit Harry Bosch, der auf ihrem Schoß lag.

»Das kann ich noch nicht sagen. Ich habe ihn gerade erst angefangen. Aber der Autor schreibt sehr gut. Ich kannte ihn noch nicht.«

Montecristo nickte verständnisvoll. Connelly war ein Autor, den Nunzia seit fast dreißig Jahren verehrte und dessen gesamtes Werk sie immer wieder rauf und runter gelesen hatte. Früher jedenfalls.

»Ich soll dich von allen grüßen. Du fehlst ihnen sehr.«

»Von wem sprichst du?«, fragte sie verwirrt. »Meinst du den Bridgeklub?«

Soweit er wusste, hatte Nunzia nie Bridge gespielt.

»Nein, ich meine den Dienstagskrimiklub. Den aus der Buchhandlung, der Libreria …«

»… Libreria del Mistero?« Nunzia hatte plötzlich einen lichten Moment.

»Genau. Nur dass sie jetzt nicht mehr so heißt.«

»Wie schade. Es war so ein schöner Name … Bist du Kunde der Buchhandlung?«

»Nein, Nunzia, ich bin Marzio Montecristo, der Inhaber. Und eigentlich bin ich auch …«

»Der Inhaber? Und du kommst so in deinen Laden, mit dem Bart und den langen Haaren? Ich würde den nie betreten, wenn du mich in so einem Aufzug empfängst.«

»Du hast recht. Ich sollte mal meine Erscheinung aufpolieren.«

»Aber ja, verflucht. Man kann doch nicht so scheiße angezogen, quasi in Lumpen herumlaufen.«

Es berührte ihn ungeheuer peinlich, sie so reden zu hören. Bis dahin hatte er noch nie ein Schimpfwort aus dem Mund der alten Dame gehört. Dies war ein schlechtes Zeichen. Die Krankheit schritt immer schneller voran.

»Ich werde an meinem Äußeren arbeiten, das verspreche ich dir.«

»Das solltest du«, erwiderte sie gereizt.

Montecristo ging nicht weiter darauf ein, so erschüttert war er von den Schimpfwörtern, die sie gerade benutzt hatte. Wie schon so oft verfluchte er diese tückische Krankheit, Alzheimer, und versuchte, noch etwas von der früheren Nunzia in diesem abgemagerten alten Weiblein zu finden, das ihn verwirrt ansah und sich bestimmt fragte, wer er war. Die Welt um sie herum verblasste mit jedem Tag mehr. Und genauso war es mit Nunzia, man hatte das Gefühl, dass sie sich verflüchtigte, dass sie zu einem Schatten wurde. Dem Schatten der Frau, die sie einmal gewesen war.

»Wann kann ich wieder nach Hause zurück, Dottore?«, fragte sie ihn flehentlich.

Es hatte keinen Sinn, sie jetzt noch einmal zu verwirren, sagte er sich. »Schon bald, meine Liebe«, antwortete er und versuchte beruhigend und selbstbewusst zu klingen. »Sehr bald. Wir müssen nur noch einige Untersuchungen durchführen, dann wirst du entlassen. Dein Zuhause fehlt dir?«

Die alte Dame nickte, plötzlich waren ihre Augen feucht geworden. »Könnten Sie jemanden bitten, meine Orchideen zu gießen, Dottore? Aber nicht zu viel, geben Sie das weiter. Und sie dürfen auch nicht zu sonnig stehen, sonst sterben sie ab, die Ärmsten.«

»Natürlich«, beruhigte er sie.

»Sie sehen traurig aus, Dottore. Warum?«

»Ich habe heute einen Jungen getroffen, der seine Eltern verloren hat. Der Vormittag war nicht leicht für mich.«

»Wie schlimm. Das tut mir sehr leid … Wenn ich hier eine Küche hätte, würde ich einen Kuchen für ihn backen, der arme Kleine. Wie heißt er?«

»Lorenzo.«

Nunzia schrieb den Namen auf einen Notizblock. »Ein Unfall?«

»So was Ähnliches«, antwortete Montecristo in Gedanken an die schreckliche Geschichte, die der Junge erzählt hatte. Er lächelte Nunzia freundlich an und sagte, er würde bald wieder zu ihr kommen.

»Denken Sie an meine Geranien.«

Gerade eben waren es noch Orchideen, dachte Montecristo bitter. »Ich kümmere mich darum … Und jetzt ruhen Sie sich aus. In einer halben Stunde gehen wir mit Ihnen spazieren und dann zum Mittagessen.«

»Na, hoffentlich gibt es heute nicht wieder diese beschissene langweilige Suppe für zahnlose, verblödete Tattergreise …«, schimpfte Nunzia und runzelte ihre faltige Stirn.

Diesmal entlockte sie Montecristo gegen seinen Willen ein Lachen. »Wir sehen uns bald wieder, meine Liebe.«

Montecristo verließ die Seniorenresidenz mit der schmerzlichen Erkenntnis, dass Nunzia ihn auch heute Vormittag nicht erkannt hatte.

Alles okay in der Buchhandlung?, meldete er sich per WhatsApp bei Patricia.

Wenn du nicht da bist, läuft immer alles prima, Chef. Du kannst natürlich herkommen, wenn du willst. Obwohl – vielleicht besser nicht.

Montecristo beschloss, mit einer Sprachnachricht zu kontern: »Du legst es wirklich darauf an zu hören, dass du einen mal am Arsch lecken kannst, was, Patricia? Aber ich komme trotzdem zurück … Schreib mir, was du essen willst, dann bringe ich es dir mit. Bis gleich.«

Während er auf seine Moto Guzzi stieg, hatte er wieder die verwirrten und traurigen Blicke von Nunzia und Lorenzo vor Augen. Und erst in diesem Moment wurde ihm bewusst, dass es ein und dieselbe Verzweiflung war, die er darin gelesen hatte.

17

Der Mörder von Lucia Castangia hatte keine Kosten und Mühen gescheut, um diesen Anlass gebührend zu feiern. Als Erstes hatte er sich einen Fernseher der letzten Generation zugelegt, der nun einen Großteil der Wohnzimmerwand bedeckte: Ultraflachbildschirm, mit einem revolutionären 4K-Prozessor, der das Licht in jedem einzelnen Bildpunkt verarbeiten konnte, Farben und Kontrast automatisch verstärkte und somit den realistischen Eindruck bis zum Äußersten trieb; die integrierten Lautsprecher analysierten den Ton jeder einzelnen Szene und potenzierten auch kleinste Geräusche, sodass man das Gefühl hatte, sich mitten im Geschehen zu befinden. Er hatte sich auch einen Fernsehsessel ausgesucht mit abgerundeten Linien und einem tiefen und weichen Sitz: Der Lederbezug garantierte absoluten Komfort und trug zusammen mit der hohen anschmiegsamen Lehne das Seine dazu bei, das Seherlebnis auf das Niveau der luxuriösesten Kinosäle zu heben. Kurzum, er hatte nicht gespart. Alles in allem hatte er für diese Privatvorstellung fast fünftausend Euro hingelegt, aber das hatte er leichten Herzens getan: Das Event verlangte nach diesem Rahmen.

Er drückte eine Taste der Fernbedienung, und auf dem Bildschirm übertrug sich die Aufnahme von der digitalen Videokamera, die er im Haus der Vincis' gemacht hatte. Die Wiedergabequalität war so großartig, dass er jede einzelne Pore auf dem Gesicht des Kindes erkennen konnte, das auf der Wand fast in Lebensgröße zu sehen war. Um diese Momente noch besser nacherleben zu können, hatte der Mörder die linke Hand um den Griff der Waffe gelegt, die er benutzt hatte, um sich das Ehepaar gefügig zu machen. Es war, als wäre er in jene Wohnung zurückgekehrt.

Wenige Sekunden nach dem Verstreichen der Minute, die er Nicola Vincis vorgegeben hatte, stoppte er die Aufnahme bei einem Bild, in dem die verängstigten Augen des Mannes besonders hervorstachen. Er zoomte einen Ausschnitt so weit heran, bis die Pupillen riesig waren. Ihn erfüllte ein körperlicher Genuss, ein Gefühl von Ekstase, das ihn für all die Stunden entschädigte, die er in diesen Plan investiert hatte.

Er verbrachte fast eine Minute damit, diese Pupillen zu mustern, und seine Atmung setzte nahezu aus. Dann ließ er das Video weiterlaufen bis zum Epilog mit der Ermordung der Frau.

Als der Clip endete, war das hagere Gesicht des Mannes tränenüberströmt.

Das war nur der Erste, sagte er sich. Es gibt noch viel zu tun.

Er wischte sich die Wangen trocken und startete den Film erneut beim Anfang.

18

Hatte Marzio Montecristo bis vor zwei Jahren noch eine halbe Stunde gebraucht, um den Raum für den Leseklub vorzubereiten, benötigte er nunmehr nur noch knapp eine Minute. Zu Nunzias Zeiten hatten sie drei bis vier Klapptische für all das Essen und die Getränke aufstellen müssen. Jetzt reichte ein kleiner Cafétisch für den Imbiss.

»Ich hatte ganz vergessen, dass heute Abend wieder euer Treffen der *anonymen Krimileser* ist«, sagte Patricia, während sie ihren Chef von der obersten der fünf Stufen beobachtete, die ins Untergeschoss hinabführten.

»*Anonyme Krimileser* …«, wiederholte Montecristo amüsiert und schüttelte den Kopf.

»Worüber werdet ihr diese Woche sprechen?«

Er zeigte ihr ein Exemplar von *Mord nach Maß* von Agatha Christie. »Hast du das schon mal gelesen?«

»Nein.«

»Solltest du aber. Darin wird sehr schön erklärt, dass es oft der größte Fluch auf Erden sein kann, das zu bekommen, was man sich wünscht.«

»Das habe ich schon längst kapiert«, erwiderte die junge Frau mit einer brüsken Handbewegung. »Ich musste nur anfangen, hier zu arbeiten. Dabei habe ich mir das so sehr gewünscht. Ich dachte, dass ich dann nichts anderes tun würde als lesen und mich freundlich mit interessanten Kunden unterhalten, die Literatur zu schätzen wissen … Tatsächlich habe ich nie so wenig gelesen wie jetzt, seit ich hier arbeite, ich habe einen Hexenschuss bekommen vom Ausladen der Ware und Einpacken der Remittenden und sogar eine Milbenallergie entwickelt beim Abstauben der Regale. Und dann muss ich noch jeden Tag mit einem grantigen Chef auskommen, der ständig ein langes Gesicht zieht und nichts anderes macht, als mit den Kunden rumzustreiten und mich wüst zu …«

»Da hast du ja Glück, dass du noch nicht mit dem Trinken angefangen hast, um dich der Vergessenheit anheimzugeben«, versicherte ihr Montecristo. »Alkoholismus ist sehr verbreitet unter Buchhändlern. Warte nur mal zwei, drei Jahre, dann wirst du schon sehen, dass auch du …«

Die beiden starrten sich an und brachen in Gelächter aus.

»Du kannst immer noch kündigen. Also *du* würdest doch überall einen Job finden.«

»Ach nööö. Ich habe die Katzen lieb gewonnen. Sie würden mir zu sehr fehlen.«

»Die Katzen also … Dann fordere doch nächsten Monat deinen Lohn bei ihnen ein.«

»Nur keine Eifersucht. Du weißt doch, dass ich dich mag, Boss.«

»Und nenn mich nicht immer ›Boss‹.«

»Okay, *badrone*. Ich haben Schicht fertig, *badrone*. Viel Spaß beim Treffen der anonymen Krimileser, *badrone*.«

»Patricia, du kannst mich jetzt echt …«

Ehe er den Satz beenden konnte, war die junge Frau schon verschwunden und ließ im Raum nur den Nachhall ihres herrlichen ansteckenden Lachens zurück, das sie noch schöner und anmutiger machte.

»Verschließ die Kasse und lass die Tür auf!«, schrie er ihr vom Untergeschoss hinterher.

»Jawohl, *badrone*«, schrie sie ebenso laut zurück.

Marzio Montecristo lächelte wehmütig. Ein wenig beneidete er sie. Sie war achtundzwanzig und somit nur zehn Jahre jünger als er, aber sie verkörperte noch die Unbekümmertheit und den Glanz der Jugend. Sie war ein Sonnenschein, immer fröhlich und lächelnd, und keine Sorgen schienen ihr Wesen verdüstern zu können. Die Kunden liebten sie, und dass die Buchhandlung immer noch nicht ihre Pforten hatte schließen müssen, verdankte er nur ihr und Miss Marple und Poirot, den beiden schwarzen Katzen.

Früher warst du auch mal so, sagte sich Montecristo. Was ist nur aus dem jungen Mann geworden?

Er schloss die Augen und sah wieder den gewalttätigen Vater vor sich, den er zusammengeschlagen hatte. Das Blut hatte seine Heiterkeit fortgewaschen und den Lauf seines Lebens für immer verändert.

War es das wert gewesen?, fragte er sich und starrte in die verlassene Buchhandlung.

Dann rief er sich den Rücken dieses Jungen in Erinnerung, der von den blauen Flecken verunstaltet war, und spürte, wie sich sein Magen zusammenzog.

»Aber hundertprozentig«, sagte er zu den vielen hundert Büchern, die ihn stumm beobachteten.

19

Die ersten Anzeichen für Nunzias Krankheit hatten sich in Form einer ungewohnten Vergesslichkeit manifestiert. Während ihrer Gesprächsbeiträge verlor sie den Faden, verwechselte die Namen der Hauptpersonen aus den Büchern, und manchmal brach sie sogar mitten im Satz ab und starrte die Leute verwirrt an, als ob sie nicht begriff, was sie eigentlich dort sollte, unter all diesen Fremden. Zunächst hatten die Teilnehmer des Lesekreises diesen Vorkommnissen nicht allzu viel Beachtung geschenkt, auch weil Nunzia normalerweise – sobald sie wieder ganz sie selbst war – diese Momente mit einer scherzhaften Bemerkung abfing. Irgendwann aber war sie nicht einmal mehr in der Lage gewesen, darüber zu lachen.

Der Orientierungsverlust tauchte immer öfter auf, und so war Montecristo gezwungen, Maßnahmen zu ergreifen. Möglichst schonend und taktvoll hatte er Nunzia nahegelegt, dass ein Treffen pro Woche zu viel des Guten sei, und hatte geraten, die Treffen etwas auszudünnen und sie auf zwei pro Monat zu beschränken. Montecristo war überzeugt gewesen, dass ihre »Aussetzer« vor allem stressbedingt waren: Auch wenn man es ihr nicht ansah, war sie immerhin geschlagene achtzig Jahre alt. Nunzia hatte seinem Vorschlag zugestimmt. Es gab weniger Treffen, aber die Dinge änderten sich nicht. Im Gegenteil. Die Krankheit schritt weiter voran, und nach Ablauf weniger Monate war Nunzia nicht mehr in der Lage, ein fortlaufendes Gespräch zu führen, das Sinn ergab. Eines Abends war sie urplötzlich in einen Zustand völliger Verwirrung gefallen: Sie war mitten in dem Raum voller Menschen in Tränen ausgebrochen, und die Anwesenden hatten sie verlegen und voller Mitgefühl angestarrt.

Das war das letzte Mal gewesen, dass sie am Dienstagskrimiklub teilgenommen hatte.

Obwohl er von vornherein gesagt hatte, dass niemand die Präsidentin ersetzen könne, hatte Montecristo weiterhin die Treffen in der Buchhandlung organisiert und sie selbst moderiert. Schließlich war er ja ebenfalls ein großer Krimi-Experte: Er kannte jede Menge Anekdoten über die Bücher und ihre Autoren, er konnte im richtigen Moment lustig sein und ebenso auch tiefgründig, wenn die Situation es erforderte. Und doch war er nicht Nunzia. Er hatte nicht ihre Gabe, die Menschen um sich zu scharen. Er hatte nicht ihre Spontaneität und auch nicht ihr Charisma, ganz zu schweigen von ihrer angeborenen Herzlichkeit. Ohne ihre langjährige Präsidentin brach die Gruppe langsam, aber sicher auseinander. Ein schleichender, aber kontinuierlicher Exodus setzte ein und führte innerhalb von sechs Monaten zu einer drastischen Verringerung der Schar der Krimifans. Am Ende des Jahres waren nur noch vier Leser übrig geblieben, die treuesten.

Und da hatte Montecristo ein wenig im Scherz, ein wenig aus Spielerei, den Namen des Leseklubs abgeändert in »Die Dienstagsdetektive«.

20

Wie immer traf als erster »Detektiv« Signor Scalabrini ein. Vittorio Scalabrini, um genau zu sein. Montecristo erkannte ihn am Rhythmus der Schritte auf dem abgenutzten Holzparkett, das fortwährend knarrte, als könnte es jeden Moment nachgeben. Dann hörte das Knarren plötzlich auf. Scalabrini hatte die Treppe erreicht, auf der eine dünne Schicht Teppichboden die Trittgeräusche dämpfte.

Scalabrini erweckte immer den Eindruck, er zöge den Herbst hinter sich her. Auch mitten im Frühling oder Sommer erschien er stets im gleichen gepflegten, nicht der Jahreszeit entsprechenden Aufzug: Trenchcoat, Pulli, Hut im Retroschick und manchmal auch Handschuhe. Er war nicht verschroben, vielmehr wirkte er, als wäre er aus einer anderen Zeit gefallen: den fünfziger oder sechziger Jahren des letzten Jahrhunderts.

An diesem Abend trug er einen langen schwarzen Mantel aus Schurwolle im klassischen Schnitt, der an ihm ausgezeichnet saß und seinen Körper noch größer und schlanker wirken ließ, als er ohnehin schon war. Den Kopf bedeckte ein Hut – ebenfalls dunkel, mit breiter Krempe und hoher Krone, um die rundum ein Band aus rabenschwarzer Seide lief –, der sein Gesicht verdunkelte, nur die mächtige Adlernase und die knochigen, spitzen Züge stachen deutlich heraus.

Unten angekommen neigte Scalabrini das Kinn zum Gruß, entledigte sich mit bedächtigen Gesten seiner Kopfbedeckung und setzte sie auf die Gipsbüste von Agatha Christie, die auf dem Kaminsims neben denen von Sir Arthur Conan Doyle und Edgar Allan Poe stand – den Schutzgöttern der Buchhandlung. Er streichelte die zwei schwarzen Katzen, die reglos wie Statuen vor dem Kamin saßen, nahm auf einem der Sessel Platz und schlug in einer eleganten Bewegung die Beine übereinander. Scalabrini hatte eine tiefe Stimme, ihr warmes Timbre erinnerte Montecristo immer an die Sprecher der Hörspiele, die seine Mutter am Radio verfolgt hatte, als er ein Kind war. Die kurzen grauen Haare waren ein Meisterwerk der Genauigkeit: Die Linie des perfekten Seitenscheitels und die akkurate Tolle waren von einer solchen Ebenmäßigkeit, dass nicht einmal die aerodynamischen Formen eines Rennwagens hätten mithalten können. Das Gesicht mit den ausgeprägten Wangenknochen war perfekt rasiert und für einen Mann von mehr als siebzig Jahren nur von wenigen Falten gezeichnet. Scalabrini benutzte noch Haarwasser, und zwar eines, dessen Produktion bestimmt in den fünfziger Jahren eingestellt worden war, aber das immer noch intensiv duftete und Montecristo an seine Kindheit erinnerte; das Innenfutter des Hutes war davon durchdrungen, und oft, wenn Scalabrini abgelenkt war oder ihm den Rücken zuwandte, nahm Marzio den Hut in die Hand und berauschte seine Nase an diesem Duft, der die Macht besaß, ihn in seine Kindheit zurückzuversetzen.

Alles in allem kam dieser distinguierte Herr mit den eleganten Manieren ihm so vor, als wäre er direkt einem der Noirs von Simenon oder einer Schauergeschichte von Lovecraft entstiegen, Autoren übrigens, deren Bücher Scalabrini begierig verschlang.

»Alles in Ordnung, Marzio? Sie sehen noch blasser aus als sonst.«

Noch so eine Eigenheit von ihm war, dass er nach wie vor alle Teilnehmer des Lesekreises siezte, obwohl sie sich alle inzwischen seit Jahren kannten.

»Ja, ausnahmslos alles in Ordnung, danke. Heute habe ich die Präsidentin besucht, und sie hatte einen schlechten Tag. Das ist mir aufs Gemüt geschlagen«, gestand er.

Scalabrini nickte verständnisvoll. »Auch ich habe sie besucht, das war vor einer Woche. Leider war sie nur wenig bei sich.«

»Was haben Sie uns heute Abend mitgebracht?«, fragte Montecristo, um das Thema zu wechseln.

Aus einem Leinenbeutel zog der ältere Herr eine Flasche Rotwein. Nachdem der Leseklub sich ausgedünnt hatte, war es ihm mit seiner liebenswerten Vornehmheit vergangener Zeiten zur Gewohnheit geworden, zu jedem Treffen eine Flasche Wein mitzubringen, und zwar immer einen anderen.

»Nastasìa«, las Scalabrini das Etikett vor. »Ein Cannonau, hergestellt von einer Winzergenossenschaft aus Tissi. Er soll ausgezeichnet sein. Uns bleibt nichts anderes übrig, als uns selbst davon zu überzeugen.«

Tissi war ein Dorf in der Provinz Sassari im Norden von Sardinien. Montecristo wusste, dass der Wein hervorragend sein würde: Scalabrini hatte eher gehobene Qualitätsansprüche und legte großen Wert darauf, stets nur ausgezeichnete Rotweine mitzubringen.

»Ach, seid ihr zwei schon beim Trinken angelangt?«

Beide Männer drehten sich in die Richtung, aus der eine raue Frauenstimme sie angesprochen hatte.

»Maina!«, sagte Montecristo überrascht und starrte die junge Frau an, die es sich bereits auf einem der Sessel bequem gemacht hatte. »Du musst damit aufhören, hier so plötzlich zu erscheinen wie die Madonna von Lourdes.«

»Die Madonna von Lourdes? Im Ernst?«, fragte sie und kraulte Miss Marple am Kopf, die sich auf ihrem Schoß niedergelassen hatte; die beiden wirkten fast, als wären sie aus einem Guss. Tatsächlich war die junge Frau eher das komplette Gegenteil der Heiligen Jungfrau Maria. Sie war von Kopf bis Fuß im Dark Look gekleidet und geschminkt: Alle Kleidungsstücke waren ausnahmslos dunkel bis schwarz – lange Lederjacke, Spitzenmieder, Rock im Fischschwanzdesign aus anthrazitfarbenem Samt und dazu grobe Springerstiefel mit Plateau-Absatz und über und über mit Nieten besetzt. Ihre füllige schwarze Lockenmähne wies silberne Shatusheffekte auf, und die Hände steckten in fingerlosen Spitzenhandschuhen, selbstredend in Schwarz. Ihr Teint war so wächsern und weiß, dass man sie mit einer Porzellanpuppe verwechseln konnte.

Maina war die Abkürzung von *»Mai 'na gioia«* – »Niemals 'ne Freude« –, der Spitzname, den ihr Ispettore Caruso verpasst hatte, als er sie zum ersten Mal gesehen hatte, und der ihre pessimistische und dekadente Lebenseinstellung perfekt erfasste. Von da an war die junge Frau für alle zu Maina geworden, ob ihr das passte oder nicht. Und sie selbst – die zum Glück mit einer ordentlichen Portion Selbstironie ausgestattet war – hatte beschlossen, diesen Namen auch in ihren sozialen Netzwerken zu verwenden. Sie war ein Riesenfan von Krimis, die in der viktorianischen Zeit spielten. Aus persönlicher Erfahrung wusste Montecristo, dass Maina ganze Absätze aus Werken von Wilkie Collins auswendig kannte, da er mit eigenen Ohren gehört hatte, wie sie diese bei einigen Diskussionsrunden des Leseklubs zitiert hatte. Mit ihren fünfundzwanzig Jahren senkte sie das Durchschnittsalter des Dienstagskrimiklubs erheblich. Wenn Vittorio Scalabrini den Herbst im Schlepptau zu haben schien, dann brachte Maina mit ihrer

Gothic-Anmutung einen strengen und immerwährenden Winter mit.

»Ich liebe deine Leichenblässe«, sagte Maina und starrte bewundernd auf Montecristos Teint, während sie weiter die Katze streichelte. »Welche Schminke hast du benutzt?«

»Keine. Das ist die Farbe, die meine Haut angenommen hat, als ein Kunde mich gefragt hat, ob ich ein Exemplar vom *Grasenden Roland* hätte. Er meinte das bitterernst, das kann ich euch versichern.«

Scalabrini und Maina grinsten amüsiert.

»Auf jeden Fall immer noch besser als damals, als ein kleiner Junge mich nach einem Buch gefragt hat, das er für die Ferien lesen musste: *Der Tag der Beule* von Leonardo Schaschlik … Gänsehaut, Leute. Gänsehaut pur.«

Diesmal brachen die beiden in lautes Gelächter aus, ein eher ungewöhnliches Ereignis angesichts ihrer üblichen Zurückhaltung.

»Ach, ihr amüsiert euch ohne mich?«, tönte es schrill aus dem oberen Geschoss herunter.

»Aber nein, was reden Sie denn da«, gab der Gastgeber von unten zurück. »Brauchen Sie Hilfe?«

Als perfekter Gentleman wartete Scalabrini nicht auf eine Antwort. Er erhob sich, ging der neu angekommenen Dame – Signora Solinas – entgegen und reichte ihr die Hand, um sie beim Hinabsteigen der Stufen zu stützen.

Camilla Solinas war Nunzias beste Freundin. In den Dokumenten der beiden Frauen stand dasselbe Alter, und auch äußerlich hatten sie sich im Laufe der Zeit angeglichen: klein und so zierlich, dass sie geradezu ätherisch wirkten. Wie bei jedem Treffen balancierte die alte Dame auch an diesem Abend ein Tablett mit einem Kuchen. Sie hatte elfenhafte Hände, die kaum zu ihrem literarischen Geschmack passten: Sie war buchstäblich verrückt nach hypergewalttätigen und blutrünstigen Thrillern, möglichst in Skandinavien angesiedelt und am besten noch mit psychopathischen, kannibalistischen, satanischen und sadistischen Serienkillern; sie hatte mehrmals bekräftigt, dass die Horrorthriller von Stephen King auf sie eine ähnlich einschläfernde Wirkung hätten wie ein Kamillentee. Eine Geschichte mit weniger als fünf oder sechs Mordopfern langweilte sie zu Tode. Sobald ein Roman auch nur den Ansatz einer romantischen Nebenhandlung enthielt, schloss sie empört das Buch, brachte es wutschnaubend wieder in Montecristos Buchhandlung und verlangte Ersatz oder ihr Geld zurück. Sie verehrte Mike Hammer, den brutalen Privatdetektiv aus der Feder von Mickey Spillane, und die dunkelsten Skandinavienkrimis.

Signora Solinas war die Witwe von drei Ehemännern, die im Laufe der Jahre mutig aufeinandergefolgt waren. Mutig, weil einer nach dem anderen auf unerklärliche Weise im Schlaf verstorben war. Momentan ging die »unschuldige« alte Dame mit einem rüstigen Fünfundachtzigjährigen aus. Tief in ihren Herzen waren Montecristo, Scalabrini und Maina davon überzeugt, dass auch dessen Tage gezählt waren.

»Was duftet hier so lecker?«, fragte Maina und rieb sich die Hände.

»Pastiera Napoletana«, erwiderte Camilla stolz, die mit ihrem intensiven blumigen Parfüm und den Kleidern in leuchtenden Farben immer einen frischen Frühlingswind in die Buchhandlung mitbrachte.

»Sie verwöhnen uns«, sagte Scalabrini.

»Das ist doch wohl das Mindeste. Ihr seid meine wahre Familie. Auch wenn ihr, gestattet mir diese Bemerkung, immer nur langweilige Bücher lest, in denen nie einer stirbt«, klagte sie, bevor sie sich setzte und zuließ, dass Poirot auf ihren Schoß sprang.

»In denen nie einer stirbt?«, fragte Montecristo entrüstet.

»Na gut, sie sterben jedenfalls alle *gut*. Wenn einer stirbt, dann muss er das richtig nach allen Regeln der Kunst tun.«

»Und die wären?«, fragte Maina provozierend nach.

»Geviertelt von einer Motorsäge. Von einem Beil enthauptet. Von einem Maschinengewehr zu Brei geschossen. Von einem mit Ketamin zugedröhnten Rudel Pitbulls zerfetzt. Erbarmungslos kastriert von …«

»Wir haben's kapiert, Camilla. Herr im Himmel, wir haben's kapiert … In Zukunft werden wir ein paar Bücher aussuchen, die mehr nach Ihrem Geschmack sind. Versprochen.«

»Na klar. Das sagt ihr jedes Mal, aber letzten Endes sehe ich immer viel zu wenig Blut fließen.«

Scalabrini, Maina und Montecristo wechselten amüsierte Blicke und dachten mal wieder, wie sehr das harmlose Erscheinungsbild der alten Dame in die Irre führte.

21

Einer alten Glasvitrine links neben der Pendeluhr an der Wand entnahm Montecristo fünf Gläser und stellte sie auf das Tischchen. In den letzten Jahren hatte er versucht, diesen Raum in ein authentisches Abbild von Sherlock Holmes' Arbeitszimmer zu verwandeln: Die Wände waren mit dunklem Holz getäfelt, die Ledersofas und -sessel waren im spitzen Winkel vor dem Kamin positioniert, so wie Montecristo es sich immer bei den Büchern von Conan Doyle vorgestellt hatte; er hatte die ursprüngliche Beleuchtung gegen alte Kugelleuchter ausgetauscht, und daneben sorgten Spotlights für ein ähnliches Licht wie die typischen alten Londoner Straßenlaternen; eine verschwenderische Menge an Brokat- und Perserteppichen lagen herum, und es gab eine umfangreiche Sammlung an Gläsern und Pfeifen und Lupen. Dieser Raum war eine Augenweide für alle Liebhaber von Kriminalliteratur.

»*Pace e sangue* – Blut und Frieden!«, ertönte eine kräftige Stimme von oben, gefolgt von dröhnendem Gelächter.

Montecristo schüttelte den Kopf über diese Variante des franziskanischen Grußes »Pace e Bene«, also »Heil und Frieden«, und empfing mit offenen Armen den letzten Gast: Fra Raimondo, seines Zeichens Mönch des Kapuzinerordens von Cagliari. Mit seiner stets gebräunten Haut – die er sich durch sein Leben im Freien erworben hatte, da er den Garten seiner Glaubensgemeinschaft pflegte –, den ultramarinblauen Augen und dem langen Bart, der früher einmal blond gewesen war und nun eher ins Aschgraue tendierte, schien dieser riesenhafte Mensch, wo immer er auch hinging, den Sommer mitzubringen, seine Vitalität und Begeisterung trugen das Ihre dazu bei. Die einzige »Sünde« dieses Gottesmannes war eine unersättliche Leidenschaft für Krimis, vor allem die von G. K. Chesterton mit Pater Brown als Hauptfigur, oder die von Ellis Peters mit dem Kräutergärtner und Heilkundigen Bruder Cadfael. Sein absoluter Liebling war allerdings *Der Name der Rose* von Umberto Eco, den er unzählige Male gelesen hatte.

»Gott segne euch, meine geliebten Schwestern und Brüder, die ihr euch für Tote und Geheimnisse begeistert«, grüßte er sie. »›Nehmet und esset alle davon‹, sprach der Herr«, zitierte er mit Blick auf den Wein und die Pastiera auf dem Tischchen. »Wer wären wir, unserem Herrn Jesus Christus zu widersprechen?«

»Heilige Worte.« Montecristo entkorkte die Flasche und schenkte den Cannonau aus.

Als sie sich alle ein Glas genommen hatten, stießen sie wie immer auf die große, schmerzlich vermisste Abwesende an: »Auf die Präsidentin!«, riefen sie im Chor.

Montecristo nahm sein Exemplar von Agatha Christies Roman zur Hand, und die anderen taten es ihm gleich. Nun, da die »Dienstagsdetektive« vollzählig waren, konnte die Diskussion endlich beginnen.

22

Ein Jahr zuvor war etwas geschehen, das die Gruppe noch enger zusammengeschweißt hatte. Es hatte als Spaß begonnen. Angela Dimase wusste, dass Montecristo seit ungefähr drei Jahren mit seinen seltsamen Kunden Krimihandlungen auseinandernahm und wieder zusammensetzte: Jeden Dienstag nahmen sie sich einen Kriminalroman vor und analysierten die Verbrechen, um die sich die Geschichte drehte, sie prüften die Schlüssigkeit der Alibis und der Motive und untersuchten den Auslöser für den jeweiligen Mord und die Ermittlungsmethoden der Polizei. Eines Abends, Angela hatte wohl ein Glas zu viel getrunken, hatte sie bemerkt, es sei ja keine Kunst, über Fälle zu reden, die andere schon gelöst hätten. Sie frage sich, ob der Leseklub auch imstande wäre, einen realen Fall zu lösen?

Montecristo – der bei diesem Anlass ebenfalls der Flasche zugesprochen hatte – hatte ihr versichert, dass sein Krimiklub und er jedes Rätsel lösen würden, das sie ihnen vorsetzte, ganz gleich, ob es sich um einen literarischen oder einen realen Fall handelte. Angela und er hatten die Wette mit einem Händedruck besiegelt, und für ihn war die Angelegenheit damit erledigt gewesen.

Aber eine Woche darauf war Sovrintendente Dimase mit einer Akte zu einem ungelösten Fall in die Buchhandlung gekommen, die seit Jahren in den Archiven der Kriminalpolizei verstaubte. Flavio Caruso hatte damals die Ermittlungen eingeleitet, doch es war ihm bis heute nicht gelungen, den Fall abzuschließen.

»Ich hätte nie gedacht, dass du es ernst meinst«, hatte Montecristo gesagt, während er in der Akte blätterte.

»Also machst du einen Rückzieher?«

»Wir sehen uns hier in einem Monat wieder«, war Montecristos selbstsichere Antwort auf diese Provokation gewesen.

Als er Maina, Scalabrini, Camilla und Fra Raimondo vorschlug, diese Woche nicht wie geplant über einen Roman von Rex Stout zu sprechen, sondern einen Blick auf diesen realen Cold Case zu werfen, einen Mord, der vor Jahren im Sinnai geschehen war, hatte sein Leseklub die Anregung mit größter Begeisterung aufgenommen. Sie freuten sich riesig, endlich mal ihre »grauen Zellen« auf die Probe stellen zu können.

Montecristo hatte eine alte Tafel aus seiner Zeit als Lehrer hervorgekramt und darauf alle Informationen, die er der Akte entnahm, notiert. Die fünf »Detektive« hatten nur zwei Treffen gebraucht, um eine Hypothese zur Lösung des Falls zu formulieren. Signor Scalabrini hatte eine wirklich brillante Eingebung gehabt: Er hatte den Doppelmord im Sinnai mit dem recht ähnlichen Hergang eines literarischen Mordes verglichen, den sie vor etlichen Monaten besprochen hatten, nämlich dem unbestrittenen Meisterwerk eines Locked-Room-Falls: John Dickson Carrs *Der verschlossene Raum*. Die fünf Detektive hatten versucht, diese Hypothese zu überprüfen, eventuelle Widersprüche oder kritische Punkte auszuloten, aber sie hatten keine gefunden. Stattdessen hatten sie zahlreiche Ähnlichkeiten zwischen den beiden Verbrechen entdeckt. Daher kamen sie zu der Überzeugung, dass sie richtiglagen: Der Mörder hatte einen ähnlichen Plan wie bei John Dickson Carr verfolgt, aber auch in seinem Fall hatte sich sein verbrecherisches Vorhaben gegen ihn gewandt. So war es Caruso und seinen Kollegen nicht gelungen, der Sache auf die Spur zu kommen.

»Ihr habt also aufgegeben«, hatte Angela triumphierend getönt, als Montecristo sie anrief.

»Von wegen. Wir haben den Fall gelöst. Wenn ihr kurz in der Buchhandlung vorbeikommt, erklären wir euch den Tathergang und wie wir herausgefunden haben, wer der Täter ist.«

Voller Zweifel, aber doch neugierig geworden, waren Caruso und Dimase am Nachmittag im »viktorianischen« Raum der Buchhandlung aufgetaucht. Äußerst kompetent hatten die fünf Dienstagsdetektive den Fall analysiert und mit unerschütterlicher Logik die beiden Ermittler durch ihre brillante Untersuchung bis zur überraschenden Aufklärung des Verbrechens geleitet.

»Das wäre mir nie in den Sinn gekommen …«, hatte Caruso ungläubig geflüstert.

»Zu deinem Glück gibt es ja uns«, hatte Maina beißend erwidert. »Eure Retter.«

»Ich würde mich lieber nicht so weit aus dem Fenster lehnen, mein Herzchen. Das müssen wir alles noch sehen. Auf dem Papier funktioniert das, aber eure Hypothese muss der Überprüfung der Tatsachen und vor allem den Ergebnissen der Spurensicherung standhalten.«

»Ganz genau. Überprüft alles und informiert uns dann«, hatte Montecristo gesagt. »Aber wenn wir recht haben, schuldet ihr uns ein Abendessen, und dabei kommt ihr nicht mit einer Pizza davon, dass das klar ist. Wir wollen ein schickes, teures Restaurant.«

Caruso und Dimase hatten zugestimmt. Am folgenden Tag bezogen sie den Pathologen, der mit dem Fall betraut war, und den Leiter der Spurensicherung ein und erklärten ihnen ihren »neuen« Ermittlungsansatz. »Genial«, hatten die beiden Wissenschaftler gesagt und sich sofort an die Arbeit gemacht.

Drei Tage später hatte Caruso per Mail die Untersuchungsergebnisse bekommen. Während er sie las, war ihm die Luft weggeblieben, er hatte nur stumm den Kopf geschüttelt, während auf seinen Lippen ein ungläubiges Lächeln erschien.

»Das gibt's doch nicht …!«, hatte er gebrummt. Dann hatte er ein im Guide Michelin empfohlenes Restaurant angerufen, das I Sarti Del Gusto in der Via Sulis, und hatte – widerstrebend – einen Tisch für sieben Personen reserviert.

23

Montecristo ließ gerade die Rolltür an seiner Buchhandlung herunter, als er hinter sich die Stimme von Angela Dimase hörte.

»Ihr versucht also wieder mal, uns arbeitslos zu machen?«

Er drehte sich lächelnd zu ihr um. Angela saß auf seiner Moto Guzzi. Die lila gefärbten Haare hatte sie zu einem französischen Zopf geflochten, so straff, dass sich ihre Stirnhaut spannte und ihre blauen Augen noch mehr auffielen. Montecristo fühlte sich ein wenig unwohl, weil er noch seine Arbeitsklamotten trug. Und er musste auch ziemlich fertig aussehen, nachdem er den ganzen Tag gearbeitet und nach Ladenschluss noch ein Treffen mit dem Leseklub gehabt hatte.

»Das könnten wir, wenn wir wollten«, antwortete er und schloss ab. »Aber wir möchten euch ja nicht ständig demütigen, indem wir euch als inkompetent vorführen.«

»Na klar … Bist du zu müde oder hast du Lust auf einen Drink, um den Arbeitstag herunterzuspülen?«

»Kommt darauf an. Ist das ein Angebot ohne Hintergedanken oder willst du mich um noch einen Gefallen bitten?«

»Nein, ich möchte mich nur dafür revanchieren, was du heute für uns getan hast. Das war wirklich sehr wichtig.«

Das habe ich nicht für *euch* getan, sondern für *dich*, korrigierte er sie stumm, zuckte aber nur mit den Schultern, als sei das eine Kleinigkeit gewesen.

»Hast du ein bestimmtes Lokal im Auge?«

»Also ist das ein Ja … Nein, sag du, wo du hinwillst.«

»Ist Fabrizio nicht eifersüchtig?«

»Mal abgesehen davon, dass nichts dabei ist, wenn man mit einem alten Freund etwas trinken geht – Fabrizio und ich sind nicht mehr zusammen. Wir haben uns vor ein paar Tagen getrennt.«

Montecristo spürte, wie ihm ein angenehmer Schauer den Rücken hinunterlief. »Das tut mir leid«, heuchelte er. »Ich habe aber nur einen Helm. Zeigst du mich an, wenn ich ohne fahre?«

»Dieses eine Mal könnte ich ein Auge zudrücken.«

»Ich habe schon immer davon geträumt, einen Cop zu korrumpieren«, scherzte Montecristo.

24

Montecristo hatte sich für das Luchia entschieden, ein angenehmes Freiluftlokal am Viale Buoncammino, einer langen Allee, die den Einwohnern von Cagliari Gelegenheit zu einem wunderschönen Spaziergang mit Panoramablick außerhalb der Stadtmauern bot. Auf der Terrasse des Lokals oberhalb von Cagliari lag einem die ganze Stadt zu Füßen: im Osten von Villanova nach Poetto und vom Stagno di Molentargius bis zu den Sette-Fratelli-Bergen; im Westen vom Monte Arcosu bis Santa Gilla und weiter zum Amphitheater aus römischer Zeit. Dieser Blick war so überwältigend, dass selbst Autofahrer, die diese Straße nahmen, meist abbremsten oder sogar stehen blieben, nur um hingerissen die Aussicht zu genießen. Abends tummelten sich zahlreiche Touristen auf dem Viale Buoncammino, um einen der atemberaubenden Sonnenuntergänge über der Lagune von Santa Gilla zu beobachten, deren Widerschein im Wasser funkelte und die Wolken rosa und silbern färbte. Im Sommer dagegen boten die Kiefern, Zypressen und Ulmen, die der Straße Schatten spendeten, ein wenig Erleichterung von der Hitze, die die Stadt wie ein feuchter heißer Saunamantel umhüllte. Der Viale Buoncammino war einer der höchstgelegenen und luftigsten Orte von Cagliari, und es wimmelte dort von Ständen, an denen die Bewohner bei einem Aperitif oder einem Eisbecher ein wenig Abkühlung finden konnten.

»Oh, was für ein romantisches Fleckchen … Muss ich mir Sorgen machen?«, zog Angela Montecristo auf.

Der errötete wie ein kleiner Junge. Der Viale Buoncammino war früher der bevorzugte Ort für junge Liebespärchen gewesen: Zahllose Jugendliche hatten schon auf den Bänken dieses idyllischen Aussichtspunkts geflirtet und im sanften Licht der Laternen geknutscht. Jetzt, fiel Montecristo auf, waren sie zu sehr damit beschäftigt, Selfies zu machen und ihre Fotos dann gegenseitig auf Instagram zu kommentieren, um etwas von all der Schönheit mitzubekommen, die dort unter ihnen lag – oder von der Schönen, die neben ihnen saß.

»Und du hast dich wirklich von Fabrizio getrennt? Ich kann es kaum glauben«, wechselte Montecristo das Thema, wie meist, wenn er in Verlegenheit kam.

»Ja. Er hat den Bogen überspannt. Es ist vorbei.«

Marzio, Angela und Fabrizio hatten einander vor vielen Jahren am Strand von Poetto kennengelernt. Angela war gerade von Turin nach Cagliari gezogen, mit ihrem Vater, einem Staatsanwalt, dem man dort ein neues Aufgabengebiet übertragen hatte. Montecristo war ein schüchterner introvertierter Junge gewesen, der die Nase in Bücher steckte und mit dem Kopf in den Wolken schwebte, genau das Gegenteil von Fabrizio: ein attraktiver und sportlicher Typ, draufgängerisch und unbekümmert im Umgang mit dem weiblichen Geschlecht. Beide hatten sich in Angela verliebt, obwohl sie versuchten, sich das nicht anmerken zu lassen. Schließlich hatte Fabrizio sich jedoch ein Herz gefasst und ihr seine Liebe gestanden, womit er Marzio zuvorgekommen war – der ein wahrer Meister der verpassten Gelegenheiten war. Angela kam also mit Fabri zusammen, und Montecristo wurde für den Rest seiner Tage zu »einem Freund« heruntergestuft. Er musste fortan zahllose Unternehmungen zu dritt ertragen, bei denen er gezwungenermaßen das fünfte Rad am Wagen war, eine

Rolle, in der er dank seiner ausgeprägten Tendenz zur Selbsterniedrigung eine seltene Meisterschaft erreichte.

Vielleicht ist ja noch nicht alles verloren, dachte Montecristo und schlürfte seinen Mojito, um sich Mut anzutrinken. Das war die Gelegenheit, auf die er seit einer Ewigkeit gewartet hatte.

»Also, vielen Dank noch mal für heute«, sagte Angela, den Blick auf ihr Glas gerichtet, an dessen Außenseite sie mit den Fingerspitzen die Kondenswassertropfen verwischte. »Ich weiß, wie schwer das für dich gewesen sein muss.«

»Lorenzo war mal mein Schüler, Angie. Ich fühle mich immer noch für ihn verantwortlich, glaub mir. Ich habe das gern getan und wäre lieber eine größere Hilfe gewesen.«

»Du hast uns sehr wertvolle Informationen geliefert. Ich möchte, dass du das weißt.«

»Haben sie euch denn genützt?«

»Momentan noch nicht.«

»Wenn das alles stimmt, was der Junge erzählt hat …«

»Die ersten Ergebnisse der Spurensicherung scheinen ihm recht zu geben«, unterbrach ihn Dimase.

»Das macht das Szenario noch besorgniserregender. Der Mistkerl hat mit vollem Vorsatz und in Kenntnis der Umstände gehandelt, er hat alles bis ins kleinste Detail geplant. Die Frage ist nur, warum? Welchen Grund hatte er?«

»Die Videokamera legt nahe, dass er das Geschehen aufgenommen hat, um es sich wieder anzusehen.«

»Oder es wieder zu *erleben*. Dies könnte ein Hinweis auf einen Serientäter sein.«

»Genau das befürchten wir«, gab Dimase zu.

Montecristo sah hinauf zum sternefunkelnden Himmel und seufzte. Das Ganze kam ihm so unwirklich vor. Er war es gewohnt, solche Geschichten in den Romanen zu lesen, die er verkaufte, aber dass ihm ein kleiner Junge mit zitternder Stimme erzählte, wie jemand seine Mutter kaltblütig ermordet hatte, war etwas ganz anderes.

»Wenn das stimmt«, sagte er und sah nun wieder Angela an, »dann könnte er wieder zuschlagen.«

Sie nickte. »Die Eine-Million-Euro-Frage ist nur: bei wem?«

25

Silvana Atzori wachte mit dröhnendem Kopf auf, so wie bei einem Kater. Aber das konnte nicht sein, denn sie hatte seit ihrem Studium keinen Tropfen Alkohol mehr angerührt. Sie hatte Mühe, ihr eigenes Zimmer klar zu erkennen, wo sie sich noch vor einigen Minuten vom Bett aus die letzte Staffel von *This Is Us* angesehen hatte. Sie erinnerte sich, einen Albtraum gehabt zu haben. Darin war ein unbekannter maskierter Mann in ihr Zimmer gekommen, mit …

Als sie schließlich die Augen ganz geöffnet hatte, überfiel sie die Realität mit all ihrer Brutalität. Es war kein Albtraum gewesen. Der maskierte Mann stand wirklich vor ihr. Er winkte ihr mit einer Hand zu, während die andere eine Pistole mit Schalldämpfer hielt.

Silvana klapperte mit den Lidern, als wollte sie damit diesen Schrecken aus ihrem Gesichtsfeld vertreiben.

»Guten Morgen. Du wirst noch ein paar Minuten brauchen, bis du wieder ganz da bist«, sagte der Unbekannte.

Sie bemerkte, dass sie an Händen und Füßen gefesselt war. Wegen des feuchten Lappens in ihrem Mund brachte sie kein Wort hervor. Während sie langsam alles wieder klar zu sehen begann, entdeckte sie weitere Details. Sie befand sich im Wohnzimmer des Einfamilienhauses, in dem sie mit ihren alten Eltern lebte. Der Eindringling war schwarz gekleidet und trug Latexhandschuhe, ebenfalls schwarz. Rechts von ihm war eine Videokamera auf einem Stativ aufgebaut, die jede ihrer Regungen aufzunehmen schien. Knapp einen Meter von ihr entfernt stand eine antik aussehende Sanduhr aus Holz auf dem Boden.

»Atme durch die Nase. Ganz tief. Das hilft dir, wieder zu dir zu kommen«, riet ihr der Mann.

Meine Eltern … Wo … Bevor sie ihre Befürchtungen zu Ende denken konnte, sah sie ihre Mutter und ihren Vater in Embryohaltung auf dem Boden liegen. Dieser Mistkerl hatte sie ebenfalls gefesselt und geknebelt. Auf den ersten Blick schienen sie nicht verletzt zu sein.

»Keine Sorge: Sie sind nicht tot, ich habe sie nur betäubt. Aber sie sind alt. Sie brauchen etwas länger, um zu sich zu kommen.«

Silvana richtete ihren Oberkörper auf und schwankte dabei wie ein Kegel, der gerade von einer Bowlingkugel gestreift wurde. Sobald sie ihr Gleichgewicht wiedererlangt hatte, warf sie dem Mann in ihrer Verzweiflung flehentliche Blicke zu.

Doch dieser schüttelte unerbittlich den Kopf. »Betteln wird dir hier nichts nützen. Aber keine Sorge: Ich habe überhaupt nicht vor, dir etwas anzutun. Alles wird in wenigen Minuten vorbei sein … Ich möchte von dir nur, dass du eine Entscheidung triffst.«

Silvana sah ihn verwirrt an. Diese Bemerkung ließ die Situation, die ohnehin schon der Gipfel der Seltsamkeit war, noch bizarrer erscheinen.

Ein Windstoß drang ins Wohnzimmer und trocknete den Schweiß auf ihrer Stirn. Silvana wandte sich um und stellte fest, dass die Balkontür weit offen stand. War der Mann vielleicht von dort hereingekommen?, überlegte sie.

Unmöglich, beantwortete sie sich ihre Frage selbst. Wir sind hier im dritten Stock. Da müsste er schon ein Akrobat sein.

Sie sah, wie der Körper ihres Vaters zuckte und sich

schließlich schüttelte, wie von einem elektrischen Schlag getroffen.

»Da ist schon der Erste«, sagte der Unbekannte und beobachtete, wie der alte Mann die Augen öffnete. Kurz darauf war Silvanas Mutter an der Reihe. »Und die Zweite …«

Der Eindringling drehte sich auf dem Stuhl um und wandte sich an Silvana, wobei er ihr direkt in die schreckgeweiteten Augen sah: »Wie gesagt, es dauert nur ein paar Minuten, dann kannst du dir wieder deine Lieblingsserie ansehen. Aber jetzt hör mir genau zu, denn ich habe nicht die Absicht, mich zu wiederholen. Siehst du die Sanduhr dort? Wenn ich sie umgedreht habe, braucht der Sand genau eine Minute, um von der einen Hälfte in die andere zu fließen. Nach Ablauf der Minute wirst du mir sagen müssen, wen von deinen Eltern ich töten soll, deine Mutter oder deinen Vater. Einen von beiden.«

Silvana fühlte, wie sie zu Eis erstarrte.

»Wenn du dich nicht entscheiden kannst, werde ich beide töten, und dich lasse ich am Leben, dir werde ich kein Haar krümmen … Es ist doch sinnlos, dass beide sterben, stimmt's? Aber du musst diese Entscheidung treffen.«

Silvana starrte ihn wie betäubt an, als er die Sanduhr umdrehte. Der Sand begann, in den unteren Glaskolben zu rieseln.

»Dann wähl mal schön«, forderte er sie auf und richtete die Waffe auf sie, um jeden Anflug von Widerstand im Keim zu ersticken.

Die beiden alten Leute sahen einander verstört und ungläubig an. Wie ihre Tochter waren sie urplötzlich in dieser Atmosphäre eines Horrorfilms gelandet und konnten es nicht fassen. Silvana fürchtete sogar, ihr Vater, der akute Herzprobleme hatte, könnte jeden Moment wieder einen Infarkt erleiden.

»*Tempus fugit*, Silvana ... Na, wen hast du lieber? Die Mama oder den Papa? Wen soll ich verschonen und wen töten?«

Silvana wusste mit einiger Sicherheit, dass der Mann es ernst meinte: Ihr Instinkt schrie ihr das geradezu entgegen. Er war fest entschlossen in seinem Plan: Wenn sie nicht mitspielte, würde er beide töten.

Die Kamera lief weiter und nahm die ganze Qual ihrer Entscheidung auf.

»Vierzig Sekunden«, zählte die Stimme des Eindringlings unerbittlich weiter, der man seine Herkunft nicht anhörte.

Silvana presste die Lider zusammen. Tränen liefen über ihr von Angst verzerrtes Gesicht. Sie schüttelte den Kopf. Ich kann mich nicht entscheiden, besagte diese Geste.

»Fünfzig Sekunden ... Es ist Zeit.«

Silvana Atzori neigte sich vor, sie wollte sich opfern. Los, mach schon, töte mich, forderte sie ihn in Gedanken und mit ihrem Blick auf. Verschone sie. Schieß auf mich. Ich könnte nicht weiterleben mit der Last dieser Entscheidung.

Das letzte fallende Sandkörnchen zeigte an, dass die Zeit abgelaufen war.

»Der Moment des Abschieds ist gekommen. Zeige mit dem Kinn auf den, der sterben soll.«

Silvana schüttelte den Kopf und blickte fest in die kalten Reptilienaugen des Verbrechers.

»Damit hast du sie beide zum Tod verurteilt, ist dir das klar?«

Ich will dein Spiel nicht mitspielen, du Mistkerl.

»Wie du willst ...«

Mit knappen Bewegungen feuerte der Unbekannte zwei Patronen auf Silvanas Eltern ab und tötete sie beide mit einem Schuss in die Stirn.

Fassungslos sah Silvana, wie ihre Körper von der Druckwelle des Schusses nach hinten geworfen wurden und auf dem Boden zusammensackten wie zwei überdimensionale Stoffpuppen. Ihre silbernen Haare färbten sich mit Blut.

Das kann er doch nicht getan haben, dachte sie und wurde von heftigem Zittern und Schluchzen geschüttelt, während sie den Blick über die beiden Leichen wandern ließ. Das ist nicht wahr …

Der Mann ließ noch ein paar Sekunden verstreichen, bevor er die Aufzeichnung unterbrach. Teilnahmslos verstaute er die Videokamera in einer Sporttasche und schob das Stativ zusammen.

»Du weißt, warum ich das getan habe … Denk immer daran, dass nicht ich sie umgebracht habe. Das warst du«, sagte er und blickte der Frau direkt in die Augen. Dann verschwand er in der Nacht.

26

Es war halb vier Uhr morgens, und an Schlaf war immer noch nicht zu denken. Nachdem er mit Angela im Luchia etwas getrunken hatte, war Montecristo nach Hause gefahren, hatte geduscht und sich ins Bett gelegt. Aber anstatt wie jede Nacht schnell in traumlosen Tiefschlaf zu versinken, kehrte sein Kopf immer wieder zu dem Verbrechen an Lorenzos Eltern zurück. Schuld daran waren auch die Tatortfotos, die Caruso ihm gezeigt hatte und die ihn immer wieder quälten, sobald er die Augen schloss. Deshalb hatte er sich ins Lesen geflüchtet, die einzige Beschäftigung, bei der er zur Ruhe kam.

Nachdem er das Buch, das ihn durch die vergangenen Abende begleitet hatte, zu Ende gelesen hatte, öffnete er befriedigt die Nachttischschublade und holte die »Liste der Schande« hervor, wie er sie nannte: ein Verzeichnis von ungefähr einhundertfünfzig Klassikern der Literatur, Bücher, von denen jeder behauptete, er habe sie immer und immer wieder gelesen, wobei das schamlos gelogen war. Montecristo war da keine Ausnahme. *Jahrmarkt der Eitelkeit, Ulysses, Rot und Schwarz, Der Mann ohne Eigenschaften, Little Women, Betty und ihre Schwestern,* die *Buddenbrooks* und viele mehr. Seine Kunden gingen davon aus, dass er diese Romane gelesen, ja gründlich studiert hatte, aber in Wahrheit hatte er sie nicht einmal überflogen, so sehr hatte er sich vertieft in jenes missachtete Kind eines niederen Gottes, den Kriminalroman. Natürlich kannte er mehr Klassiker als der Durchschnitt – er hatte alles von Scott Fitzgerald, Hemingway, Steinbeck, Bukowski, Calvino, Tolstoi und Dostojewski gelesen –, aber ihm war auch bewusst, dass er bei seinem Beruf viel, viel mehr hätte lesen müssen. Wenn ein Kunde Aufklärung über einen Großmeister der Literatur von ihm erbat und Montecristo ihn nicht gelesen hatte, täuschte er geschickt Wissen vor und gab sich als feinsinniger Literaturkenner, um den äußeren Anschein von Fachkompetenz zu bewahren. Und gewöhnlich funktionierte das auch. Aber eines Tages hatte ihn eine Dame mit einem langen Vortrag über Nabokovs *Lolita* zugetextet; eines der Bücher, die er immer mal hatte lesen wollen, aber es aus dem einen oder anderen Grund nicht geschafft hatte.

Eine halbe Stunde lang hatte er der Kundin immer zugestimmt, hatte den russisch-amerikanischen Schriftsteller in den höchsten Tönen gelobt, aber dann, als die Signora ihm plötzlich eine Detailfrage zum Buch stellte, hatte sich Montecristo erst einige Minuten gewunden, während die Dame ihn immer skeptischer und zunehmend peinlich berührt ansah, bis er sich schließlich entschuldigt und seine große Bildungslücke eingestanden hatte. Die Signora war zurückgewichen, als hätte er sie geohrfeigt, und hatte ein empörtes »Schämen Sie sich!« ausgestoßen, bevor sie stocksteif die Buchhandlung verließ und nie wieder einen Fuß hineinsetzte.

Montecristo, der sich so ungebildet vorkam wie der letzte Idiot, hatte sich vorgenommen, um jeden Preis zu vermeiden, dass er noch einmal eine so jämmerliche Figur abgeben würde. Zu Hause angekommen hatte er diese »Liste der Schande« verfasst und sich auferlegt, seine großen Lücken im Bereich Literatur so schnell wie möglich zu schließen. Als Erstes hatte er selbstverständlich *Lolita* gelesen. An diesem Abend strich er *Der Mond und die*

Feuer auf seiner Liste ab und sagte sich, dass Pavese wirklich ein großartiger Schriftsteller war. Als er sein Verzeichnis durchging, stellte er fest, dass er gerade mal ein Viertel der aufgeführten Titel gelesen hatte.

Verzagt holte er sich von einem Regal Thomas Manns *Zauberberg*, aber nachdem er etwa zehn sehr anspruchsvolle Seiten gelesen hatte, legte er das Buch gelangweilt auf den Nachttisch. Stattdessen nahm er *Der große Schlaf* von Raymond Chandler zur Hand, ein Meisterwerk des Noirs.

»Jedem die Klassiker, die er verdient«, brummte er verächtlich und begann zu lesen. Obwohl er den Roman bereits einige Male gelesen und wiedergelesen hatte, gingen ihm die ersten fünfzig Seiten so runter wie ein eiskaltes Bier nach einem schwülheißen Sommertag. Er musste sich zwingen, diesen Zauber zu durchbrechen: Es war schon vier Uhr früh, und in wenigen Stunden würde Efisetto, der Pinscher von Signora Puddu, sein übliches Gejaule anstimmen, als würde man ihn kastrieren. Und Montecristo brauchte wenigstens zwei Stunden absolute Ruhe.

Schweren Herzens trennte er sich vom Fall seines geliebten Philip Marlowe und streckte sich aus, den rechten Unterarm über den Augen. Wieder musste er an seinen ehemaligen Schüler und dessen verlorenen Blick denken. Er nahm sich vor, ihn so bald wie möglich zu besuchen.

Was tat der Mann, der die Mutter umgebracht hatte, wohl gerade? Hatte er vielleicht noch einmal getötet?

»Gut möglich«, flüsterte er in die Leere des Raums.

Er hatte keine Angst davor gehabt, einen lästigen Zeugen zurückzulassen. Das bedeutete entweder, dass er sich seiner sicher war, oder dass er einen bestimmten Plan verfolgte und diesen so schnell wie möglich ausführen würde, ohne die Befürchtung, dass man ihn vorher fassen könnte, überlegte Montecristo.

Nach einer Weile verblassten Lorenzos Augen, und er sah nun die Angelas vor sich. Während er ihr Treffen, das erst ein paar Stunden zurücklag, Revue passieren ließ, dachte er, dass Marlowe an seiner Stelle sicher die richtigen Worte gefunden hätte, als sie ihm sagte, dass sie sich von Fabrizio getrennt hatte. Er dagegen war stumm geblieben wie ein Fisch.

»Du bist wirklich ein Idiot, Marzio Montecristo«, murmelte er leise.

Dann fiel er endlich in einen erlösenden Schlaf.

27

Caruso war froh, dass die Akte der »Sanduhrmorde« – wie Dimase sie genannt hatte – bei der stellvertretenden Staatsanwältin Tiziana D'Ambrosio gelandet war. Er hatte schon in der Vergangenheit mit ihr gearbeitet, vor und nach seiner »schwarzen Phase«. Die Staatsanwältin hatte ihn nie verurteilt, sondern stets seinem Instinkt und seiner Erfahrung als Polizeibeamter vertraut, trotz des ihm anhaftenden Stigmas.

Nun beobachtete Caruso, wie sie den Beutel der Spurensicherung, der die Sanduhr enthielt, in den Händen drehte und dabei immer wieder angespannt zu ihm hinüberblickte. Sie war eine attraktive Frau, eine typische mediterrane Schönheit: Ihr Teint war olivfarben, die dunklen Haare lang und seidig, sie hatte klassische Gesichtszüge, eine schmale Taille und einen fülligen Busen. Aber vor allem wurde man von ihrem Blick in Bann gezogen: Sie hatte betörende Augen wie Kirke. Im Gericht kursierte das Gerücht, dass ihr Aussehen ihrer Karriere behilflich gewesen und sie nur deswegen auf der Überholspur gelandet sei. Caruso wusste, dass das nicht stimmte. Seit er damals Seite an Seite mit ihr an dem kompliziertesten Fall ihres jeweiligen Berufslebens – dem Verschwinden der Virginia Piras – gearbeitet hatte, wusste er ihre Kompetenz und ihre Unfähigkeit, sich auf fragwürdige Kompromisse einzulassen, zu schätzen.

»Der Ablauf scheint derselbe zu sein wie beim Mord an den Vincis'. Dieser Bastard liebt es, Menschen zu beobachten, die er vor eine Entscheidung wie ans Kreuz genagelt hat«, murmelte Tiziana D'Ambrosio, während sie sich die Tatortfotos ansah, die auf Carusos Schreibtisch lagen. »Er filmt sie dabei, fast als wollte er dieses Vergnügen noch einmal genießen, sobald er wieder in seine Höhle zurückgekehrt ist. Das ist eine Bestie.«

»Sie wissen doch, wie das ist, Dottoressa: Wenn sie normal sind, dann gefallen sie uns nicht.«

»Machen Sie ruhig Ihre Scherze, Caruso, aber ich bin ernsthaft besorgt. Nachdem nun die Hypothese einer persönlichen Rache vom Tisch ist, nimmt das verbotene Wort immer mehr Gestalt an. Und das darf auf keinen Fall an die Öffentlichkeit dringen.«

Das besagte Wort war »Serienkiller«, denn das würde aus diesem Fall ein Medienspektakel machen. Fürs Erste war es ihnen noch gelungen, die Presse auf Distanz zu halten, aber früher oder später würde einer von ihnen herausfinden, was passiert war, und dann würde die Hölle losbrechen.

»Ich hoffe, dass es nicht so ist, Dottoressa, denn mit dieser Durchgeknalltenscheiße kenn ich mich nicht aus.«

»Ob Sie wollen oder nicht, Sie werden sich wohl damit befassen müssen, Caruso«, bestimmte die Staatsanwältin knapp.

Der Beamte nickte widerwillig. Aber innerlich verfluchte er die Tatsache, dass Giulia Riva, sein Schützling und seine ehemalige Teampartnerin, ihn bei diesem vertrackten Fall nicht unterstützen konnte, weil sie gerade eine Fortbildung an der Polizeihochschule in Rom abschloss.

»Sagen Sie mir nur eins: Hat Dimase genügend Erfahrung, um einen solchen Fall zu übernehmen?«

»Ehrlich gesagt hat das niemand hier, Dottoressa. Aber Angela ist patent. Ich traue ihr das zu.«

»Und dieser Buchhändler? Das Jugendgericht hat mir seine Bitte um ein weiteres Treffen mit dem kleinen Lorenzo weitergeleitet.«

»Er war einer seiner Schüler. Ohne ihn hätte der Junge niemals den Mund aufgemacht. Marzio ist in Ordnung. Der hat nur gute Absichten.«

»Gut. Dann werde ich mein Placet für das Gespräch geben.«

Sie gingen zu dem Raum, in dem Silvana Atzori zusammen mit Sovrintendente Dimase auf das Eintreffen der Staatsanwältin für eine Erstbefragung wartete. Nachdem die Polizei am Tatort eingetroffen und sie befreit worden war, hatte man sie ins Krankenhaus gebracht und erstversorgt. Nach wenigen Stunden hatte sie jedoch darauf gedrungen, nach Hause zu gehen und hatte – gegen die Empfehlung der Ärzte – die Entlassungspapiere unterzeichnet.

»Glauben Sie, dass wir sie unter Personenschutz stellen müssen?«

»Sie ist die einzige Zeugin des Verbrechens. Also ja. Solange wir den Täter nicht gefunden haben, will ich, dass sie rund um die Uhr beschützt wird. Neues von der Gerichtsmedizin?«

Kurz davor hatte die Staatsanwältin zusammen mit den beiden Polizeibeamten das Haus besichtigt, wo der Doppelmord stattgefunden hatte, und die Genehmigung für den Abtransport der Leichen erteilt, für die sie eine schnellstmögliche Autopsie angeordnet hatte, auch wenn die Todesursache offensichtlich war.

»Der erste Eindruck ist: Tod durch Schusswaffeneinsatz aus nächster Nähe. Wie im Fall der Vincis' sind auch hier die Opfer zunächst betäubt worden. Näheres wird die Autopsie ergeben.«

»Haben Sie überprüft, ob es in der Vergangenheit schon

Vorstrafen gegeben hat oder ob etwas auf kriminelle Verstrickungen hindeutet?«

»Soweit wir sehen, nein. Die beiden hatten eine blitzsaubere Weste, genau wie die Tochter.«

»Können Sie mir bestätigen, dass ihre Putzhilfe den Notruf gewählt hat?«

»Ja, sie hatte die Wohnungsschlüssel und war um acht Uhr morgens zur Arbeit erschienen. Sie fand die Überlebende unter Schock vor, immer noch gefesselt und geknebelt, und hat uns sofort alarmiert. Wir haben ihre Aussage, falls Sie ein Auge darauf werfen wollen.«

»Ich möchte lieber gleich bei der Atzori anfangen. Es ist schon viel Zeit vergangen. Ich möchte nicht, dass ihre Erinnerung verschwimmt.«

»In Ordnung«, sagte Caruso und öffnete die Tür zum Raum für die Befragung von Opfern. »Nach Ihnen, Dottoressa.«

28

Nach dem zwangsläufigen Ausscheiden von Nunzia hatte die Buchhandlung schwere Zeiten durchlebt. Die Kunden waren immer weniger geworden, bis sie schließlich ganz wegblieben. Währenddessen wurden ständig Neuerscheinungen angeliefert, füllten die Regale und leerten Montecristos Konto, denn die Bücher – ob sie nun verkauft wurden oder nicht – mussten zumindest neunzig Tage lang bezahlt werden, was die Ersparnisse des Buchhändlers dahinschmelzen ließ. Darüber hinaus hatte Montecristo während des »goldenen Zeitalters« Patricia zu seiner Unterstützung angestellt, aber seit die Kasse nicht mehr klingelte, wusste er nicht, wie er ihren Lohn bezahlen sollte, und hatte mit großem Bedauern schon ernsthaft darüber nachgedacht, sie zu entlassen, den Laden dichtzumachen und in irgendein exotisches Land zu flüchten, wo die Gläubiger ihn nicht finden konnten.

Um etwas Geld zu sparen, hatte Montecristo wieder seine alte Gewohnheit aufgenommen, in der Buchhandlung zu schlafen, sehr zum Leidwesen seiner Wirbelsäule. In langen schlaflosen Nächten, in denen ihn die Sorgen wegen der Schulden und seiner Zukunft plagten, hatte er sich schon zurechtgelegt, mit welchen Worten er Patricia seinen Entschluss erklären wollte, ehe er sie ziehen ließ.

An dem Morgen, als er sich endgültig entschlossen hatte, ihr zu gestehen, dass er sich ihr Gehalt nicht mehr leisten konnte, war jedoch etwas Ungewöhnliches passiert: Kurz nach Ladenöffnung – Montecristo war gerade dabei, die ausgestellten Neuerscheinungen abzustauben, während Gene Deer im Hintergrund sein gequältes »Midnight Healing« sang – waren zwei schwarze Katzen hochmütig durch die Tür der Buchhandlung spaziert, hatten sich indigniert umgesehen und schließlich auf zwei Stapeln mit Krimis von Agatha Christie eingerollt.

»Fühlt euch ruhig wie zu Hause«, hatte Montecristo gemurmelt und sie angestarrt. Als einzige Antwort hatten die Katzen seinem Blick stolz standgehalten, bis der Buchhändler amüsiert den Kopf geschüttelt hatte.

»Wer sind denn die zwei?«, hatte Patricia gefragt, nachdem sie gleich beim Betreten der Buchhandlung die beiden Katzen bemerkt hatte. »Ich wusste gar nicht, dass du ein Katzenfreund bist.«

»Das bin ich auch nicht. Die waren auf einmal da. Seit einer halben Stunde bewachen sie nun Agatha Christie.«

»Hast du ihnen schon einen Namen gegeben?«

Montecristo hatte die beiden Tiere etwas aufmerksamer betrachtet. Das eine, von dem er annahm, dass es ein Weibchen war, war lebhafter und neugieriger – und wirkte irgendwie wie ein Klatschmaul –, das andere schien dagegen immer hochmütig, eitel, pingelig und vollkommen von sich überzeugt. »Sie da ist Miss Marple und der Narziss dort drüben ist Poirot«, hatte er verkündet.

Patricia hatte amüsiert gelächelt und dann ein Foto von den Katzen gemacht, um es als Profilbild auf die Social-Media-Kanäle der Buchhandlung hochzuladen und die beiden neuen »Katzenbuchhändler« willkommen zu heißen – zum Wohle der Geschäfte betreute nun sie die Internetkommunikation, denn Montecristo war es gelungen, sogar in den Kommentaren unter seinen Posts mit den Kunden Streit anzufangen.

Ein paar Stunden später waren die beiden Fellnasen immer noch da. Es sah so aus, als hätten sie sich keinen Millimeter bewegt. Mehr aus Spaß hatte Patricia dann eines der von Montecristo empfohlenen Bücher – einen Krimi von Peter Swanson, einem von ihm hochgeschätzten Autor – genommen und neben die beiden Katzen gestellt. Auch davon hatte sie ein Foto gemacht und es auf Instagram, Twitter, Facebook und TikTok mit dem Untertitel »Katzenliteraturtipps« veröffentlicht. Sie und Montecristo hatten ein wenig gelacht, und das Thema war erledigt. Danach hatten sie sich wieder darangemacht, die ältesten Titel aus den Regalen zu räumen, um sie zu verscherbeln und wenigstens noch ein paar Euro rauszuholen. Darüber hatten sie das Foto ganz vergessen.

Eine halbe Stunde später war die erste Kundin gekommen – eine etwa zwanzig Jahre alte Frau – und hatte genau nach Peter Swansons *Die Gerechte* gefragt, dem Titel, den die beiden »Katzenbuchhändler« empfohlen hatten. Montecristo und Patricia hatten sich ungläubig angesehen und es ihr verkauft. Wenige Minuten später kam noch eine Kundin mit demselben Wunsch. Diese fragte allerdings, ob sie noch ein Selfie mit ihrer Neuerwerbung und den beiden Katzen machen dürfe.

»Nur zu«, hatte Patricia erwidert.

Am Ende dieses Tages waren alle Exemplare des Buches verkauft, dank des »Tipps« von Miss Marple und Poirot.

»Hm, ich glaube, sie haben sich ihr Abendessen redlich verdient, meinst du nicht auch?«, hatte Patricia angeregt.

Montecristo hatte genickt und sie losgeschickt, um einen Vorrat Katzenfutter zu kaufen.

»In fünf Minuten müsste ich den Laden schließen, meine Herrschaften«, hatte er sich schließlich an die beiden Katzen gewandt. Als Antwort hatten sie sich auf dem Tresen mit den Neuerscheinungen zusammengerollt, waren eingeschlafen und hatten angefangen lautstark zu schnarchen.

»Total verrückt …«, hatte Montecristo geseufzt.

29

Am nächsten Morgen lagen die beiden Katzen immer noch auf dem Tresen. Patricia hatte beschlossen, das Experiment zu wiederholen, diesmal mit einem Buch von Louise Penny. Das Ergebnis war dasselbe. Nur dass, anders als am Vortag, der Titel bereits nach drei Stunden ausverkauft war.

Da die beiden »Gäste« keinerlei Anstalten machten, sich zu verziehen, war Montecristo in ein Geschäft für Tierbedarf gegangen und hatte zwei Körbchen, zwei Katzentoiletten und einen Sack Trockenfutter besorgt.

Mit der Zeit waren die »Katzenliteraturtipps« zu einer festen Rubrik geworden: Patricia postete täglich die Empfehlungen von Miss Marple und Poirot, und diese Buchtipps waren ein voller Erfolg. Bald waren die beiden schwarzen Katzen berühmter als die Buchhandlung selbst, und Montecristo beschloss, sich die Popularität der »Buchhändlerassistenten« zunutze zu machen, und änderte den etwas pompösen Namen Libreria del Mistero in Les Chats Noirs um, als Reminiszenz an das berühmte Pariser Etablissement auf dem Montmartre. Dieser kleine Geistesblitz trug zur wachsenden Bekanntheit der Buchhandlung bei und brachte ihm noch ein paar mehr Kunden ein, sodass Montecristo es sich erlauben konnte, Patricia zu behalten, wieder in einem normalen Bett zu schlafen und sich nicht mehr nur aus Dosen zu ernähren.

»Meinst du, ich muss ihnen ein Gehalt zahlen?«, hatte er eines Tages mit Patricia gescherzt, während er eine Gruppe

Touristen beobachtete, die vollauf damit beschäftigt waren, Selfies neben Miss Marple und Poirot zu machen.

»Verzeih mir meine offenen Worte, aber diese zwei Katzen haben dir den Arsch gerettet. Ich an deiner Stelle würde alles tun, um sie nicht zu verärgern. Und wenn du ihnen morgens, mittags und abends Räucherlachs servierst.«

»Also jetzt wollen wir mal nicht übertreiben. Das mit dem Lachs können sie vergessen … Aber vielleicht die eine oder andere Sardine …«

Dank dieser unerwarteten Berühmtheit kamen jeden Tag mindestens fünf oder sechs mit Selfiestick ausgestattete Personen und fragten, ob sie ein Foto mit den beiden Katzenbuchhändlern machen dürften. Viele dieser Kunden brachten Futter und Geschenke für die Katzen vorbei – und manchmal auch für die menschlichen Buchhändler –, und Miss Marple und Poirot hatten angefangen, sich wie VIPs aufzuspielen und ihren ohnehin schon sehr ausgeprägten Hochmut auf ein bislang unbekanntes Niveau hochgeschraubt.

Widerwillig hatte Montecristo ihre Starallüren ertragen und sich jeglicher Kommentare enthalten. Patricia hatte recht: Die zwei Katzen waren seine Rettung gewesen.

30

An diesem Morgen fluchte Montecristo leise vor sich hin, während er die Katzenstreu austauschte und in allen Winkeln staubsaugte, um die Haare zu entfernen, die die Katzen überall in der Buchhandlung verteilten, als sein Handy vibrierte. Es war eine Whatsapp-Nachricht von Angela Dimase.

Guten Morgen, du Ausbund an Fröhlichkeit. Ich habe eine gute und eine weniger gute Nachricht. Welche willst du zuerst hören?

Die gute, erwiderte er und wählte währenddessen unter den Neuerscheinungen die Katzenlektüreempfehlung des Tages aus. Er entschied sich für das letzte Buch von Anthony Horowitz, einem Krimiautor, der ihn immer wieder aufs Neue faszinierte.

Die gute ist, dass die Staatsanwaltschaft dein Gespräch mit Lorenzo genehmigt hat. Ruf diese Nummer hier an, um alle Details zu klären, las er auf seinem Smartphone. *Du kannst gleich heute Vormittag hingehen, wenn du willst.*

Und die schlechte?, schrieb Montecristo zurück.

Du hattest recht: Heute Nacht hat er wieder zugeschlagen. Dieselbe Vorgehensweise. Diesmal gibt es zwei Opfer.

Als Montecristo diese Nachricht überflog, spürte er, wie alles in ihm erstarrte.

Ich muss weiter. Wir hören uns später, verabschiedete sich Angela Dimase.

Montecristo ließ sich in den Sessel fallen, und seine Katzen kamen zu ihm, fast als hätten sie sein Unbehagen gespürt. Neugierig starrten sie ihn mit ihren hypnotischen Bernsteinaugen an.

»Scheiße ...«, flüsterte er. Er hatte sich so sehr gewünscht, zu dem Jungen gehen und ihm die Botschaft überbringen zu können, dass der Mörder seiner Mutter gefasst worden sei. Nicht, dass er sich deswegen irgendeinen wundersamen Effekt erwartet hätte, aber er hatte sich in der Illusion gewiegt, damit wenigstens den Schmerz etwas lindern zu können.

Was machst du denn, wenn er dich fragt, ob sie ihn gefasst haben?, fragte er sich beunruhigt.

31

Silvana Atzoris Zeugenaussage deckte sich vollständig mit der des Kindes. Natürlich nur bis zu dem tragischen Epilog, als ihre Unfähigkeit, sich zu entscheiden, zur Hinrichtung ihrer Eltern geführt hatte. Ansonsten waren die Versionen identisch, fast als wäre der Mörder demselben Drehbuch gefolgt.

»Ich danke Ihnen für Ihre Unterstützung, Signora Atzori«, sagte die Staatsanwältin, nachdem die Augenzeugin ihre Aussage beendet hatte. »Ich weiß, wie schwer das alles für Sie sein muss, und ich schätze das wirklich sehr, glauben Sie mir. Ich bitte Sie, uns noch ein paar Minuten zu schenken, dann lassen wir Sie gehen.«

Aus den Unterlagen, die die Ermittler ihr übergeben hatten, ging hervor, dass Silvana Atzori neununddreißig Jahre alt war, in der Verwaltung einer Privatklinik etwas außerhalb von Cagliari arbeitete, nicht verheiratet war, keine Kinder hatte und im Moment auch keine feste Beziehung. Caruso hatte sie gerade gefragt, ob jemand über sie verärgert sein könnte – irgendein Exfreund, jemand aus dem Kollegenkreis –, aber sie hatte energisch den Kopf geschüttelt.

Dimase zeigte ihr nun auf einem Tablet die Fotos der Familie Vincis und fragte, ob sie jemanden von ihnen kenne.

»Nein. Ich glaube nicht … Nein, ich würde sagen, nein«, stammelte Silvana Atzori, während sie die Bilder überflog. Im Krankenhaus hatte man ihr wohl eine Infusion gelegt und etwas gegen die Nachwirkungen des Betäubungsmittels gegeben, aber sie hatte immer noch die bleiche Gesichtsfarbe von jemandem, der frisch aus einer Narkose erwacht ist.

Keine persönliche Verbindung zwischen den Opfern, notierte sich Caruso im Geiste.

Da vibrierte sein Handy. Es war eine SMS von der Staatsanwältin. *Wir sollten ihr Telefon abhören und ihre Aktivitäten in den sozialen Netzwerken und ihre Mails überwachen. Ebenso muss ihr Anschluss auf eventuelle Hackerversuche in den vergangenen Wochen überprüft werden. Ich unterschreibe Ihnen die entsprechenden Anordnungen, sobald wir hier fertig sind.*

Caruso sah zu D'Ambrosio hinüber und nickte.

»Silvana – ich darf dich doch duzen, oder?«, fragte Dimase. Ihre Bitte war Teil einer mit Caruso abgesprochenen Strategie: Während er und D'Ambrosio eher ein formelles Behördenimage verkörpern sollten, würde Dimase – auch weil sie jünger und eine Altersgenossin der Befragten war – versuchen, zu der Zeugin eine persönlichere, emotionale Beziehung aufzubauen, um ihr Vertrauen zu gewinnen und ihre Neigung zur Zusammenarbeit zu stärken.

Silvana Atzori nickte.

»Hast du vielleicht bemerkt, ob der Unbekannte einen besonderen Akzent hatte oder ob seine Ausdrucksweise etwas über seine Herkunftsregion verraten hat?«

»Eher nicht. Ich glaube, er war kein Sarde. Er sprach ohne Akzent. Auf jeden Fall hatte er keinen sardischen Akzent.«

Dimase nickte und notierte sich alles in ihr Notizbuch. »Augenfarbe?«

»Dunkel. Dunkelbraun. Fast schwarz.«

»Ist Ihnen ein Detail aufgefallen, das sein Alter verraten könnte?«, fragte die Staatsanwältin.

Silvana Atzori schüttelte den Kopf. »Der einzige unbedeckte Teil seines Körpers waren die Augen.«

Die Staatsanwältin stupste Caruso leicht mit dem Knie an den Oberschenkel als Aufforderung, mit der Befragung fortzufahren.

»Signora Atzori, entschuldigen Sie, wenn ich noch einmal zu diesem schrecklichen Moment zurückkehre«, übernahm daher Caruso. »Also nachdem der Mann den Abzug gedrückt hat – könnten Sie noch einmal wiederholen, was dann passiert ist?«

Silvana Atzori seufzte. Sie wischte sich die Tränen von den Wangen und sprach, ohne von dem Taschentuch aufzusehen, das sie in ihren Händen hielt. »Ich bin sofort zu meinen Eltern. Ich konnte nicht glauben, dass er das wirklich getan hat … Ich dachte, er würde bluffen, dass alles ein Spiel wäre oder so etwas. Stattdessen … Als ich wieder aufgesehen habe, war er nicht mehr da. Nur die Sanduhr stand noch da.«

Die drei Ermittler nickten.

»Sind Sie sicher, dass er nichts zu Ihnen gesagt hat, bevor er gegangen ist?«, hakte Caruso nach.

»Ja. Nichts.«

»Haben Sie die Geräusche gehört, als er das Stativ einpackte oder die Tür zum Wohnzimmer schloss?«, übernahm nun die Staatsanwältin.

»Auch das nicht. Ich habe geschrien, oder zumindest habe ich es versucht … Ich habe nichts bemerkt.«

»Nicht einmal, dass er sich gebückt hat, um die Patronenhülsen aufzuheben?«, insistierte Caruso.

»Nein. Ich sage es noch einmal: Ich war zu sehr mit meinen Eltern beschäftigt. Ich habe gehofft, ich könnte … sie aufwecken. Ich weiß, dass das dumm klingt, aber …«

»Das ist absolut normal, glauben Sie mir … Ich weiß,

dass es nicht Ihre Aufgabe ist, eine Antwort auf die Frage zu finden, die ich Ihnen gleich stellen werde – aber haben Sie irgendeine Idee, warum dieser Mann eine solche Tat verübt haben könnte?«, fragte die Staatsanwältin.

Silvana Atzori schüttelte den Kopf, vor lauter Schluchzen brachte sie kein Wort heraus.

»Deine Eltern haben nie Drohungen erhalten?«, fragte Dimase.

»Soweit ich weiß nicht. Sie hätten es mir bestimmt gesagt. Also nein.«

»Hast du in den letzten Tagen jemals das Gefühl gehabt, dass du beobachtet wurdest oder dass dir jemand gefolgt ist? Oder ist dir mehrmals dieselbe unbekannte Person begegnet?«

»Nein.«

Die Staatsanwältin nickte. »Eine letzte Sache noch. Wir bitten Sie natürlich, für den Moment absolutes Stillschweigen zu wahren über das, was passiert ist, und auch nicht mit der Presse und dem Fernsehen zu reden, aber gibt es noch etwas, das Sie uns sagen wollen? Etwas, das Sie für wichtig erachten und das wir wissen müssten?«

Silvana Atzori schüttelte den Kopf.

Die drei dankten ihr und versicherten, dass sie alles in ihrer Macht Stehende unternehmen würden, um den Mörder zu fassen, dann gingen sie resigniert aus dem Raum.

Sie hatten gehofft, ihn mit etwas Handfestem verlassen zu können.

Stattdessen hatten sie nichts erreicht.

32

Sie müssen das hier über den Kopf ziehen«, begann der Polizeibeamte in Zivil ohne Umschweife. Wie vereinbart hatte Montecristo ihn vor einem Discountmarkt an der Staatsstraße 554 getroffen, nachdem er die Nummer angerufen hatte, die Angela ihm zuvor gegeben hatte.

Montecristo starrte auf den schwarzen Sack, den der Beamte ihm hinhielt. »Das soll ein Scherz sein, oder?«

Ohne darauf einzugehen, hielt der Beamte ihm weiter die Kopfbedeckung hin.

»Verdammt noch mal, worauf hab ich mich hier eingelassen …«, knurrte Montecristo und zog ihn sich über. Schlagartig umfing ihn absolute Dunkelheit. Er spürte, wie er an einem Arm gepackt wurde, und ließ sich in das Innere eines der vielen Wagen bugsieren, die auf dem Parkplatz des Supermarktes standen.

»Nun müssen Sie sich auf dem Rücksitz flach hinlegen«, befahl die Stimme des Beamten.

»Aber ist das wirklich nötig?«

»So sind die Regeln«, stellte der Beamte vom Personenschutz klar. »Wenn Sie die nicht befolgen wollen, ist das okay für mich. Aber das Gespräch können Sie dann vergessen.«

Ungläubig legte Montecristo sich hin und hörte, wie gleich darauf der Wagen startete und sich auf die viel befahrene Straße einfädelte.

Das ist das Leben, das Lorenzo erwartet, solange dieser Bastard nicht geschnappt ist, sagte er sich.

Dieser Gedanke ließ in ihm wieder den Zorn hochkochen. Während das Auto zu dem Haus fuhr, in dem der Junge bewacht wurde, bemühte sich Montecristo, ganz nüchtern dieses seltsame Verbrechen zu analysieren, als wäre es die Handlung eines Krimis, dessen Lösung er herausfinden musste.

33

Als sich die Tür des Zimmers öffnete, in dem sich Lorenzo lustlos auf der Playstation durch irgendwelche Videospiele klickte, blickte der Junge auf und ließ bei Montecristos Anblick sofort den Joystick fallen, um sich in seine Arme zu werfen.

»Wie schön, dass du da bist!«

»Das hatte ich dir doch versprochen, nicht?«, erwiderte Montecristo und strubbelte ihm durch die Haare, dann begrüßte er die junge Psychologin, die den Jungen betreute.

»Soll ich Ihnen einen Kaffee machen?«, bot sie an.

»Sehr gern, danke.«

»Wie geht es dir, Lorenzo?«, fragte Montecristo, doch er bereute sofort, ihm eine so banale Frage gestellt zu haben.

»Ich bin total müde. Nachts kann ich nicht schlafen, weißt du. Ich habe ständig Albträume … Immer wieder sehe ich vor mir, was passiert ist.«

Montecristo nickte mitfühlend und strich ihm liebevoll über den Rücken. »Glaub mir, das ist ganz normal. Das hat dir sicher auch …«

»Ilaria Saccon«, stellte sich die Therapeutin vor und reichte Montecristo einen Kaffee.

»… Ilaria gesagt«, führte er seinen Satz zu Ende. »Vielen Dank … He, Lorenzo, ich habe dir was zu lesen mitgebracht.«

Montecristo holte aus seinem Rucksack ein paar Bände aus der Serie *Gregs Tagebuch* hervor und ein Dutzend Mangas, die gerade sehr angesagt waren. Als er sah, dass sich auf Lorenzos Gesicht ein leises Lächeln stahl, spürte er, wie sich sein Herz zusammenzog.

»Warum lassen die uns denn nicht allein?«, fragte der Junge und zeigte dabei auf die Psychologin und die Polizeibeamtin, die wenige Meter von ihnen entfernt auf einem Sofa saßen und sich unterhielten. Die Bedingungen der Untersuchungsrichterin waren nicht verhandelbar gewesen: Ilaria und eine Polizeibeamtin, die zum Schutz des Jungen abgestellt war, würden die ganze Zeit beim Gespräch anwesend sein.

»Das ist zu deinem Schutz. So ein Erwachsenending. Das begreife nicht mal ich«, hatte Montecristo versucht, es ins Lächerliche zu ziehen, aber der Junge hatte die Ironie dahinter nicht erfasst.

»Ich fühle mich schuldig.«

»Warum?« Montecristo zog überrascht die Augenbrauen hoch.

»Weil ich noch am Leben bin. Mama und Papa … sie sind nicht mehr da, und Mama ist gestorben, um mich zu retten … Warum?«

Die beiden Frauen unterbrachen ihr Geplauder und sahen gespannt zu ihnen hin.

»Weil sie dich mehr als alles andere geliebt hat. Sogar mehr als ihr Leben.«

Lorenzo schien darüber nachzudenken und drehte dabei die Bücher in seinen Händen. »Und warum hat sich Papa dann umgebracht? Warum hat er mich alleingelassen? Um mich zu bestrafen?«

Montecristo schüttelte energisch den Kopf. »Nein, auf keinen Fall. Er fühlte sich dir und deiner Mutter gegenüber schuldig. Der Schmerz und die Angst, die er empfand, waren zu stark, da hat er instinktiv reagiert, ohne nachzudenken.«

Die Psychologin nickte, um ihm zu signalisieren, dass er es gut machte und dass es gesund für den Jungen war, unter seiner Anleitung die Fragen anzugehen, die ihn quälten.

»Dich trifft keine Schuld, Lorenzo«, erklärte Montecristo ihm mit Nachdruck. »Es gibt nur einen Schuldigen, und das ist dieser Mann.«

»Haben sie ihn gefasst?«

Montecristo konnte und wollte ihn nicht belügen. »Noch nicht, aber sie sind ihm ganz dicht auf der Spur. Es ist nur eine Frage der Zeit. Und sobald sie ihn haben, sind all diese Vorsichtsmaßnahmen nicht mehr nötig.«

»Kommst du mich weiter besuchen?«

»Na klar, darauf kannst du jeden Eid schwören. Und du kommst zu mir in die Buchhandlung. Dann kannst du dir jedes Buch oder jeden Comic nehmen, den du willst, großes Ehrenwort.«

Der Junge verzog das Gesicht leicht zu einem traurigen Lächeln. Kurz darauf stellte er eine weitere Frage, die mitten ins Herz traf: »Warum hat er das gemacht? Warum hat er sich uns ausgesucht?«

»Das kann ich dir nicht sagen, Lori. Aber ich werde es herausfinden. Versprochen.«

Lorenzo nickte. »Magst du mit mir zocken?«

»Klar. Aber sei nachsichtig mit mir: Ich bin bei so was überhaupt nicht gut.«

Während sie gegeneinander spielten, stellte sich Montecristo eine Frage, die ihn bisher nur am Rande gestreift hatte: Was wäre gewesen, wenn Lorenzos Vater sich entschieden hätte, den Jungen zu opfern und nicht seine Mutter? Was hätte dieser Mistkerl dann getan? Hätte er ein Kind getötet?

34

Der Mörder war vor seinem nächsten Opfer eingetroffen, das zehn Minuten später erschien als sonst. Er beobachtete, wie die Frau Richtung Check-in-Schalter lief, sie hatte den gleichen Trolley dabei wie immer, den sie dann als Gepäck für den Flug von Elmas, dem etwa zehn Kilometer von Cagliari entfernten Flughafen, nach Mailand Linate aufgeben würde. Nach der Ankunft würde sie ihren Wagen vom Flughafenparkplatz holen und dann die Autobahn nach Saronno nehmen, wo sie seit einigen Jahren die Hälfte der Woche lebte.

Er registrierte, dass die Frau erleichtert aufatmete, als sie sah, dass nur wenige Leute vor dem Schalter warteten. Er war mit ihren Gewohnheiten bis ins Detail vertraut, schließlich verfolgte er sie schon seit Monaten. Deshalb erhob er sich nun und ging ihr voraus in die Cagliari Airport Library, die erste Bibliothek in einem italienischen Flughafen und eine der wenigen in ganz Europa, die nicht nur dem Personal und den Reisenden, die hier ein- oder umstiegen, offenstand, sondern allen Passanten und Besuchern des Flughafens. In der Abflughalle hatte man Gelegenheit, in Büchern zu blättern, sie auszuleihen oder selbst eines in der Book-Crossing-Abteilung zu hinterlassen. Viele Reisende hatten sich angewöhnt, Bücher zu spenden, die sie im Urlaub oder auf der Geschäftsreise zu Ende gelesen hatten, inzwischen zählte die Bibliothek fast zweitausend Exemplare.

Der Mörder ging die Regale auf der Suche nach einem

netten Roman ab, der ihn auf der Reise begleiten sollte; es war das vorletzte Mal, dass er ein Flugzeug nahm, um sein Opfer und dessen Gewohnheiten zu studieren. Die nächste Reise würde die letzte sein, auf der er in Aktion treten würde. Im Gegensatz zu seinem Opfer, das Kriminalromane und Thriller liebte, mochte er herzzerreißende, richtig schnulzige Liebesgeschichten, mit kitschigem und versöhnlichem Happy End, in denen alles wieder in Ordnung kam und man immer fest mit einem »und sie lebten glücklich und zufrieden bis ans Ende ihrer Tage« rechnen konnte. Diese großen Leidenschaften, die schwierigen und oft stürmischen Liebesbeziehungen, die stets in einem beschaulichen häuslichen und altvertrauten Glück endeten, vermittelten ihm ein Gefühl von Ruhe und Sicherheit.

Wie er vorhergesehen hatte, betrat die Frau die Bibliothek, bevor sie zum Sicherheitscheck ging, und begann die Buchtitel zu studieren. Der Mörder senkte die Lider ein wenig und hielt den Atem an, als sie ihn zufällig streifte und sich dafür entschuldigte. Er war ihr noch nie so nahe gekommen und fragte sich, ob dies ein Risiko darstellte. Doch dann lächelte er sie nur an und traf seine Wahl: ein rührseliger Thriller von Danielle Steel, den er in der Book-Crossing-Abteilung mitnahm, weil er dann nicht an der Ausleihtheke vorbeimusste. Während er die Bibliothek verließ, sah er, dass auch die Frau ihre Reiselektüre gefunden hatte: *Grausame Nacht* von Linda Castillo, einer amerikanischen Autorin, die viele ihrer Thriller in einer Gemeinschaft von Amischen ansiedelte.

Beide passierten den Sicherheitscheck und den Bodyscanner wenige Meter hintereinander, und als der Mörder seinem Opfer in der Warteschlange am Gate wiederbegegnete, erkannte er den Duft Coco Mademoiselle von Chanel, den sie sich meist in der Parfümerie kurz vor den

Sicherheitskontrollen aufsprühte. Die frischen Kopfnoten von Orangen und Bergamotte, abgerundet durch die sanfteren, süßeren Aromen von Vanille und Rose waren unverwechselbar.

Der Zufall wollte es, dass sie auf dieser Reise in derselben Reihe genau nebeneinandersaßen. Der Mann konnte das Profil der Frau als Spiegelbild im Fenster sehen. Er beobachtete, wie sie immer tiefer atmete, ihr Körper sich entspannte und sie langsam in den Schlaf glitt.

Das Schicksal geht manchmal seltsame Wege, dachte er. Da schläft sie sanft und selig neben dem Mann, der sie vielleicht in einigen Tagen töten wird.

Er verzog die Lippen zu einem zufriedenen Lächeln. Dann schaltete er das Leselämpchen an und vertiefte sich in den Roman.

35

Einige Tage später

Der Tag hatte für Montecristo nicht gerade gut angefangen. In den ersten beiden Stunden war kein einziger Kunde in seinen Laden gekommen. Als dann am späten Vormittag endlich eine Signora eintrat, hatte er sein schönstes Lächeln aufgesetzt, die potenzielle Kundin begrüßt und sie gefragt, ob er ihr helfen könne.

»Ja, vielen Dank. Wissen Sie, ich muss zu einem Geburtstag …«, hatte sie begonnen und sich misstrauisch umgesehen, und schon da wusste Montecristo, dass das Ganze nicht gut enden würde. »Also, kurz gesagt, ich möchte jemandem ein Buch schenken, der ungern liest.«

Montecristos Miene war zu Eis gefroren.

»Jemandem, der ungern liest?«

»Genau.«

»Zu seinem Geburtstag?«

»Ja.«

»Und Sie wollen ihm ein Buch schenken?«

»So ist es.«

»Kann es sein, dass Sie diesen Menschen nicht leiden können, Signora?«

»Wie kommen Sie denn auf die Idee?«

»Dann sind Sie vielleicht sadistisch veranlagt?«

»Überhaupt nicht. Warum zum Teufel vermuten Sie das?«

»Nun, Sie wollen einem Menschen, der *ungern liest*, ein *Buch* schenken. Was verleitet Sie zu der Annahme, dass er Ihr Geschenk schätzen könnte?«

»Sind Sie nicht hier, um Bücher zu verkaufen?«

»Sicher, aber wenn ich auf jemanden stoße, der so ein …«

Zum Glück hatte Patricia eingegriffen und ihn zumindest vor einer Klage gerettet, indem sie ihn zum Regaleabstauben in den Raum mit den reduzierten Büchern verbannt hatte.

Zehn Minuten später war Montecristo in den Verkaufsraum zurückgekehrt, wo die »Sadistin« gemeinsam mit Patricia immer noch damit beschäftigt war, dieses garantiert unwillkommene Geburtstagsgeschenk auszusuchen.

Im gleichen Moment hatte ein neuer Kunde den Laden betreten und sich selbstbewusst und ein wenig kurz angebunden an den Buchhändler gewandt.

»Verzeihung, haben Sie das neue Buch von Carrisi?«

»Sicher, warten Sie, ich hole es Ihnen.«

Montecristo war zielstrebig auf den Tisch mit den Neuheiten zugesteuert, auf dem die beiden schwarzen Katzen Hof hielten.

Endlich mal ein einfacher Verkauf und ein normaler Kunde, hatte er gedacht und ein Exemplar des Thrillers geholt, der in diesen Wochen auf Platz eins der Bestsellerliste stand. Als er ihn dem Mann gab, hatte der ihn verdutzt mit spitzen Fingern angefasst, als wäre er mit Schlamm überzogen.

»Was haben Sie denn verstanden?«, hatte er sich beschwert. »Ich meine den Sänger Carrisi. Albano.«

»Hat jetzt sogar Al Bano zur Feder gegriffen?«

»Ja sicher! Ich habe das Buch zwei Mal gelesen. Mir sind richtig die Tränen gekommen …«

»Das tut mir leid für Sie … Aber diese Buchhandlung ist auf Krimis spezialisiert, mein Herr«, hatte Montecristo erwidert. »Ich bin untröstlich.«

»Also haben Sie das Buch nicht?«

»Nein, leider nicht. Wir können es Ihnen bestellen, wenn Sie wollen.«

»Wie lange dauert das?«

»Drei oder vier Tage.«

»Nee, dann nicht. Die Party ist heute Abend.«

»Gehen Sie auch zu dem Typen, der ungern liest?«

»Wie bitte? Sagen Sie, haben Sie irgendein Problem? Man merkt doch gleich, dass Sie keine Lust haben zu arbeiten …«

Montecristo schloss die Augen und rief sich in Erinnerung, wie es das letzte Mal ausgegangen war, als er jemanden körperlich angegriffen hatte. »Auf Wiedersehen, mein Herr. Und einen schönen Tag noch.«

»Den schönen Tag können Sie sich sonst wohin stecken! Ich werde überall erzählen, was für eine lausige Buchhandlung das hier ist!«

Montecristo hatte den Eindruck, dass diese verfluchten Katzen insgeheim in sich hineingrinsten. Er wandte dem Al-Bano-Fan den Rücken zu und ging entschiedenen Schrittes wieder auf den Raum mit den reduzierten Büchern zu, bevor er hier noch ein Blutbad anrichtete.

Montecristo wollte gerade wieder nach unten gehen, als ihn eine vertraute Stimme aufhielt.

»Den Preis als bester Buchhändler des Jahres kannst du wohl auch diesmal vergessen … Warum hast du nur eine Buchhandlung aufgemacht und keine Pizzeria?«

Montecristo hatte sich umgewandt, als er diese heisere Frauenstimme mit dem leichten Turiner Akzent hörte, und sein Gesicht hatte sich aufgehellt. »Mein Steuerberater war derselben Meinung wie du.«

»Du hättest auf ihn hören sollen.«

»Du kannst dir gar nicht vorstellen, wie oft ich bedauert

habe, dass ich seinen Rat nicht befolgt habe … Bist du gerufen worden, um einen Mord zu verhindern?«

Die Polizeibeamtin lächelte und folgte ihm nach unten. »Na komm, lass uns einen Espresso trinken, den brauchen wir jetzt beide.«

»Genau: Solange es Kaffee gibt, besteht Hoffnung.«

Montecristo kochte Espresso und kam mit den Tassen zu Dimase, die es sich auf einem der beiden Sofas vor dem Kamin im Veranstaltungsraum bequem gemacht hatte.

»Hier trefft ihr *Anonymen Krimileser* euch also, richtig?«

»Ja. Willst du dem Klub beitreten?«

»Nein danke … Du siehst aber ziemlich fertig aus, finde ich.«

Montecristo stöhnte. »Kein Vergleich zu damals, als mich ein Kunde nach einem *Push-up*-Buch fragte.«

Angela schüttelte grinsend den Kopf. »Was hast du ihm geantwortet?«

»Ich hab ihn zum Intimissimi-Shop geschickt.«

Diesmal musste sie lachen.

»Sag schon, was du willst – ich nehme mal an, dass du nicht gekommen bist, um mit mir über meine Missgeschicke mit den Kunden zu reden, und auch kaum, um meinen miserablen Espresso zu trinken.«

»Ach, so schlecht ist der gar nicht … Aber du hast recht«, sagte Angela und holte aus ihrer Tasche ein Dossier, das sie auf das Tischchen vor ihnen legte. »Wir sind bei den Untersuchungen an einem toten Punkt angekommen. Es gab keine Entwicklung in dem Fall, die Ergebnisse der Spurensicherung haben nichts erbracht, unser Chef macht uns Druck, und wir haben Angst, dass wir uns irgendwo festfahren.«

»Tut mir leid. Aber was habe ich denn damit zu tun?«

»Das letzte Mal, als wir euch hinzugezogen haben, wart ihr uns eine große Hilfe.«

»Meinst du das ernst? Willst du den Klub in diesen Fall hineinziehen? Ihr müsst wirklich am Ende sein, wenn ihr eure Hoffnungen auf eine Handvoll Krimifans setzt.«

Angela antwortete ihm nicht, woraus Montecristo schloss, dass die Polizisten diesmal wirklich keinen Plan hatten.

»Weiß Caruso Bescheid?«

»Es war sogar seine Idee.«

Montecristo schüttelte lächelnd den Kopf. »Ach? Jetzt steigt er also von seinem hohen Ross herab?«, bemerkte er spöttisch.

»Wir wollen ja nur eine Einschätzung von euch, mehr nicht. Heute ist doch euer Treffen, richtig?«

»Ein miesepetriger Rentner, ein vor Temperament überschäumender Mönch, eine Achtzigjährige, die auf Serienmörder fixiert ist, eine junge Frau im Gothic-Look, die davon träumt, jemanden umzubringen – und ein Buchhändler, der am Rande des Ruins steht. Sieht so das Ermittlerteam aus, dem du deinen Fall anvertrauen willst?«

»Wir wollen bloß, dass ihr euch das Ganze einmal anschaut und uns dann sagt, was ihr denkt. Halb so wild, oder?«

»Ja, aber …«

»Bist du denn gar nicht neugierig, mehr Details über den zweiten Mordfall zu erfahren?«

»Verführerische Schlange …«, brummte Montecristo.

Dimase zerzauste ihm liebevoll die Haare, als wäre er ein kleiner Junge, und stand auf. »Danke für den Espresso, und … für alles andere.«

»Du hast ja noch gar keine Antwort von mir bekommen.«

»Oh doch … Wir hören uns morgen. Grüß die anderen von mir.«

»Angie, also, ich glaube nicht, dass …«

Aber Dimase war schon in den oberen Stock verschwunden.

»Das ist doch völlig verrückt«, murmelte Montecristo. Dann bemerkte er, dass Miss Marple und Poirot urplötzlich neben ihm aufgetaucht waren und sich auf dem anderen Sofa zusammengerollt hatten. »Was soll ich tun, was meint ihr?«

Wie üblich schauten ihn die beiden nur von oben herab an.

»Vielen Dank für eure Hilfe. Sehr freundlich, wie immer …«, sagte er leise.

Montecristo schaffte es immerhin, fast eine Minute der Versuchung zu widerstehen, bevor er die Akte zu den Mordfällen öffnete und darin zu lesen begann.

36

Das Buch, über das sie bei jenem Dienstagstreffen sprechen wollten, war *Brief an meinen Richter* von George Simenon, einem Schriftsteller, auf den sich sämtliche Mitglieder des Leseklubs hatten einigen können, auch wenn dieser Roman an sich kein Krimi war, sondern ein anspruchsvoller psychologischer Noir.

Alle saßen schon um Montecristo versammelt, in fiebernder Erwartung, dass die Diskussion über das Buch endlich begänne. Denn diese Geschichte einer absoluten und besitzergreifenden Liebe hatte allen vieren überaus gut gefallen: Sie handelte vom ruhigen bürgerlichen Landarzt Charles Alavoine, den diese allumfassende Liebe in den Strudel emotionaler Besessenheit, Eifersucht und ungebremsten Kontrollwahns, von Besitzdenken und Unterwerfung hineinzieht und ihn schließlich zu einem Mord bewegt.

Doch obwohl auch er dieses literarische Kleinod sehr genossen hatte, war Montecristo schweigsamer als sonst und wirkte in sich zurückgezogen.

»Was beunruhigt Sie, Marzio?«, fragte Vittorio Scalabrini und verlieh damit der Sorge Ausdruck, die sie alle erfüllte. Er schenkte ihm von dem Carignano del Sulcis Superiore Arruga aus dem Weingut Pater di Sant'Antioco nach, den er für diesen Abend ausgewählt hatte. Im Glas erschien er granatrot mit rubinroten Reflexen, und er duftete so intensiv, dass man meinte, mitten in der Mittelmeermacchia zu stehen, umfangen von der Brise, die vom nahen Meer herüberweht. Scalabrini hatte seinen Hut auf der Darstellung von Sir Arthur Conan Doyle abgelegt, derjenigen der drei Büsten im Raum, die Montecristo am nächsten war: Dadurch machte sich der angenehme Duft des Haarwassers, den die Kopfbedeckung verströmte, noch intensiver als sonst bemerkbar; und dennoch überlagerte der überwältigende Duft des Arruga den des Eau de Cologne.

Montecristo nahm einen kräftigen Schluck Wein, als müsste er sich etwas Mut antrinken.

Die Mitglieder des Leseklubs sahen ihn besorgt an.

»Willst du uns etwa sagen, dass die Buchhandlung schließen wird?«, wagte sich Fra Raimondo vor.

Gerade noch rechtzeitig, bevor Montecristo ihn zum Teufel jagte, erinnerte er sich, dass er es mit einem Mann der Kirche zu tun hatte, deshalb beschränkte er sich darauf, sich zur Abwehr von Unheil ganz ungeniert an seine Kronjuwelen zu greifen, was allgemeines Gelächter auslöste. »Oh Gott, auf keinen Fall!«, sagte er dann leise und klopfte noch zusätzlich auf das Holz seines Stuhls, um den Schutzeffekt zu verdoppeln.

»Was ist es dann?«, fragte Signora Solinas, die für den Abend eine mit Aprikosenmarmelade gefüllte Sachertorte gebacken hatte. Und Montecristo, der Schokolade in allen Varianten ungeheuer liebte, hatte nicht einmal einen Krümel davon gekostet, was noch beunruhigender war als seine düstere Schweigsamkeit.

»Ihr erinnert euch doch noch an Angela, die Polizistin, mit der ich befreundet bin?«

»Wie könnten wir die vergessen …«, hatte Maina erwidert, während sie Miss Marple streichelte, die auf ihrem Schoß saß. »Diese unsympathische arrogante Kuh, in die du hoffnungslos verliebt bist.«

Montecristo wurde knallrot. »Das ist nicht wahr! Und sie ist weder unsympathisch noch arrogant.«

»Na klar, schon gut …«, beschwichtigte Maina ihn. »Und was ist jetzt?«

»Heute Vormittag ist sie zu mir gekommen.«

Gespannte Erwartung machte sich unter den Krimifans breit.

Montecristo legte Simenons Noir hin und holte aus einem Regal die Akte über die Sanduhrmorde.

»Wahrscheinlich habt ihr noch nicht davon gehört – die Polizei hat es ziemlich gut geschafft, die Presse im Dunkeln zu lassen –, aber hier in der Stadt wurden drei … sagen wir mal … sehr ungewöhnliche Morde verübt, anscheinend vom selben Täter. Und ich spreche nicht von einem Cold Case, sondern von Verbrechen, die sich erst vor wenigen Tagen hier ereignet haben.«

Die vier Leseklubmitglieder hingen an seinen Lippen, ihre Augen flehten ihn geradezu an fortzufahren.

»Um es kurz zu machen, Angela und Caruso haben bislang absolut nichts herausgefunden. Es sind bizarre Morde, wie aus einem Thriller. Und …«

»Und …?«, wiederholten die vier gespannt und wie aus einem Munde.

»Sie haben uns das bisher zusammengetragene Material der Ermittlungen hiergelassen und uns gefragt, ob wir uns das mal ansehen könnten, um eine andere Meinung zu hören. Natürlich ganz inoffiziell … So ungefähr wie das letzte Mal mit dem Mord im Sinnai. Nur dass der Mörder hier noch auf freiem Fuß ist. Also ist das Risiko höher. Aus diesem Grund wollte ich mit euch reden, bevor … Na, ihr habt sicher schon begriffen, worauf ich hinauswill. Also, was meint ihr?«

»Das fragst du uns noch?«, platzte Fra Raimondo heraus, und sprach damit auch für die anderen. »Na los, erzähl uns alles.«

37

Montecristo nannte alle Fakten, die die Ermittlungen bisher ergeben hatten, und ging dabei exakt in der Reihenfolge der Ereignisse vor, so präzise, als würde er die Handlung eines Kriminalromans analysieren. Als er seine Leseklubgefährten umfassend ins Bild gesetzt hatte, fühlte er sich so erschöpft wie noch nie während eines ihrer Treffen.

Das liegt daran, dass du in die Angelegenheit persönlich verwickelt bist, sagte er sich. Und daran, dass es ein echter Fall ist. Hier sind Menschen gestorben. Menschen aus Fleisch und Blut. Darum bist du aufmerksamer und fühlst mehr Verantwortung, weil du weißt, was auf dem Spiel steht.

»Das ist mehr oder weniger alles, was wir für den Augenblick wissen«, schloss er seine Ausführungen und sah die anderen Klubmitglieder an, die ihm in andächtigem Schweigen zugehört hatten.

»Wow …«, brachte Maina nach einer Weile hervor, während sie immer noch Miss Marple streichelte. »Du warst also Mathematiklehrer, bevor …«

»Genau. *Nobody is perfect*«, wiegelte Montecristo ironisch ab, der jetzt nicht auch noch auf dieses Kapitel aus seiner Vergangenheit eingehen wollte. »Also: Was meint ihr?«

»Deine Polizistenfreunde sind wirklich nicht zu beneiden«, bemerkte Fra Raimondo scherzend und ließ dabei seinen abgenutzten Rosenkranz durch die kräftigen Finger seiner ledrigen Hände gleiten. »Gibt es keine Überwachungskameras, die da helfen könnten?«

Montecristo schüttelte den Kopf. »Er hat agiert wie ein Geist – unsichtbar.«

»Mal abgesehen vom Modus Operandi, der in beiden Fällen praktisch derselbe ist, welche Verbindungen gibt es sonst zwischen den Morden?«, fragte Scalabrini seine Mitstreiter mit seiner charakteristischen tiefen Stimme. »Wissen wir ganz sicher, dass die Opfer einander nicht kannten?«

»Nach dem aktuellen Wissensstand anscheinend nicht«, antwortete Montecristo.

»Und nachdem der Mörder seine Opfer getötet hatte, hat er da in beiden Fällen nichts gesagt? Haben die Überlebenden wirklich nichts gehört?«, fuhr Scalabrini fort.

»Weder der Junge noch Signora Atzori haben diesbezüglich etwas geäußert«, erklärte Montecristo. »Der Scheißkerl hat seine Opfer kaltblütig erschossen und ist dann in der Dunkelheit verschwunden wie ein Ninja. Beim ersten Mord hat er eine Schere auf den Boden gelegt, damit Lorenzo und sein Vater sich befreien konnten. Beim zweiten nicht einmal das.«

»Und er hat nur diese Sanduhren zurückgelassen«, warf Signora Solinas ein. »Richtig?«

»Genau.«

»Die Tatsache, dass er die Taten aufgenommen hat, deutet darauf hin, dass er eine Erinnerung an die Morde bewahren wollte, als hätte er vor, sie später noch einmal nachzuerleben und vielleicht diese Momente der absoluten Macht erneut zu genießen«, meldete sich Maina zu Wort. »Das passt sehr gut zu dem Verhaltensmuster eines Serienmörders. In dem Fall ist das Video ein Fetisch, durch den er immer wieder in die Tatnächte zurückkehren kann. Das ist seine Notfalldosis in den Zeiten, wenn der Adrenalinspiegel zu stark sinkt oder, besser gesagt, wenn zu lange kein Blut fließt.«

Montecristo nickte zustimmend.

»Und was, wenn er diese Videos für jemand anderen gedreht hätte?«, warf Fra Raimondo ein.

»Für wen?«, fragte Scalabrini, den diese Hypothese neugierig machte.

»Keine Ahnung. Vielleicht für jemanden, der sich an diesen Leuten rächen wollte.«

»Oder er hatte vor, sie im Deep Web oder im Darknet zu verkaufen«, fügte Maina an. »Da wimmelt es doch nur so von kranken Leuten, die es genießen, sich solches Snuff-Video-Zeug reinzuziehen.«

»Diese Sache mit dem Internet erinnert mich an einen Roman von Jeffery Deaver, den ich vor einigen Jahren gelesen habe«, sagte Camilla und spielte dabei zärtlich mit den seidigen Ohren von Poirot. »Nach dieser Hypothese wäre unser Mann nur ein Auftragskiller. Ein professioneller Mörder, kein Serientäter.«

»Nun, seine Handlungsweise lässt auf Distanz, Kaltblütigkeit und extreme Professionalität schließen, was gut zu dieser Hypothese passen würde, stimmt's?«, bemerkte Montecristo.

»Ja, das stimmt. Ein Serienmörder hätte vielleicht eine persönlichere Handschrift hinterlassen. Eine Art Signatur«, spann Maina den Faden fort. »Er *hinterlässt* tatsächlich nur diese Sanduhr.«

»Na ja, eigentlich lässt er auch Menschen zurück, die mit der Last auf der Seele leben müssen, dass sie eine geliebte Person zum Tode verurteilt haben«, erwiderte Scalabrini. »Was für eine Qual in Ewigkeit, wenn ihr es recht überlegt.«

»Und warum sollte er so etwas tun?«, fragte Fra Raimondo.

»Aus Rache vielleicht?«, schlug Scalabrini vor.

»Das würde die Ermittlungen auf die Opfer ausdehnen«, erklärte Montecristo.

»Wie meinen Sie das, Marzio?«

Scalabrini antwortete für ihn: »Das bedeutet, um herauszufinden, aus welchem Grund der Mörder Rache übt, muss man das Leben seiner Opfer durchleuchten. Und dabei würde es keinen großen Unterschied machen, ob es sich um einen persönlichen Rachefeldzug handelt oder ob jemand von einem Dritten dazu beauftragt wurde: In jedem Fall müssten die Opfer ebenfalls zur Identität des Auftraggebers führen, nicht wahr?«

»Genau. Nur sie können den Schlüssel zu dieser möglichen Vergeltungsaktion liefern. Immer angenommen, dass diese Theorie zutrifft«, merkte Montecristo an.

Sie saßen noch eine gute halbe Stunde zusammen und loteten andere mögliche Motive aus. Am Ende ihrer Diskussion waren in der Gruppe drei klar voneinander abgegrenzte Meinungen vertreten: Die eine ging von Taten eines Serientäters aus, die andere befürwortete eher die Theorie des Auftragsmörders, und die dritte Fraktion plädierte dafür, es müsse sich um einen gut organisierten Rachefeldzug handeln, der manisch bis ins Detail geplant war. Nur in einem Punkt waren sie sich alle einig: Sie hatten das Gefühl, dass der Mörder wieder zuschlagen würde, denn sein Verhalten gab keinen Anhaltspunkt für die Vermutung, dass er nun innehalten würde. Nachdem sie fast drei Stunden lang die Fälle erörtert hatten, weit über die Dauer ihrer üblichen Treffen hinaus, wenn sie über das Buch der Woche diskutierten, waren sie zutiefst erschöpft von dieser ungewohnten Anstrengung.

»Ich würde sagen, wir machen Schluss für heute«, schlug Montecristo vor. »Wir sind alle zu müde und erschüttert, um noch vernünftig zu überlegen. In ein paar Tagen bringen wir uns gegenseitig auf den neuesten Stand der Dinge, okay? Mit ein wenig Glück haben Caruso und Angela dann vielleicht schon etwas Neues herausgefunden, das uns hilft, klarer zu sehen. Und denkt daran, kein Wort zu irgendjemandem über das, was wir heute Abend besprochen haben.«

Beunruhigt, aber irgendwie auch freudig erregt bei dem Gedanken, an echten Mordfällen zu arbeiten, verließen die Dienstagsdetektive einer nach dem anderen die Buchhandlung Les Chats Noirs und überließen es Montecristo, den Raum wieder in Ordnung zu bringen – was er unter den verächtlichen Blicken der beiden Katzen tat. Nachdem er ihnen Futter gegeben hatte, bemerkte er, dass Vittorio Scalabrini seinen Hut auf der Büste von Sir Arthur Conan Doyle vergessen hatte. Das freute ihn beinahe. Montecristo nahm ihn hoch und hielt ihn sich mit dem Innenfutter an die Nase, um sich an dem Duft des Eau de Cologne zu berauschen. Er schloss die Augen und lächelte über sein kleines geheimes Vergnügen. Dieser Duft war für ihn wie eine zärtliche Geste seines geliebten Großvaters, den er verloren hatte, als er erst zehn Jahre alt gewesen war, und der ein Haarwasser mit einem ähnlichen Duft wie der alte Scalabrini benutzt hatte.

Montecristo nahm den Hut mit und rief dessen Besitzer an, aber Scalabrinis Handy war ausgeschaltet.

Vielleicht hatte er ja vergessen, es nach dem Treffen wieder einzuschalten. Montecristo suchte in der Kundenkartei nach seiner Adresse und fand sie: Scalabrini wohnte nicht weit von seiner eigenen Wohnung entfernt. Deshalb beschloss er, ihm den Hut persönlich vorbeizubringen.

Vielleicht würde ihn eine nächtliche Fahrt auf seiner Moto Guzzi ein wenig von der Anspannung befreien, die sich im Laufe des Tages angesammelt hatte. Bevor er den Raum verließ, wandte er sich an Miss Marple und Poirot: »Verzeiht mir, ich habe euch gar nicht um eure Meinung gebeten. Was denkt ihr denn?«

Die Katzen starrten ihn vorwurfsvoll an und fauchten, als wäre er der Mörder.

»Reizend wie immer, was?«, sagte Montecristo und machte das Licht aus. »Gute Nacht. Wir sehen uns morgen.«

Sobald es im Raum dunkel wurde, leuchteten die bernsteinfarbenen Augen der Katzen auf wie kleine LED-Lämpchen.

38

An diesem Abend hatte die Frau für den letzten Nachtflug *Wintersturm* von Mary Higgins Clark gewählt, einen Klassiker der Kriminalliteratur. Auf dem Buchrücken erkannte der Mörder das aufgeklebte Etikett der Flughafenbibliothek, die momentan geschlossen war. Er folgerte daraus, dass die Frau das Buch direkt nach der Landung ausgeliehen hatte, als sie vor ein paar Tagen nach Cagliari zurückgekehrt war. Nun flog sie erneut nach Mailand Linate. Und er mit ihr. Sobald er an Bord war, begab sich der Mann an seinen Platz, drei Reihen hinter seiner Beute. Im Gegensatz zu ihr hatte er sich kein Buch mitgenommen, keinen seiner geliebten Liebesromane: Als Ritual vor jedem Mord diente ihm eine andere Lektüre. Er holte sie aus einer leichten Ledertasche hervor. Es war ein Heft, vom vielen Gebrauch schon ziemlich abgenutzt und verblichen. Tatsächlich war es ein Tagebuch. Die Worte, mit denen es gefüllt war, waren mit Vehemenz geschrieben, mit all jener Wut, die eine Folge der Notwendigkeit war, sich von den eigenen Dämonen und Schuldgefühlen zu befreien, auf der Suche nach einer Art Absolution, die das Niederschreiben allein allerdings nicht gewährleisten konnte. Die Schrift verriet Nervosität, die Worte wirkten wie unter Strom verfasst, und viele waren mehrfach unterstrichen. Es gab auch einige beunruhigende Zeichnungen, die den Gesamteindruck verstärkten, dass diese Albträume einem kranken Geist entsprangen, bis ins Innerste zerrissen und verwirrt.

Der Mörder blätterte in dem Tagebuch. Er hatte es viele hundert Male gelesen und wiedergelesen. Diese Tinte war das Gift, das seine Seele infiziert hatte, in gewisser Weise hatte es den Mann zu dem Menschen gemacht, der er jetzt war. Jedes Mal, wenn seine Augen auf diesen Worten ruhten, wurden in seinem Kopf die Sätze in grausame Bilder übersetzt, in Schreie, Flehen, höhnisches Gelächter und Blut. Vor allem Blut. Er las irgendeinen zufällig gewählten Absatz und spürte, wie das Serum des Bösen wie von Sinnen durch seine Adern rauschte. Er schloss die Augen und kostete den Schmerz aus, der sich dann mit jeder verstreichenden Sekunde mehr in Wut und Mordlust verwandelte. Wenige Zeilen hatten genügt, um seine bestialischsten Instinkte zu wecken.

Er schloss das Heft, verstaute es sorgfältig in seinem Handgepäck und blickte zu seiner Beute, die in ihre Lektüre vertieft war.

39

Caruso und Dimase wussten, dass eine Vorladung zur Staatsanwaltschaft nach dem Abendessen und außerhalb der Dienstzeit nur eines bedeuten konnte: Schwierigkeiten.

»Meinst du, dass sie uns zur Sau machen will, weil wir Marzio hinzugezogen haben?«, fragte Angela Dimase. Das Klappern ihrer Absätze hallte durch den menschenleeren Gang.

»Ist sie etwa die weibliche Ausgabe von Mandra, dem Zauberer?«, brummte ihr Teampartner. »Wie soll sie sonst so schnell Wind davon bekommen haben?«

»Bestimmt wird sie uns von dem Fall abziehen«, sagte Dimase enttäuscht.

»Du sprühst ja nur so vor Optimismus, was, Dima'? Egal, denk einfach nicht drüber nach ... Und selbst wenn, sie würde uns doch bloß einen Gefallen tun.«

»Das kannst du deiner Großmutter erzählen, Flavio. Ich weiß doch, wie sehr dir dieser Fall zu schaffen macht und dass du dich nicht geschlagen geben willst.«

»Worauf du Gift nehmen kannst ... Ich hasse es, wenn man mich wie einen Depp dastehen lässt. Und dieser Bastard, wer immer das ist, macht uns zu zwei Riesendeppen ... Bereit?«

Angela Dimase nickte, und Caruso klopfte an der Tür der stellvertretenden Staatsanwältin D'Ambrosio.

»Herein!«, kam es von drinnen.

Das Büro verströmte den klassischen Behördencharme,

mit holzvertäfelten Wänden, an denen verschiedene Wimpel der Ordnungskräfte, Kalender der Carabinieri, einige Fotos von diversen Staatspräsidenten und -ministern und etliche Ehrenurkunden hingen, die die Kompetenz der Staatsanwältin bezeugten. Auf dem Schreibtisch stapelten sich Akten und Dokumente. Das einzige unpassende Element, das diesen Eindruck von Amtlichkeit und professioneller Beherrschtheit sprengte, war ein Bild von einer in Tränen aufgelösten Frau, die Whisky direkt aus der Flasche trinkt, mit der Bildunterschrift: EINES TAGES WIRST DU JEMANDEM BEGEGNEN, DURCH DEN DU BEGREIFST, WIE WUNDERBAR DEIN LEBEN WAR, EHE DU IHN KENNENGELERNT HAST.

Typischer Bullenhumor, dachte Caruso, während seine Mundwinkel leicht nach oben gingen. Er wusste, dass dieses Poster ein Geschenk von Giulia Riva war, seiner ehemaligen Teampartnerin, die – ebenso wie die Staatsanwältin – mit Männern reichlich Pech hatte.

»Setzen Sie sich«, sagte D'Ambrosio. »Ich entschuldige mich, dass ich Sie zu dieser Uhrzeit gestört habe, aber die Umstände erfordern das … Gibt es Neuigkeiten?«

Caruso hätte nun um den heißen Brei herumreden können, aber er schätzte die Staatsanwältin zu sehr, um ihr das Büro mit Plattitüden anzufüllen, daher entschloss er sich, ihr reinen Wein einzuschenken: »Nein, Dottoressa. Es hat sich noch nichts Neues ergeben. Wir knien uns wirklich rein, das können Sie mir glauben, aber noch haben wir nichts herausgefunden.«

»Für den Moment«, ergänzte Dimase.

»Für den Moment«, stimmte Caruso zu.

Tiziana D'Ambrosios Gesicht zeigte die Spuren eines harten Tages. Caruso bemerkte, dass sie die Fotos der Wohnungen studierte, in denen die Morde geschehen waren: eine großzügige Vierzimmerwohnung im Quartiere del Sole von Cagliari beim ersten Fall, und beim zweiten ein hübsches Häuschen im Vorort Assemini.

»Verstehe«, seufzte sie resigniert und spielte mit einem Stift zwischen den Fingern. »Ich habe Sie persönlich hierherkommen lassen, weil ich solche Sachen am liebsten von Angesicht zu Angesicht bespreche.«

Gleich kommt's, dachte Caruso.

»Wie Sie habe auch ich Vorgesetzte über mir, und die machen mir gerade reichlich Druck. Wir können die Presse nicht mehr lange raushalten, und wenn die Medien erfahren, dass …«

»Eine Woche«, unterbrach sie Caruso, der ahnte, worauf sie hinauswollte. »Überlassen Sie uns den Fall noch für eine Woche, dann können Sie ihn geben, wem immer Sie wollen.«

D'Ambrosio starrte ihn zweifelnd an, als sei das ein höchst riskanter Vorschlag. »Einverstanden«, gab sie dann nach. »Sieben Tage ab jetzt. Und keine Stunde länger.«

Die beiden Polizeibeamten sprangen von ihren Stühlen auf, denn ihnen war bewusst, dass ab sofort jede Minute kostbar war. Sie waren schon im Begriff zu gehen, als die Staatsanwältin sie zurückrief.

»Noch etwas.«

Caruso und Dimase drehten sich wieder um.

»Silvana Atzori, die Überlebende des zweiten Verbrechens.«

Die beiden Beamten nickten.

»Sie ist jetzt im Krankenhaus. Vor einer Stunde hat sie versucht, sich das Leben zu nehmen.«

40

Die letzten Dinge, an die sich Samuele Patteri erinnerte, ehe ihn Dunkelheit umfing, waren der Song *A Million Miles Away* von Rory Gallagher, den seine Kinder und er gerade hörten, und das Lachen von Elena, seiner jüngeren Tochter, über die Schilderungen ihres Bruders, wie er vergeblich versuchte, mithilfe einer Dating-App eine Freundin zu finden. Dann hatte es an der Tür geläutet. Samuele hatte keine Ahnung, wie weit fortgeschritten der Abend schon war, aber es musste ziemlich spät sein, denn Elena war erst vor Kurzem vom Mailänder Flughafen Linate bei ihm in Saronno angekommen, nachdem Riccardo und er länger auf sie gewartet hatten, damit sie alle gemeinsam zu Abend essen konnten.

»Erwartest du etwa Besuch, Papa?«, hatte Riccardo spöttisch gefragt. »Eine Pflegerin der Nachtschicht, die du uns bislang verschwiegen hast? Deswegen sind die Rechnungen immer so gepfeffert …«

»Ach hör doch auf, du Quatschkopf«, hatte der Vater abgewinkt und zum Steuerhebel des Elektrorollstuhls gegriffen, um zum Eingang zu gelangen.

»Ich geh schon«, hatte Elena ihn aufgehalten und war zur Tür geeilt.

»Na klar, das muss der Nachbar sein«, war Samuele Patteri eingefallen. »Morgen wird der Müll abgeholt, und normalerweise kommt er vorbei, um zu fragen, ob er ihn für mich mit nach unten nehmen soll. Aber es scheint mir auch für ihn reichlich spät.«

Riccardo hatte gleichgültig mit den Schultern gezuckt und weiter seinen Whisky geschlürft. Patteri hatte ihn beneidet: Seitdem bei ihm selbst eine amyotrophe Lateralsklerose diagnostiziert worden war, die ihn innerhalb weniger Monate an den Rollstuhl gefesselt hatte, musste er auf vieles verzichten. Darunter auch Spirituosen, und das machte ihm schwer zu schaffen.

»Sag mal, wie lange braucht die denn?«, fragte Riccardo nach einigen Minuten. »Elena?«

Nichts.

»Schau doch mal nach«, hatte der Vater ihn aufgefordert, da er keine Stimmen hörte.

Der Sohn war aufgestanden und ebenfalls verschwunden.

Patteris Gehör war nicht mehr so gut wie früher, aber es war ihm so vorgekommen, als hätte er ein dumpfes Geräusch gehört, wie von einem Körper, der zu Boden fällt. Er hatte mit der Fernbedienung die Stereoanlage ausgeschaltet und den Rollstuhl Richtung Wohnungstür gedreht.

Absolute Stille.

»Alles in Ordnung, ihr zwei?« Er hatte mit seiner schwachen Stimme nach seinen Kindern gerufen. In den letzten Wochen hatte ihm die ALS die ersten Atemprobleme beschert, was wiederum Auswirkungen auf seine Stimme hatte. Die Ärzte waren nicht sehr optimistisch: Ihren Prognosen zufolge würde er in einigen Monaten rund um die Uhr künstlichen Sauerstoff benötigen, wenn sich der Krankheitsverlauf nicht verlangsamte.

»Elena?«, hatte er geflüstert. »Riccardo?«

Nachdem er auf den Gang eingebogen war, der zur Eingangstür führte, hatte er Tochter und Sohn in verdrehter Haltung und bewusstlos auf dem Boden liegen sehen.

»Kinder«, hatte er vergeblich versucht zu schreien. Plötzlich nahm er hinter sich eine Bewegung wahr, doch als er sich umdrehte, schloss er instinktiv die Augen, als eine feuchte Wolke sein Gesicht einnebelte.

Wenige Sekunden danach hatte er die Besinnung verloren.

41

Gleich ist es so weit«, sagte der Vermummte mit eisiger Stimme und starrte auf die letzten Sandkörner, die in den unteren Glaskolben der Sanduhr rieselten.

Samuele Patteri hatte sich noch nicht ins Offensichtliche gefügt: Tief in seinem Innersten dachte er immer noch, dass all das nicht wahr sein könne. Und doch lagen seine Kinder neben ihm, an Fuß- und Handgelenken gefesselt, und starrten ihn mit angsterfüllten Mienen an. Riccardos Gesicht war auf einer Seite mit Blut verschmiert. Er hatte versucht, sich zu wehren, woraufhin der Unbekannte ihm mit dem Pistolenlauf gegen die linke Schläfe geschlagen hatte, wo die Haut ein wenig aufgeplatzt war.

»Er oder sie?«, fragte der Fremde.

»Ich kann mich nicht entscheiden …«, murmelte Patteri.

»Glaub nicht, dass du mich mit deiner Krankheit milder stimmen kannst. Denk das nicht eine Sekunde. Triff deine Wahl oder sie sterben beide.«

»Warum?« Tränen der Ohnmacht rannen über Samueles Gesicht. Die Finger seiner rechten Hand – die einzige Extremität, die er noch fast normal bewegen konnte – waren noch gelähmt von dem Betäubungsmittel, das der Verbrecher ihm ins Gesicht gesprüht hatte. Samuele Patteri war völlig wehrlos. »Das kannst du nicht von mir verlangen. Das sind meine Kinder. Wie kann ich da …«

»Drei Sekunden.«

Patteri schloss die Augen. Seine Lippen stammelten etwas, aber die Zeit war bereits verstrichen.

Er hörte die schallgedämpften Schüsse und spürte, wie das warme Blut auf seine Kleidung spritzte.

Verzweifelt schnappte Patteri nach Luft, als er die Leichen von Elena und Riccardo knapp einen Meter neben seinem Rollstuhl liegen sah.

»Du weißt, warum ich das getan habe«, sagte der Unbekannte, während er die Videokamera ausschaltete und sie vom Stativ löste. »Denk immer daran, dass nicht ich sie umgebracht habe … Das warst *du.*«

»Wer bist du?«, flüsterte Patteri, während sein Oberkörper vom Schluchzen geschüttelt wurde.

»Das ist nicht wichtig.«

»Doch, das ist wichtig. Lass mich dein Gesicht sehen.«

Der Unbekannte lachte.

»Ich bitte dich. Ich weiß, dass du mich dann töten musst, aber ich will dir in die Augen sehen.«

»Nein«, sagte der andere und verstaute das Stativ in einer Sporttasche.

»In ein paar Wochen werde ich nicht mehr sprechen können … Und in ein paar Monaten bin ich vielleicht tot … Ich möchte lieber gleich sterben, nachdem … Lass dir ins Gesicht sehen, du Scheißkerl.«

Der Vermummte starrte den behinderten Mann ein paar Sekunden an, unschlüssig, ob er diesen letzten Wunsch erfüllen sollte. »Wie du willst«, sagte er dann und zog sich die Sturmhaube vom Kopf.

Als er nun dem Mörder seiner Kinder ins Gesicht sah, riss Patteri in einer Mischung aus Begreifen und Entsetzen die Augen auf.

»Hast du es jetzt verstanden?«, fragte der Mörder, und noch ehe der andere antworten konnte, setzte er ihm den Lauf seiner Waffe mitten auf die Stirn und jagte ihm eine Kugel in den Kopf.

Roter Sprühnebel spritzte auf die Wand hinter dem alten Mann. Der Schussaufprall war so heftig, dass der Rollstuhl hintenüberkippte.

Der Unbekannte wartete darauf, dass ihn eine Woge von Schuldgefühlen überrollen würde, weil er einen wehrlosen Menschen in einem Rollstuhl getötet hatte. Aber das geschah nicht. Sein Gewissen war rein wie das eines Neugeborenen. Er starrte einige Sekunden auf die Leichen und atmete tief durch, um seinen Herzschlag zu beruhigen. Der Korditgeruch der Schüsse überlagerte nun den Duft von Elenas Coco Mademoiselle.

Mit behandschuhten Händen packte er die Fernbedienung der Stereoanlage und schaltete sie wieder ein, damit Rory Gallagher seinen Song zu Ende bringen konnte.

Als der Sänger das nächste Lied begann, hatte der Mörder bereits die Wohnung verlassen.

42

Einige Tage später

Guten Tag!«, rief eine schrille Frauenstimme.

Montecristo, der beim Umräumen von schweren Kartons ganz in seine Gedanken zu den Morden versunken war, richtete sich vor Schreck so ruckartig auf, dass er beinahe einen Hexenschuss riskierte.

Dass dich doch der Teufel hole, verfluchte er innerlich die Frau mittleren Alters, die ihn von der anderen Seite des Tresens anlächelte. Er schluckte seinen Ärger hinunter und brummte, während er sich die Lendenwirbel massierte: »Guten Tag, Signora. Wie kann ich Ihnen weiterhelfen?«

»Ich suche ein Buch.«

Was könnte man wohl sonst in einer Buchhandlung suchen? Einen Satz Kochtöpfe?, dachte er, aber zum Glück war er vernünftig genug, diesen Kommentar für sich zu behalten. »Dafür bin ich ja da«, sagte er stattdessen entgegenkommend. »Erinnern Sie sich an den Titel?«

»Aber sicher: *Von uralten Bäumen.*«

»Es tut mir leid, das haben wir nicht.«

Die Dame sah ihn irritiert an. »Wollen Sie nicht wenigstens im Computer nachsehen?«

Warum nur wollen mir alle beibringen, wie ich meinen Job zu machen habe?, fragte Montecristo sich zum x-ten Mal. »Das muss ich nicht, gute Frau. Wir haben es nicht, weil es in dieser Buchhandlung keine Bücher über Botanik gibt. Wir sind auf Krimis spezialisiert.«

»Ganz genau. Das ist ja auch kein Buch über Botanik,

es ist ein Roman!«, empörte sich die Frau mit erhobener Stimme, schließlich hatte man sie soeben für ziemlich dumm erklärt. »Und außerdem gibt es in der Geschichte auch eine Krimihandlung.«

»*Von uralten Bäumen?* Ein Kriminalroman? Aber sind Sie sich mit dem Titel sicher?«

»Natürlich. Das ist übrigens ein Bestseller.«

»Werte Dame, seien Sie mal ehrlich: Sie wollen mich gerade verarschen, oder?«

Ehe die Frau über ihm einen Kübel Unflat ausgießen konnte, tauchte aus dem Nichts Patricia auf, die der Kundin ein Exemplar von *Unter den hundertjährigen Linden* von Valérie Perrin in die Hand drückte.

»Da ist es ja. Perfekt, junge Frau. Man sieht, dass Sie kompetent sind. Genau das habe ich gesucht.«

»Himmel, da ist aber schon ein Unterschied zwischen den beiden Titeln, meinen Sie nicht?«, schimpfte Montecristo.

»Ach was, das ist doch fast dasselbe …«

»Na klar. Geradezu identisch, genau.«

»Wie auch immer, dann geben Sie mir nun bitte einen Rabatt, da Sie so …«

Montecristo ließ sie nicht ausreden. »Rabatt?«, knurrte er. »Warum sollte ich …«

»Aber sicher doch, Signora«, sagte Patricia und schubste ihn zur Seite. »Ich gebe Ihnen etwas Skonto, und außerdem schenke ich Ihnen ein Lesezeichen. Was sagen Sie zu diesem hier mit dem Blättermuster, genau passend zum Thema des Buches?«

»Ach wie hübsch, vielen Dank. Sie sind wirklich auf Zack, sympathisch und freundlich. Im Gegensatz zu diesem Brummbär dort. Warum entlassen Sie den nicht?«

»Ja, früher oder später werde ich das tun. Aber wissen Sie, er tut mir leid. Schauen Sie ihn sich doch an, den Ärmsten. Haben Sie gesehen, wie mager und ausgezehrt er ist? Ich habe ihn aus Mitleid eingestellt. Davor hat er auf der Straße gebettelt.«

Montecristo durchbohrte seine Kollegin mit tödlichen Blicken.

»Man sieht sofort, dass Sie eine empfindsame Frau sind. Er sollte das nicht zu sehr ausnutzen. Könnten Sie es mir noch einpacken?«

»Aber selbstverständlich. Ach bitte, Marzio, sei so nett und pack das für die Signora hübsch ein.«

»Geh mir aus den Augen, bevor ich mich vergesse«, flüsterte Montecristo Patricia ins Ohr, als er das Buch ergriff, das sie ihm mit einem falschen Lächeln hinhielt. Sie liebte es, sich mit den Kunden gegen ihn zu verbünden.

»Und denken Sie daran, den Preis abzukleben«, erinnerte ihn die Kundin.

»Ach, das höre ich heute ja zum ersten Mal«, knurrte Montecristo und ging zu dem Tischchen, auf dem sie normalerweise die Bücher einpackten. Während er das Geschenkpapier um das Buch wickelte, spürte er auf einmal eine unheilvolle Präsenz in seinem Rücken. Er drehte sich um, weil er befürchtete, dass eine der beiden Katzen ihn gleich anfallen würde – aber weder Miss Marple noch Poirot hatten etwas damit zu tun. Stattdessen sah er sich der Kundin gegenüber, die ihn wie ein Rabe misstrauisch belauerte und jede seiner Bewegungen genau verfolgte.

»Haben Sie auch nicht vergessen, den Preis abzukleben?«

»Natürlich nicht. Hören Sie, warum schauen Sie sich nicht ein wenig um, während ich das hier fertig mache? Es ist nicht angenehm, bei der Arbeit so unter Beobachtung zu stehen.«

»Wie meinen Sie das?«

»Die Schleife in pink oder gelb?«, fragte die herbeieilende Patricia, die ein meisterhaftes Gespür dafür hatte, wenn ihr Chef kurz davor war zu explodieren.

»Hm. Pink.«

Patricia reichte Montecristo das Band und gab ihm wortlos zu verstehen, dass er nun besser den Mund hielt und still weitermachte, zum Wohle der Buchhandlung und seines Bankkontos.

Widerwillig gehorchte Montecristo. »Bitte sehr«, sagte er nach einigen Minuten und überreichte der Kundin ein wunderbar nach allen Regeln der Kunst als Geschenk eingepacktes Buch.

Die Frau starrte wenig überzeugt auf das Päckchen. »Ich bin sicher, dass Ihre Chefin das besser hinbekommen hätte … Haben Sie auch wirklich den Preis abgeklebt?«

»Halten Sie mich für taub oder für vorzeitig dement geworden?«, schnaubte der Buchhändler.

»Sie wirken etwas nervös auf mich. Sie sollten besser auf koffeinfreien Kaffee umsteigen.«

Ehe Montecristo ihr sagen konnte, dass sie ihn an seinem Allerwertesten lecken solle, nahm Patricia die Dame beim Ellenbogen und geleitete sie freundlich zum Ausgang. Montecristo hörte die beiden verschwörerisch lachen.

Jetzt lästern die verfluchten Weiber bestimmt noch weiter über mich ab, sagte er sich und wandte sich mit düsterer Miene wieder seinen schweren Kartons zu.

»Guten Tag, haben Sie *Die Bärte der Finzi-Contini?*?«

Als Montecristo diese Stimme hörte und das darauffolgende fröhliche Lachen, musste er grinsen. Er drehte sich zu Signora Solinas um, der Dienstagsdetektivin, die blutrünstige Thriller und Skandinavienkrimis so sehr liebte.

»Hat man dich wirklich schon mal so verballhornt nach

Bassanis *Gärten der Finzi-Contini* gefragt?«, wollte die sympathische ältere Dame wissen.

»Sie haben ja keine Ahnung, wie oft das schon vorgekommen ist. Einmal habe ich zurückgefragt: ›Ach, von Giorgio Gassani?‹«

»Und wie hat man darauf reagiert?«

»Man hat ihn wüst beschimpft, was sonst«, antwortete Patricia für ihn und begrüßte Camilla Solinas.

»Und was war dein bester Versprecher, meine Liebe?«, erkundigte sich Signora Solinas.

»Hm, lassen Sie mich überlegen.« Patricia fing an zu grübeln. »Vielleicht *Der Name der Hose* von Umberto Eco.«

Die drei lachten laut auf, gleichgültig beäugt von den Katzen.

»Was führt Sie hierher, Camilla?«, fragte Montecristo.

»Zunächst möchte ich das neue Buch von Lee Child«, sagte sie, denn sie liebte Jack Reacher, den ikonischen Protagonisten aus dessen Thrillern. »Und dann wollte ich dich fragen, ob du mich zu Nunzia bringen könntest.«

»Ich bin mit dem Motorrad hier …«

»Genau. Meinst du vielleicht, dass es fürs Motorradfahren eine Altersbeschränkung gibt?«

»Nein, nein. Soll ich Ihnen einen Helm holen oder wollen Sie das berauschende Gefühl vom Wind in den Haaren erleben?«

»Das fragst du noch?«, fragte die ältere Dame lächelnd.

43

Camilla Solinas hatte es sich zur Aufgabe gemacht, sich um die Balkonblumen vor Nunzias Zimmer zu kümmern. Ihr lag sehr viel daran, dass ihre beste Freundin von all der Schönheit und Farbenpracht umgeben war, die sie vor ihrer Krankheit so geliebt hatte.

»Ich hole noch etwas Wasser und suche einen etwas größeren Untersetzer. Bleibst du bei ihr?«

»Na klar. Gehen Sie ruhig.«

Sobald sie alleine waren, wandte sich Nunzia an Montecristo. »Entschuldigung, Herr Doktor. Aber wer ist diese Alte?«

»Camilla?«, fragte er und zeigte auf die Tür, durch die die Dame gerade verschwunden war.

»Camilla?«, fragte Nunzia verwirrt. »Ist das auch eine Patientin von Ihnen? Wenn ja, könnten Sie sie vielleicht in ein anderes Zimmer verlegen lassen? Bitte tun Sie mir diesen Gefallen. Ich mag keine alten Klatschweiber.«

»Nunzia, also zunächst einmal bin ich kein Doktor. Zweitens: Das hier ist kein Krankenhaus. Und drittens: Diese Frau ist keine Patientin, sondern deine beste Freundin, Camilla Solinas.«

»Sie sind kein Arzt?«, fragte Nunzia überrascht.

»Nein. Und meine Brieftasche könnte dir das bestätigen, wenn du hineinschauen würdest.«

»Ich hätte es mir denken können. Tatsächlich habe ich noch nie einen Arzt in einem solchen Penneraufzug getroffen …«, murmelte Nunzia überheblich vor sich hin.

»Vielen Dank. Du bist immer so freundlich«, erwiderte Montecristo und setzte sich vor die Präsidentin des Leseklubs. »Wie ist das Buch?«, fragte er und zeigte auf *Der Widersacher* von Michael Connelly, mit dessen Lektüre Nunzia seit fünf Monaten immer wieder anfing, ohne über die ersten Seiten hinauszukommen.

»Nett. Dieser Bosch ist interessant. Das könnte ein richtig erfolgreicher Protagonist werden.«

Montecristo nickte verständnisvoll. Seit seinem letzten Besuch hatte sich Nunzias Zustand drastisch verschlimmert, zumindest nach Aussage der Ärzte, und nun konnte er sich selbst davon überzeugen, als er merkte, dass sie beunruhigt eine leere Zimmerecke anstarrte. »Was ist da? Was schaust du so?«

Sie kam näher und flüsterte besorgt: »Wer sind diese beiden Frauen da?«

Das Zimmer war bis auf sie beide leer. »Da ist niemand, Nunzia. Was für Frauen?«

»Die zwei Harpyien, die miteinander tuscheln. Den ganzen Tag über höre ich sie schon. Die haben es auf mich abgesehen. Sie warten nur darauf, dass ich einschlafe, um mir etwas anzutun. Die wollen mich vergiften … Bringen Sie mich bitte fort von hier. Ich habe Angst.«

Montecristo konnte es kaum glauben, dass von dem brillanten, analytischen und intuitiven Verstand der Präsidentin nur noch so wenig übrig geblieben war. Eine so plötzliche und heftige Verschlimmerung der Krankheit hatte er nie erwartet. Die Neurologen hatten optische und akustische Halluzinationen als eine Schwellengrenze der Demenz beschrieben, jenseits derer die Zunahme der Verwirrtheit noch dramatischer werden würde. Ab diesem Moment, so hatten sie ihn gewarnt, müsste man auf das Schlimmste gefasst sein.

Montecristo legte ihr eine Hand auf die Schulter, streichelte sie und suchte Augenkontakt zu der alten Dame. »Schau mich an, Nunzia. Schau mich an. Du musst keine Angst haben. Hier bist du in Sicherheit. Niemand will dir etwas antun. Im Gegenteil. Alle mögen dich, weil du eine liebenswerte Dame bist.«

»Vielen Dank, mein Lieber«, sagte sie und legte ihm in einem inzwischen höchst seltenen Anflug von Zärtlichkeit eine Hand auf die Wange. »Wo ist mein Mann?«

Bestürzt zögerte Montecristo: Er wusste nicht, ob es angesichts ihrer Situation besser wäre, ihr die Wahrheit zu sagen oder sie in ihrem Glauben zu bestärken, dass ihr Mann noch lebte. Ohne sich dessen bewusst zu sein, kam ihm Signora Solinas zu Hilfe, indem sie ins Zimmer zurückkehrte und ihn so vor dieser Frage rettete.

»Wer ist die da?«, flüsterte Nunzia und musterte Camilla Solinas auf dem kleinen Balkon, wo sie damit beschäftigt war, die Untersetzer unter den Blumentöpfen zu wechseln.

»Das ist deine beste Freundin. Auch sie ist eine leidenschaftliche Krimileserin. Sie war Teil deines Lesekreises, Nunzia. Der Krimiklub, erinnerst du dich?«

»Nur sehr dunkel ... Warum habe ich so ein Durcheinander im Kopf? Das sind die Medikamente, die ihr mir gebt, oder? Ich habe noch nie Medikamente gebraucht. Warum verabreicht ihr sie mir jetzt? Und was wollen diese beiden Weiber da hinten?«

Sie starrte wieder ins leere Eck.

»Schließ die Augen und mach sie dann wieder auf. Du wirst sehen, dass sie dann verschwinden.«

Nunzia gehorchte. Dieser kleine Trick schien zu funktionieren und zauberte ein strahlendes Lächeln auf ihr Gesicht, das sein Herz erwärmte. Die Ärzte hatten gesagt, dass in Momenten akuter Verwirrtheit Musik helfen könnte, das würde sie besänftigen und ihre herumirrenden Gedanken zur Ruhe bringen. Daher schaltete Montecristo das kleine Transistorradio ein und suchte nach einem Kanal mit alten Songs: Das entspannende »Footsteps in the Dark« der Isley Brothers ergoss sich ins Zimmer und beruhigte die Patientin für einige Minuten.

»Herr Doktor, können Sie nicht ein gutes Wort für mich einlegen, damit ich nach Hause kann? Meine Enkelkinderchen brauchen mich.«

Soweit Montecristo wusste, hatte Nunzia keine Enkelkinder. Aber diesmal beschloss er, auf sie einzugehen. »Keine Sorge. Ich kümmere mich darum. Wir machen noch ein paar letzte Untersuchungen, und dann schicken wir dich heim zu deinen Enkelkindern.«

»Vielen Dank, Herr Doktor.«

»Gern geschehen.«

»Ich habe noch eine Frage, Herr Doktor.«

»Nur zu, meine Liebe.«

Nunzia zeigte ihm einen Notizblock, auf den sie vor einigen Tagen den Namen von Lorenzo geschrieben hatte, dem Jungen, der den Überfall des Sanduhrmörders überlebt hatte. »Wer ist das? Warum habe ich diesen Namen aufgeschrieben? Den ganzen Tag versuche ich schon, mir einen Reim darauf zu machen.«

Montecristo seufzte. »Es ist ein Junge, den man … Sagen wir so, der seine Eltern verloren hat. Eine schlimme Geschichte, Nunzia. Camilla, deine alten Freunde vom Leseklub und ich versuchen, ihm zu helfen. Wir müssen herausfinden, wer der Familie etwas antun wollte, aber das ist nicht einfach. Sein Fall ist verdammt komplex.«

Nunzia hatte einen unverhofften Anflug von Hellsichtigkeit und verkündete: »Die schwierigsten Fälle sind immer die banalsten. Sie sind nur deshalb so kompliziert, weil der Ermittler das Verbrechen mit einer Komplexität belastet, die sich ihm aufdrängt, die aber nur das Ergebnis seiner Vorurteile ist, und so verdammt er sich dazu, nach einer Antwort zu suchen, wo es keine gibt. In Wirklichkeit ist alles ganz simpel, und die Antwort liegt da, wo du sie am wenigsten erwartest, verborgen unter einer Schicht von Belanglosigkeiten. Genau wie in *Der entwendete Brief* von Poe.«

Camilla Solinas und Montecristo starrten sie ungläubig an. Mehr als ein Jahr war vergangen, seit sie zum letzten Mal eine so lange und ausgefeilte Rede aus ihrem Mund gehört hatten, wo sie doch sonst nur bruchstückhaft sprach, nur das Elementarste und völlig unzusammenhängend. Für ein paar Augenblicke war es so gewesen, als wären sie in der Buchhandlung bei einer der brillanten Buchvorstellungen ihrer *alten* Präsidentin.

Doch dann holte Nunzia sie unverzüglich wieder in die bittere Realität zurück. »Wer ist die da?«, flüsterte sie Montecristo zu und zeigte wieder auf Camilla Solinas.

»Ich bin Camilla, deine Busenfreundin. Wir haben zusammen im Viale Merella gespielt, als wir kleine Mädchen waren.«

»Kleine Mädchen? Das muss schon eine ganze Weile her sein, wenn ich mir deine hässlichen Falten so ansehe.«

Signora Solinas und Montecristo tauschten einen bestürzten Blick und lachten dann.

»Beste Freundin, soso«, kommentierte Montecristo.

Mit rührender Sanftheit nahm Camilla ihre alte Freundin am Arm und führte sie nach draußen. Während er die beiden beobachtete, dachte Montecristo über die Überlegungen nach, die Nunzia zu Fällen gemacht hatte, die auf den ersten Blick komplex erschienen, und dazu die Erzählung von Poe zitiert hatte.

Und wenn sie recht hat? Wenn es wirklich viel einfacher ist, als wir gedacht haben?

44

Das ist für den Moment alles, Chef«, sagte Caruso ziemlich frustriert und beendete damit seinen Bericht über die aktuelle Situation für seinen Vorgesetzten.

Vicequestore Antonello Porcu nickte düster, sein hageres Gesicht war von der Anspannung verzerrt. Aufmerksam betrachtete er die beiden Sanduhren aus Buchenholz mit runden Grundflächen und drei schlanken Säulen, in denen sich zwei miteinander verbundene Glaskolben mit feinem Sand befanden. Sie stammten von den Tatorten der beiden ersten Verbrechen in Cagliari. Er verglich sie mit den Aufnahmen aus Saronno, wo die letzte Tat, ein dreifacher Mord, verübt worden war. Die drei Gegenstände wiesen offensichtliche, aber nur minimale Unterschiede auf. Mit einer langsamen Handbewegung deutete er auf die Sanduhren.

»Wir beschäftigen uns gerade mit dieser Spur. Im Augenblick nehmen wir an, dass die Sanduhren schon im Besitz des Mörders waren oder dass er sie auf irgendeinem Trödelmarkt gekauft hat«, erklärte Dimase. »Wieder die klassische Nadel im Heuhaufen. Wir haben ein paar Kollegen darauf angesetzt, aber …«

Porcu, der nicht gerade dafür bekannt war, besonders feinfühlig zu sein, musterte sie, wobei sein Blick auf ihren lila Haaren verweilte, bis er dann endlich etwas sagte: »Dimase, ich habe vergessen, es dir auszurichten, vorhin hat mich Lady Gaga angerufen. Sie hat gesagt, du sollst ihr die Perücke zurückgeben, wenn es dir nichts ausmacht.«

Angela Dimase errötete verlegen.

»Deine Undercovermission ist doch schon eine Weile vorbei, oder?«

Sie nickte stumm.

»Warum zum Teufel läufst du dann noch mit Haaren herum wie die Blaue Fee aus Pinocchio?«, knurrte ihr Vorgesetzter. »Willst du, dass wir hier für alle zur Lachnummer werden, angefangen bei unseren *lieben Verwandten* bei den Carabinieri?«

»Ich werde die Farbe heute Abend noch entfernen, Dottore.«

»Tu das ... Nun, Caruso, das ganze Geschwafel also nur, um mich wissen zu lassen, dass ihr nichts herausgefunden habt und hier ein Mörder frei herumläuft, der von Mord zu Mord immer noch einen draufsetzt?«

»Sie haben recht, Dottore, aber der Modus Operandi des Killers macht alles so ...«

»Ich verstehe ja, dass es sich um einen komplizierten Fall handelt. Natürlich ist mir das klar, ich bin ja kein Idiot. Aber wir müssen Ergebnisse liefern, sonst machen die da oben uns die Hölle heiß und gehen uns auf den Sack. Seit dem ersten Verbrechen ist schon zu viel Zeit vergangen, und ihr habt immer noch nichts Greifbares vorzuweisen«, fasste Porcu zusammen. »Was soll ich denn dem Questore sagen, wenn er mich fragt, was wir herausgefunden haben?«

»Das ist uns klar, Dottore, glauben Sie mir, aber ...«

»Mal abgesehen von dem Tod, der durch einen Schuss aus nächster Nähe eingetreten ist und dem Betäubungsmittel, was sagt der Pathologe?«

»Er hat nichts Auffälliges gefunden«, musste Caruso zugeben.

»Das wird ja immer besser ... Und in den Handys und

den Social-Media-Accounts der armen Teufel«, fuhr Porcu fort und deutete auf die Liste mit den Getöteten, »welche Hinweise finden sich dort?«

»Wir haben alles gründlich überprüft, sowohl bei den Opfern als auch bei den Überlebenden, aber dabei ist nichts herausgekommen. Es gibt nichts, rein gar nichts, was sie verbindet. Nicht einmal einen gemeinsamen Freund in den Kontakten auf dem Handy«, erklärte Dimase. »Keinerlei Auffälligkeiten bei einem der Opfer, weder in den Tagen vor den Verbrechen noch in den drei Monaten davor. Nichts, was sie belasten würde.«

Porcu seufzte ratlos. Mit einer abrupten Handbewegung schnappte er sich die Liste mit den in den Sanduhrmörder-Fall verwickelten Personen und ging sie rasch durch:

Lucia Castangia: 36 Jahre, geboren und wohnhaft in Cagliari. Beruf: Angestellte. Tod durch Schuss aus nächster Nähe, vor den Augen ihres Sohnes und Ehemanns.

Lorenzo Vincis: 10 Jahre, geboren und wohnhaft in Cagliari, Beruf: Schüler. Sohn von Lucia Castangia und Nicola Vincis. Überlebender. Hält sich zurzeit unter Polizeischutz in einer geschützten Einrichtung auf, betreut von einer durch das Jugendgericht bestellten Psychologin.

Nicola Vincis: 39 Jahre, geboren und wohnhaft in Cagliari. Beruf: Informatiker. Tod durch Selbstmord.

Silvana Atzori: 38 Jahre, geboren in Quartu Sant'Elena, wohnhaft in Assemini. Beruf: Verwaltungsangestellte. Tochter von Antonio Atzori und Michela Onnis. Überlebende. Zusatzinformation: Selbstmordversuch einige Tage nach den Morden an ihren Eltern; liegt momentan noch im Ospedale Brotzu, ist aber außer Gefahr. Steht unter Polizeischutz.

Antonio Atzori: 67 Jahre, geboren in Senorbì, wohnhaft

in Assemini. Beruf: Servicetechniker im Ruhestand. Tod durch Schuss aus nächster Nähe. Wurde gemeinsam mit seiner Frau vor den Augen der Tochter Silvana Atzori getötet.

Michela Onnis: 66 Jahre, geboren in Serri, wohnhaft in Assemini. Beruf: Hausfrau. Tod durch Schuss aus nächster Nähe. Wurde gemeinsam mit ihrem Mann vor den Augen der Tochter Silvana Atzori getötet.

»Keine Vorstrafen bei denen?«, fragte Porcu und zeigte auf die erste Seite, auf der sämtliche in die Sanduhrmorde verwickelten Personen aus Cagliari und Umgebung aufgeführt waren.

»Null. Alle Vorstrafenregister sind blütenrein«, antwortete Caruso.

Vicequestore Porcu nickte und ging weiter zum Dreifachmord in Saronno.

Samuele Patteri: 69 Jahre, geboren in Nuoro, wohnhaft in Saronno. Beruf: Polizeibeamter im Ruhestand. Tod durch Schuss aus nächster Nähe. Zusatzinformationen: ehemaliger Ispettore Capo. Hat 19 Jahre im Polizeipräsidium Cagliari Dienst getan, dann drei Jahre in Oristano und die restlichen Jahre bis zur Pensionierung im Kommissariat in Busto Arsizio. Litt in letzter Zeit unter einer akuten Form von ALS; zum Zeitpunkt seines Todes saß er halbseitig gelähmt im Rollstuhl. Vater von Elena und Riccardo Patteri, die in derselben Nacht auf die gleiche Weise in der Wohnung des Vaters getötet wurden.

Elena Patteri: 38 Jahre, geboren und wohnhaft in Cagliari. Beruf: Kulturmittlerin. Tod durch Schuss aus nächster Nähe. Zusatzinformationen: Reiste in den letzten Monaten zweimal die Woche von Cagliari nach Saronno, um sich um ihren Vater zu kümmern, der unter einer schweren Form von Amyotropher Lateralsklerose litt. Hat vom 23. bis zum 35. Lebensjahr mit dem Vater und ihrem älteren Bruder in Saronno gelebt, ist aber vor drei Jahren aus beruflichen Gründen zurück nach Cagliari gezogen.

Riccardo Patteri, 39 Jahre, geboren in Cagliari und wohnhaft in Saronno. Beruf: Verkäufer in einem Optikerladen in Saronno. Tod durch Schuss aus nächster Nähe. Zusatzinformationen: Kümmerte sich in den letzten Monaten im Wechsel mit seiner Schwester Elena um den Vater, der unter einer schweren Form von Amyotropher Lateralsklerose litt. Hat mit 24 Jahren Cagliari verlassen, um mit Vater und Schwester nach Saronno zu ziehen.

»Auch die sind alle blütenrein?«, fragte Porcu.

»So rein wie Quellwasser«, erwiderte Caruso.

»Dieser ehemalige Kollege, Samuele ... Habt ihr mal einen Blick in seine alte Dienstakte geworfen? Hatte er irgendwelche Leichen im Keller, Streit mit jemandem?«

»Fehlanzeige, Dottore. Er war ein vorbildlicher Polizist, seine Dienstakte ist makellos.«

»Hm«, brummte der Vicequestore. Dann tippte er nervös mit den Fingerspitzen auf die Akte und sagte: »Der einzige Fakt, der alle eint, ist, dass sie Sarden sind. Was nicht viel heißt, aber es ist immerhin etwas. Der Scheißkerl, denn natürlich ist es immer derselbe, hat sich sogar die Mühe gemacht, nach Saronno zu reisen, um die drei dort zu töten. Stecken persönliche Motive dahinter? Ein Rachefeldzug?«

»Meiner Meinung nach muss es eine Verbindung zwischen den Opfern geben, über ihre Herkunft hinaus. Und das kann uns zur Lösung des Falls und hoffentlich zum Täter führen. Doch all unsere Überprüfungen haben nichts ergeben. Der rote Faden dabei könnte …«

»Erspar mir deine Mutmaßungen, Caruso, und bring mir objektive Beweise. Morde löst man nicht mit der Möglichkeitsform, sondern mit dem Indikativ Präsens: *Ich habe das und das herausgefunden, das und das ist passiert, dieser Hurensohn da ist es gewesen, weil er* … und so weiter. Haben wir uns verstanden?«

Die beiden Ermittler nickten ergeben.

»Wenn dieser Scheißkerl sogar aufs Festland gereist ist, um zu morden, immer angenommen, wir haben es mit ein und demselben Täter zu tun, glaube ich kaum, dass er durchs Mittelmeer geschwommen ist, oder? Das heißt: lückenlose Kontrolle aller Passagiere, die in den letzten Wochen von Cagliari zu den größten Flughäfen in der Lombardei gereist sind. Das Gleiche gilt für die Fähren.«

»Daran habe ich schon gedacht, Dottore, und über die Staatsanwältin eine offizielle Anfrage auf Dateneinsicht gestellt«, bemerkte Caruso.

»Oh, dann ist das einzig verbliebene Neuron in deinem Gehirn anscheinend doch noch nicht vor Einsamkeit gestorben, wie ich befürchtet hatte. Da bin ich aber froh«, spottete sein Vorgesetzter. »Wie viel Zeit hat euch die D'Ambrosio gegeben?«

»Zu wenig«, antwortete Angela Dimase.

»Die muss euch reichen … Nur noch ein sachlicher Rat: Während ihr auf die Passagierlisten wartet, befragt noch mal die beiden Überlebenden und versucht, ihnen weitere Details aus der Nase zu ziehen. Dieser Mistkerl ist kein Geist, sondern ein Mensch aus Fleisch und Blut. Er *muss* einen Fehler gemacht haben. Beginnt mit den Zeugenaussagen und lasst euch hier nicht wieder blicken, bevor ihr etwas Handfestes vorzuweisen habt. Etwas Greifbares … Und jetzt macht euch vom Acker, denn ich muss den Questore besänftigen. Viel Erfolg bei der Jagd.«

45

Angela hatte ihn inständig gebeten, sich noch einmal mit Lorenzo zu treffen. Eigentlich hätte sie ihn gar nicht so drängen müssen, da Montecristo auf Anraten der Dienstagsdetektive ohnehin schon geplant hatte, um ein weiteres Gespräch mit dem Jungen zu bitten. Er sollte herausfinden, ob der Junge sich an einige neue Details erinnerte, nachdem der Schock, wie sie hofften, bei ihm abgeklungen war.

Wenn der Mörder tatsächlich aus Rache gehandelt hatte, wie Fra Raimondo meinte, war es wirklich seltsam, dass er nichts gesagt hatte, bevor er seine Opfer erschoss – es sei denn, derjenige tötete im Auftrag eines Dritten, dachte Montecristo, während er dem Polizeibeamten in Zivil in die geschützte Einrichtung folgte. Weder Lorenzo noch Silvana hatten in ihren Aussagen etwas Derartiges erwähnt. Doch es bot sich an, einen neuen Versuch zu wagen, da nun einige Tage seit den Morden vergangen waren.

Der Beamte führte ihn in ein Wohnzimmer, wo Lorenzo mit Hendrix, seinem Boston Terrier, spielte. Als er sah, dass der Junge wenigstens ein wenig lächelte, ging Montecristo das Herz auf: Natürlich lachte Lorenzo nicht befreit, aber dieses Lächeln bedeutete schon einen Fortschritt gegenüber der starren Maske der Verzweiflung auf dem Gesicht des Jungen, die er bei seinem letzten Besuch beobachtet hatte.

»Ciao, Lori. Stellst du mir deinen Freund vor?«

In den Augen des Jungen blitzte Freude auf. Er umarmte

Montecristo und bedankte sich dafür, dass er ihn wieder besuchte.

»Wie heißt er denn?«

»Hendrix. Papa fand diesen Musiker richtig toll, deshalb hat er ihn so genannt.«

Montecristo nickte. »Wirklich ein netter kleiner Hund.«

»Guten Tag, Marzio. Möchten Sie einen Kaffee?«

»Guten Tag, Ilaria, sagen wir doch bitte Du«, bat er die Psychologin und gab ihr die Hand.

»In Ordnung. Du bist im richtigen Moment gekommen.«

Montecristo sah sie fragend an.

»Nächste Woche muss ich wieder in die Schule«, erklärte Lorenzo, während er seinen Hund streichelte. »Und ich muss eine Menge Hausaufgaben nachholen. Italienisch und Geschichte habe ich schon gemacht … Aber Mathe …«

»Verstanden. Hol dein Heft und dein Lehrbuch. Ich helfe dir«, sagte der ehemalige Lehrer augenzwinkernd. »Ein bisschen davon müsste ich noch in Erinnerung behalten haben.«

46

Marzio Montecristo war ein Lehrer, der seine Schüler liebte wie die Kinder, die er selbst nicht hatte. Im Gegenzug verehrten ihn seine Schüler, weil sie in ihm echtes Interesse und aufrichtige Zuneigung spürten, die über den reinen Unterricht weit hinausgingen.

Als Montecristo Lorenzo bei seinen Mathematikhausaufgaben half, erinnerte er sich wieder daran, wie viel Freude ihm das Unterrichten gemacht hatte und wie sehr ihm das fehlte. Er entwickelte sich langsam zu einem guten Buchhändler – obwohl es ihm an Geduld und Diplomatie mangelte, das war ihm selbst nur zu bewusst –, aber seine wahre Leidenschaft, jenes Talent, das seine Persönlichkeit ausmachte und seiner Seele Freude schenkte, war das Unterrichten.

Nachdem sie die letzte Mathematikaufgabe gelöst hatten, packte Lorenzo die Bücher weg und bedankte sich bei Montecristo.

»Ach, das mach ich gern, das weißt du doch … Hör mal, Lori. Beim letzten Mal, als wir uns gesehen haben, habe ich dir ja gesagt, dass ich der Polizei dabei helfe, den Mörder deiner …«

»Den Sanduhrmann«, sagte der Junge.

»Genau, den Sanduhrmann zu fangen. Je schneller wir den ins Gefängnis stecken, desto eher kannst du wieder so leben wie …«

Es war schwer, jede Anspielung auf die Tragödie zu vermeiden, die der Junge durchlebt hatte. Für gewöhnlich zog Montecristo es vor, die Dinge beim Namen zu nennen, was jedoch in diesem Fall nicht angesagt war.

»Hab schon verstanden«, kam ihm der Junge zu Hilfe. »Wenn ihr den Mörder nicht schnappt, muss ich weiter unter Polizeischutz bleiben.«

Innerhalb weniger Tage hatte sich sein Wortschatz um ein Polizeivokabular erweitert, das aus dem Mund eines Zehnjährigen seltsam klang.

»Ganz genau.«

Lorenzo nickte. »Wie kann ich euch helfen?«

Montecristo blickte um Zustimmung heischend zu der Psychologin, die ihm durch ihr Kopfnicken signalisierte, fortzufahren – und damit ihr Einverständnis gab.

»Beim letzten Mal, als ich dich gebeten habe, mir zu erzählen, was an dem Abend passiert ist, habe ich dich gefragt, ob der Unbekannte etwas zu dir oder deinem Vater gesagt hat, nachdem er … geschossen hatte. Erinnerst du dich? Du hast geantwortet, dass du glaubst, er hätte nichts gesagt, nicht wahr? Also, denk bitte noch einmal genau nach. Wir müssen *ganz sicher* sein, dass er nichts gesagt hat.«

Lorenzo schien nachzudenken.

»Ich weiß, dass es schwerfällt, zu diesen Momenten zurückzukehren, aber für uns ist es sehr wichtig, das zu wissen.«

»Schließ mal die Augen und versuche, dich auf irgendeine Einzelheit zu konzentrieren, Lorenzo«, schlug die Therapeutin vor. »Denk an eine Farbe im Wohnzimmer, an die Videokamera, einfach an etwas, das deine Aufmerksamkeit erregt hat.«

Der Junge folgte der Anregung und runzelte die Stirn, als würde er sich ein allmählich verblassendes Detail wieder in Erinnerung rufen. »Der Wind war kalt, und ich habe eine Gänsehaut bekommen«, sagte er wenig später. »Die Balkontür im Wohnzimmer stand offen, und die Gardinen wehten im Wind.«

»Gut. Konzentriere dich und bleib bei diesem Kältegefühl«, schlug Ilaria Saccon vor und nahm seine Hand. »Woran erinnerst du dich bei dieser Kälte?«

»An das warme Blut von Mama. Als er sie erschossen hat, ist mir ihr Blut hierhin gespritzt, mitten ins Gesicht ... kalt und warm, das hat sich so unterschiedlich angefühlt ...«

Montecristo sah, wie Tränen in den Augen des Kindes hochstiegen und über seine Wangen liefen. Er fühlte sich mies, weil er den Jungen zwang, erneut in diese Hölle hinabzusteigen. Und doch war es notwendig.

»Gut«, fuhr die Psychologin fort und streichelte Lorenzos Hand, um ihn zu beruhigen. »Nach dem Wärmegefühl auf dem Gesicht – welcher deiner Sinne wurde danach angesprochen? Hast du etwas gesehen? Gerochen? Oder ...«

»Gehört. Der Mörder hat geredet.«

Montecristo erstarrte.

»Er hat Papa angesehen und etwas zu ihm gesagt.«

»Was?«, fragte Montecristo.

»›Du weißt, warum ich das getan habe. Denk immer daran, dass nicht ich sie umgebracht habe. Das warst du‹«, zitierte der Junge.

Die Erwachsenen wechselten einen ungläubigen Blick. Beiden sträubten sich die Nackenhaare.

»Genau diese Worte hat er gesagt?«, fragte Montecristo nach. »Bist du sicher?«

Der Junge nickte, seine Augen waren immer noch fest zusammengepresst, als wäre er in dieser Erinnerung gefangen.

Ilaria forderte ihn auf, tief durchzuatmen, eine typische Entspannungstechnik des autogenen Trainings. Lorenzo beruhigte sich, und sie führte ihn sanft in die Gegenwart zurück, ließ ihn die Augen öffnen, trocknete seine Tränen und nahm ihn in den Arm.

»Du warst großartig«, bedankte sich Montecristo und wuschelte ihm durch die Haare. Mit der Entschuldigung, mal zur Toilette zu müssen, verließ er den Raum und schickte sofort eine Nachricht an Angela, in der er sie bat, sich so schnell wie möglich mit ihm zu treffen.

Dieser Satz gab dem Verbrechen eine neue Bedeutung.

Endlich hatten sie etwas Konkretes.

47

Kaum waren die beiden Ermittler ausgestiegen und hatten ein paar Schritte in seine Richtung gemacht, da überfiel sie Montecristo schon mit dem Satz, den der Mörder zum Vater seines ehemaligen Schülers gesagt hatte.

»›Du weißt, warum ich das getan habe. Denk immer daran, dass nicht ich sie umgebracht habe. Das warst du‹«, zitierte er. *»Relata refero.«*

»Relata refero?«, fragte Caruso irritiert. Er wandte sich an seine Partnerin: »Was soll das bitte heißen?«

»Das ist Latein, und niemand sollte das besser wissen als du, Caruso«, sagte Montecristo und schüttelte mit gespielter Empörung den Kopf. »Das bedeutet: Ich berichte Dinge, die andere gesagt haben. In diesem Fall handelt es sich um einen Satz, den Lorenzo eben erwähnt hat. Er hat sich daran erinnert, dass der Drecksack das zu seinem Vater gesagt hat, direkt nachdem er den Abzug gedrückt hat.«

»Geht's vielleicht auch weniger hochtrabend, Montecri'?«

»Hat er diesen Satz so zitiert, wie du ihn gesagt hast?«

»Wort für Wort«, bestätigte Montecristo.

»Wiederhol ihn doch bitte noch mal.« Dimase zückte ihren Notizblock.

»›Du weißt, warum ich das getan habe … Denk immer daran, dass nicht ich sie umgebracht habe. Das warst du.‹«

Die beiden Polizeibeamten erschauerten und sahen sich beunruhigt an.

»Das bringt den Mörder in direkten Zusammenhang mit

dem Opfer. Und bestätigt die These eines Rachemotivs gegenüber den Personen, die er zu dieser Wahl gezwungen hat.«

»Warum hat der Junge dir das nicht gleich beim ersten Mal gesagt, als du mit ihm gesprochen hast?«, fragte Caruso, misstrauisch wie immer.

»Wahrscheinlich wegen des Schocks«, antwortete Montecristo. »Der hat ihn bestimmt blockiert. Die Psychologin, die ihn betreut, hat ihm geholfen, sich an diese Einzelheit zu erinnern.«

Angela Dimase nickte und fragte ihren Kollegen: »Was meinst du, können wir uns auf den Jungen verlassen?«

Zur Antwort holte Caruso eine Marlboro aus seinem Päckchen und zündete sie sich mit den fließenden Bewegungen eines gewohnheitsmäßigen Rauchers an. Dieses kleine Ritual half ihm dabei, sich zu konzentrieren. »Er ist ein Kind und hat den Mord an seiner Mutter und den Selbstmord seines Vaters mitansehen müssen«, sagte der altgediente Polizist, nachdem er den ersten Zug genommen und den Rauch wieder ausgestoßen hatte. »So gern ich ihm auch glauben möchte, wir müssen diesen Satz unter Vorbehalt betrachten.«

»Angesichts der Umstände bin ich ganz deiner Meinung«, erwiderte Montecristo. »Aber wir können etwas tun, um sicherzugehen, dass Lorenzo die Wahrheit sagt.«

»Und was?«, fragte Dimase.

»Die andere Überlebende, Silvana Atzori, befragen, ob auch sie etwas Ähnliches gehört hat?«, war Carusos Vermutung.

»Ganz genau.«

»Na, dann gehen wir doch gleich hin. Du kommst auch mit, Montecri'. Ein Paar Augen und Ohren mehr können nicht schaden.«

»Also, eigentlich habe ich auch noch einen Job und ein Leben«, klagte Montecristo mit weit ausgebreiteten Armen.

»Lass dir mal einen gut gemeinten Rat geben, mein Junge: Je weniger du dich in dieser Buchhandlung blicken lässt, umso besser ist das fürs Geschäft.«

»Na, besten Dank, Caruso. Genau das habe ich heute noch gebraucht.«

»Hm, so ganz unrecht hat er ja nicht, Marzio«, stand Dimase ihrem Kollegen bei.

»Ach, leck mich doch am Arsch, Angie.«

»Aha, er ist überführt. Verhafte ihn einfach wegen Beamtenbeleidigung, dann können wir ihn gegen seinen Willen ins Krankenhaus mitnehmen. Auf geht's, ich will diese Geschichte endlich zu Ende bringen.«

»Soll ich die Handschellen nehmen?«, zog Dimase Montecristo auf. »Stehst du auf Fesselspiele, Süßer?«

Montecristo errötete wie ein kleiner Junge und folgte widerwillig mit seinem schlaksigen Gang den beiden hämisch lachenden Beamten.

48

Silvana Atzori zeigte sich über diesen spontanen Besuch nicht gerade erfreut und gab sich auch keinerlei Mühe, ihren Unwillen zu verbergen. »Wir haben doch schon stundenlang über diesen Abend gesprochen … Es reicht. Ich habe Ihnen alles gesagt, was es zu sagen gibt«, stieß sie abweisend hervor, auf die Bitte um einen neuerlichen Bericht.

Montecristo – den Caruso recht vage als einen nicht näher bestimmten »Kollegen« vorgestellt hatte – betrachtete die Frau von der Tür des Krankenzimmers, in dem sie nun nach ihrem gescheiterten Selbstmordversuch rund um die Uhr überwacht wurde. Die Verbände um die Handgelenke ließen ihn vermuten, dass sie ihrem Leben mit einer Klinge ein Ende hatte setzen wollen.

Ihr Schuldgefühl hat sie bis zum Selbstmordversuch getrieben, dachte er. Das ist die Folter, die dieser Bastard seinen Opfern auferlegt: In Wirklichkeit tötet er auch diejenigen, die mit ihren Gewissensbissen zurückbleiben, weil sie entscheiden mussten, wer geopfert werden sollte. Oder in Silvana Atzoris Fall diejenige, die sich zu keiner Entscheidung hatte durchringen können, womit sie beide Eltern zum Tode verurteilt hatte. … Wie sollte man ihr das verdenken?

»Wir brauchen wirklich nur eine Minute«, beruhigte sie Caruso und holte seinen Notizblock hervor.

Das Opfer ignorierte ihn und starrte wortlos in eine leere Zimmerecke.

»Silvana …«

Nichts.

»Dieser Mann hat deine Eltern kaltblütig ermordet, Silvana. Willst du wirklich, dass er ungestraft davonkommt?«, fragte Dimase.

Nicht einmal diese Provokation konnte sie aufrütteln.

Caruso war sehr deutlich gewesen, als er dem Buchhändler angeordnet hatte, auf keinen Fall den Mund aufzumachen. Aber nun hatte Montecristo das Gefühl, dass Silvana Atzori nicht mit den Polizeibeamten reden würde, weder aus freien Stücken noch unter Androhung von Maßnahmen. Daher brach er das Versprechen, das er Caruso gegeben hatte.

»Silvana, wir haben gesehen, dass ihr im Wohnzimmer einen sprachgesteuerten virtuellen Assistenten habt. Wo man nur was sagen muss, und schon schaltet er sich ein. Das ist deiner, oder?«

Die Ermittler bedachten ihn alle beide mit bösen Blicken. Montecristo kümmerte sich nicht darum, sondern schaute allein auf die Frau vor ihm, die fast unmerklich nickte.

»Du weißt, dass diese Geräte jeden Befehl oder jedes Geräusch, das sie hören, aufnehmen und dann für mindestens zwei Wochen speichern?«

Keine Reaktion.

»Wenn du nicht die Defaulteinstellungen änderst, dann hören diese fleißigen Haushaltshelfer alles, was du sagst, und verarbeiten es weiter … Wusstest du das?«, fragte Montecristo.

Nichts. Nicht einmal ein Zucken der Augenlider.

»Also. Die Spurensicherung konnte auf deinem Gerät alles abhören, was in dieser Nacht passiert ist. Worte, Schritte, Geräusche, Seufzer, Schüsse … Alles. In solchen Fällen, also nach einem so tragischen und schrecklichen

Erlebnis, ist es logisch, dass unser Verstand uns Streiche spielt, niemand wüsste das besser als wir. Deswegen sind wir noch einmal zurückgekommen, weil Erinnerungen manchmal Tage, Wochen oder auch Monate brauchen, ehe sie wieder auftauchen.«

Da Caruso und Dimase erkannten, worauf Montecristo hinauswollte, beschlossen sie mitzuspielen und hielten sich zurück, allerdings ließen sie Silvana Atzori nicht aus den Augen, um jede Gefühlsregung zu erfassen, die sich in ihrem undurchdringlichen Gesichtsausdruck zeigen würde.

»Auf Grundlage dessen, was ich dir gerade gesagt habe, also wegen der Stimmaufzeichnungen und allem anderen, sind wir gekommen, um dich zu fragen, ob du deine Aussage ändern möchtest«, erklärte Montecristo. »Insbesondere wollen wir eines von dir wissen: Nachdem der Mörder deine Eltern erschossen hatte – hat er noch etwas zu dir gesagt, ehe er gegangen ist?«

Silvana Atzori starrte ungerührt ins Leere.

»Was du gesagt hast, sind offizielle Erklärungen, Silvana. Sie sind Teil der Akten, die auf dem Schreibtisch des Staatsanwalts landen und dann protokolliert werden, um später bei Gericht verwendet zu werden«, erklärte Dimase. »Bleibst du bei deiner Aussage oder nicht?«

Keinerlei Reaktion.

»Also hat der Kerl nichts zu Ihnen gesagt?«, bohrte Caruso nach.

Das Opfer schüttelte leicht den Kopf.

»Dann nehmen wir also zu Protokoll, dass du deine Aussage bestätigst. Der Unbekannte hat nach den Morden nicht gesprochen«, sagte Dimase.

Die Frau nickte zustimmend. Der Arzt, der sie betreute, hatte das ganze Gespräch schweigend mitverfolgt, doch jetzt meldete er sich zu Wort und bat die Polizeibeamten, jede weitere Frage auf einen späteren Moment zu verschieben: Die Patientin bedürfe der Ruhe.

»Vielen Dank, Silvana. Entschuldigen Sie noch einmal die Störung«, sagte Caruso und ging zur Tür.

Draußen vor den Aufzügen gab Caruso Montecristo einen Klaps auf den Hinterkopf. »Verdammt noch mal, was hatte ich dir gesagt? Zum Henker mit dir!«

»Sie hat gelogen«, sagte Montecristo, während er sich den Hinterkopf rieb.

»Worauf du Gift nehmen kannst«, pflichtete ihm Caruso bei.

»Ja«, sagte auch Dimase. »Ich frage mich allerdings, warum?«

»Vielleicht ist sie nicht so unschuldig, wie es scheint«, erwiderte Montecristo.

»Hör mal, damit ich das richtig verstehe: Diese Sache mit dem Sprachassistenten, der jede Unterhaltung aufzeichnet – stimmt die?«, fragte Caruso neugierig.

»Ich habe nicht die geringste Ahnung«, gestand Montecristo, während er in den Aufzug stieg.

»So ein Schlitzohr … Ist das auch so ein Trick aus diesen Schundbüchern, die du verkaufst?«

»Aber sicher doch.«

»Wirst sehen, Dimase, die Antwort auf diesen Fall steht bestimmt schon in einem dieser Krimis, die dieser Halsabschneider in seinem Geschäft hat.«

Montecristo ging auf diese Frotzelei gar nicht weiter ein; er hatte das Gefühl, dass Caruso damit der Lösung des Falles weit nähergekommen war, als er selbst ahnte.

49

Wenn wir an der Annahme festhalten, dass es immer dieselbe Person ist, die die Verbrechen begeht, dann scheint sie hier ihre eisige Gelassenheit verloren zu haben«, bemerkte Montecristo, nachdem die Ermittler ihren Bericht vom dreifachen Mord in Saronno beendet hatten. Nach dem Besuch im Krankenhaus waren sie auf einen Kaffee in eine Bar gegangen, da Montecristo darum gebeten hatte, auf den neusten Stand der aktuellen Entwicklungen im Fall gebracht zu werden.

»Stimmt. Eins können wir jedoch als gesichert annehmen: seine ungeheuerliche Skrupellosigkeit – sollten daran noch Zweifel bestanden haben«, sagte Caruso. »Denn, Leute, um einen behinderten alten Mann im Rollstuhl zu töten, da musst du wirklich ein verkommener Mensch sein …«

»Es sei denn, das Opfer ist auch Objekt seiner Rache. Habt ihr seine Vergangenheit durchleuchtet?«

»Wir mögen ja gerade feststecken, aber so blöd sind wir dann auch nicht, Montecri'. Er ist sauber. Zumindest soweit wir das überblicken konnten. Und ich weiß ja nicht, wie das bei dir ist, aber mit der Befragung von Toten habe ich so meine Schwierigkeiten.«

»Was hätte ihn dazu bringen können, so die Kontrolle zu verlieren?«, fragte Montecristo, unbeeindruckt von dieser Spitzfindigkeit.

»Vielleicht hat ja einer von den dreien – wer, das müssen wir noch rausfinden – sein Spiel nicht mitgespielt«, erwiderte Dimase.

»Falls dem so gewesen ist, also wenn die betreffende Person niemanden als Opfer ausgewählt hätte, dann hätte der Mörder die anderen beiden getötet, aber die dritte Person am Leben gelassen, so wie bei der Atzori, oder nicht?«, gab Caruso zu bedenken.

»Immer vorausgesetzt, dass Silvana uns die Wahrheit gesagt hat. Wir drei sind uns ja einig, dass sie vorhin im Krankenhaus gelogen hat. Das könnte sie auch gemacht haben, als sie euch beschrieben hat, was in der Mordnacht geschehen ist … Sie wirkt auf mich nicht wie eine verlässliche Zeugin.«

Die beiden Polizeibeamten nickten gereizt. Leider mussten sie ihm recht geben.

»Ihr müsst herausfinden, warum sie uns dieses Lügenmärchen aufgetischt hat.«

»Ach, gibt der uns jetzt schon Befehle?«, fragte Caruso voller Sarkasmus seine Teampartnerin.

»Hey, ihr habt mich da reingezogen und mich um Hilfe gebeten. Wenn euch was nicht passt, dann auf Wiedersehen.« Aufgebracht erhob sich Montecristo und warf ein paar Münzen für den Kaffee auf den Tisch.

»Reg dich ab, war doch nur Spaß«, sagte Caruso. Das war das, was einer Entschuldigung am nächsten kam, zu mehr war er nicht in der Lage. Montecristo ließ es dabei bewenden und sank zurück auf seinen Stuhl.

»Habt ihr auch was Schriftliches über den Fall in Saronno?«, fragte er stattdessen.

Dimase holte aus ihrer Tasche eine Akte und reichte sie ihm. »Aber pass gut darauf auf. Es sind extrem vertrauliche Unterlagen.«

Montecristo nickte. »Wie hat die Polizei vor Ort eigentlich einen Zusammenhang zwischen diesem dreifachen Mord und eurer Ermittlung herstellen können?«

»Weißt du, was PRECOBS ist?«, fragte Dimase.

Montecristo schüttelte den Kopf.

»Pre Crime Observation System«, übersetzte Dimase das Anagramm. »Kurz gesagt, das ist eine Software zur Kriminalitätsprognose, die mit einer Datenbank verbunden ist, in der alle Informationen zu Mordfällen und Gewaltverbrechen gesammelt werden, in denen die Polizei ermittelt. Damit können Ermittler den Tatort, den Modus Operandi und das Opferprofil mit denen anderer Fälle mit ähnlichen Details vergleichen. Wenn man einige Fragebögen ausfüllt, kann man eine Kreuzermittlung und automatische Analyse sämtlicher Informationen durchführen lassen, die im Laufe der Jahre von verschiedenen Kriminalfällen gespeichert wurden. Wir kennen die Software gut, weil zwei unserer Kolleginnen mit dem Kriminologen zusammenarbeiten, der dieses Projekt betreut.«

»Jedes Mal, wenn wir über ein Gewaltverbrechen ermitteln, legen wir Ordner mit jeder Menge Fotos und Tatortberichten an und laden alles in die Datenbank der Software hoch«, fuhr Caruso fort. »Natürlich haben wir auch Material von den letzten Verbrechen und das Detail mit der Sanduhr eingegeben. Und dank dieser Besonderheit haben die Kollegen vom zuständigen Präsidium in Busto Arsizio bei Saronno ihren Mordfall mit unseren Morden in Verbindung gebracht und uns kontaktiert.«

»Verstehe … Und hat sich dabei noch eine andere Gemeinsamkeit ergeben, abgesehen von denen, die wir kennen?«

Caruso holte ein Tablet hervor, öffnete eine Datei und zeigte ihm verschiedene Fotos, die die Spurensicherung an den Tatorten aufgenommen hatte: Auf allen waren Fußabdrücke.

»Eines der wenigen Dinge, die wir im Moment sicher

wissen, ist, dass der Mörder Schuhgröße vierundvierzig hat, um die fünfundsiebzig Kilo wiegt und zwischen eins achtzig und eins fünfundachtzig groß ist. Die Fußabdrücke in der Wohnung der Patteri sind dieselben, die auch in den anderen Wohnungen gefunden wurden. Also immer dasselbe Modell: Unser Mann wechselt nie die Schuhe, wenn er sich zum Morden aufmacht.«

»Habt ihr auch herausgefunden, um *welches* Modell es sich handelt?«

Dimase zog aus der Akte das Bild von einem Paar dunkler Militärstiefel hervor, die aus verschiedenen Perspektiven fotografiert worden waren. »Das sind dieselben, die die Sondereinheiten der Carabinieri, der Polizei und der Armee benutzen.«

»Das ist doch ein gutes Indiz, oder nicht?«

»Nicht unbedingt«, entgegnete Caruso. »Die kann man auch in jedem Waffengeschäft oder Laden für Militärklamotten kaufen. Das ist die x-te Nadel im Heuhaufen dieser Ermittlung.«

»Seid ihr wirklich ganz sicher, dass es keine Verbindung zwischen den Opfern gibt?«

»Wir suchen und überprüfen schon seit Tagen Verbindungen, aber bis jetzt haben wir noch nichts gefunden«, antwortete Dimase.

»Könnt ihr mir Fotos von allen Opfern geben? Also nicht von den Leichen, sondern von ihnen, als sie noch am Leben waren?«

»Wozu brauchst du die?«

»Ich möchte sie Lorenzo zeigen.«

Caruso nickte. »Gute Idee. Wir bringen sie dir so bald wie möglich in die Buchhandlung.«

»Apropos Buchhandlung. Ich sollte jetzt besser gehen …«

»Ach ja, bist du sicher?«, spöttelte Caruso. »Warum die Tageseinnahmen mit deiner traurigen Gestalt ruinieren? Was meinst du, Dimase?«

»Flavio hat recht, Marzio. Ich sag's dir gerne noch einmal: Je länger du wegbleibst, desto besser ist das für dein Geschäft. Wir meinen es bloß gut mit dir. Geh shoppen, betrink dich sinnlos, knall dich zu, verprass dein Geld an Spielautomaten, aber halt dich fern von deinem Laden …«

»Ihr könnt mich alle beide mal am Arsch lecken. Meine Kunden lieben mich«, erwiderte Montecristo, steckte die Akte in seinen Lederrucksack und stand auf. »Sobald ihr was Neues erfahrt, sagt Bescheid.«

»Wird gemacht, Commissario«, sagte Caruso und salutierte zackig.

Kopfschüttelnd ging Montecristo. Schon nach wenigen Schritten waren die beiden Ermittler von seinem geistigen Radar verschwunden. In seinem Kopf waren die unterschiedlichen Gedanken zu diesem Fall wie Eisenstaub, der unter der Anziehungskraft eines Magneten vibrierte. Und dieser Magnet war der Satz, den Nunzia über Poes *Entwendeten Brief* gesagt hatte.

»In Wirklichkeit ist alles ganz simpel, und die Antwort liegt da, wo du sie am wenigsten erwartest, verborgen unter einer Schicht von Belanglosigkeiten«, hatte die Präsidentin gesagt.

Je länger Montecristo darüber nachdachte, desto klarer wurde ihm, dass des Rätsels Lösung wohl genau in diesen Worten verborgen war.

50

Sein »schlafender Engel«. Diesen Beinamen hatte der Mörder der Patientin gegeben, die seit Jahren in katatonischem Zustand in einem Bett einer Privatklinik lag. Wie jedes Mal, wenn er sie besuchte, zog er die Tür zu ihrem Zimmer hinter sich zu, legte ein Buch auf den Nachttisch und strich ihr sanft über die Haare, bevor er sorgfältig überprüfte, ob sie sich auch nirgendwo wundgelegen hatte. Eine unnötige Sorge angesichts der ausgezeichneten Einrichtung und der unermüdlichen professionellen Betreuung durch das medizinische und pflegerische Personal. Er zahlte jeden Monat eine hohe Summe, um ihr die besten Behandlungen zukommen zu lassen. Behandlungen vor allem des Körpers, denn nach Meinung der Spezialisten konnte man für Geist und Seele nichts mehr tun. Seit unermesslicher Zeit lag die Frau dort im Wachkoma und reagierte kaum auf Außenreize. Niemand hatte je herausgefunden, was genau der Auslöser dafür gewesen war, dass ihr Geist sich plötzlich abgeschaltet hatte und diese Dunkelheit in ihrem jugendlichen Alter die totale Kontrolle über sie übernommen hatte. Auch er nicht. Nur eines wusste er genau, dass es an ihm war, sich um sie zu kümmern und darauf zu warten, dass sie irgendwann aus ihrem todesähnlichen Schlaf wiedererwachte.

»Es tut mir leid, aber Sie können nicht mehr tun als ohnehin schon«, wiederholten die Ärzte jedes Mal, wenn er sie fragte, ob es Fortschritte gäbe und irgendeine Möglichkeit, irgendetwas, das ihr Aufwachen beschleunigen würde. Er bestürmte sie jedes Mal, wenn er bemerkte, dass ihre Stirn sich runzelte, ihre Lippen sich zum Anflug eines Lächelns kräuselten und er neue Hoffnung schöpfte. Doch die Neurologen holten ihn immer wieder auf den Boden der Tatsachen zurück: »In diesem Zustand können komplexe Reflexe auftauchen wie zum Beispiel Augenbewegungen, Gähnen, Gliederzucken und andere instinktive Bewegungen aufgrund von Schmerzreizen, aber wir können Ihnen versichern, dass die Patientin nicht bei Bewusstsein ist und auch ihre Umgebung nicht wahrnimmt«, erklärten sie ihm geduldig und verständnisvoll.

Und angesichts dieser Erklärung stellte er immer wieder dieselbe Frage, die ihn zutiefst quälte: »Leidet sie?«

»Aufgrund der Untersuchungen und Tests können wir das mit aller Wahrscheinlichkeit ausschließen. Sie treibt ohne Bewusstsein dahin.«

Ohne Bewusstsein … Der Mann hätte alles dafür getan, ihr das Bewusstsein wieder zurückzugeben, sie wieder nach Hause zu holen, zu ihm. Auch jemanden umbringen. Und das hatte er getan. Mehrmals. In der Hoffnung, das wäre der Preis dafür, den ihr Geist forderte, um wieder zu erwachen.

Er sah hin zur Tür, um sicherzugehen, dass sie geschlossen war, bevor er sein Smartphone hervorzog und das letzte Video auswählte, das er in Saronno aufgenommen hatte. Aus einer Jackentasche holte er Kopfhörer hervor und befestigte sie an den Ohren der Patientin.

»Elena, Riccardo und Samuele Patteri«, sagte er, als müsste er sie vorstellen, und hielt das Handydisplay etwa zwanzig Zentimeter von den blicklosen Augen der Patientin entfernt. Dann startete er das Video, in dem die verpasste Entscheidung und das darauffolgende Blutbad zu sehen waren, und die Worte und die Geräusche glitten in sie hinein.

Der starre Blick der Kranken schien allerdings nichts von jenen Bildern des Todes aufzunehmen, noch schien ihr Gehör etwas zu registrieren, zumindest zeigte sie keine erkennbare Reaktion auf das Video. Wie jedes Mal, wenn er sie besuchte, fragte sich der Mann, ob sie auch nur irgendetwas wahrnahm, ob diese Morde wenigstens ein bisschen den Schmerz linderten, der ihre Seele quälte. Dass er dies nicht wusste, bedeutete für ihn selbst eine unvorstellbare Folter, vielleicht schlimmer als die, der er seine Opfer unterzog.

»Ich hätte nie für möglich gehalten, dass ich einen Mann töten könnte, der im Rollstuhl sitzt … Aber es war viel einfacher, als ich angenommen hatte«, gestand er der Kranken und drückte ihre Hand. »Ich musste nur an dich denken.«

In der Hoffnung, es könnte irgendetwas bewirken, spielte er ihr das Video noch einmal vor.

Doch auch dieses Mal zeigte sie keinerlei merkliche Reaktion.

»Jetzt fehlt nur noch eine Person«, flüsterte er, während er Smartphone und Kopfhörer einpackte. »Dann können wir mit dieser Geschichte abschließen, hoffentlich für immer.«

Das Gesicht der Frau zeigte keine Regung.

Unbeirrt nahm der Mann den Roman vom Nachttisch und begann, laut einige Kapitel daraus vorzulesen, weil er hoffte, wo auch immer die Kranke sei, möge sie ihn hören.

51

Man müsste dich mal zu Forschungszwecken untersuchen: Es kann doch nicht sein, dass alle durchgeknallten, schwierigen und nervigen Kunden immer bloß zu dir kommen«, hatte Patricia erklärt, kaum eine halbe Stunde nachdem Montecristo in der Buchhandlung eingetroffen war, womit er – jedenfalls ihrer Ansicht nach – diesen erfolgreichen ruhigen Tag ruiniert hatte. Und sie hatte recht: Genau in dem Moment, als Montecristo seinen Dienst hinter dem Verkaufstresen angetreten und damit begonnen hatte, liegen gebliebene Arbeit am Computer zu erledigen, war eine Kundin hereingekommen und so zielstrebig auf ihn zugegangen, als würde sie ihn kennen. Montecristo war sicher, dass er sie noch nie gesehen hatte. Er hätte sich bestimmt an sie erinnert, sagte er sich, da die Dame, um es euphemistisch auszudrücken, ziemlich ausgefallen gekleidet war: Jedes Teil, das sie trug, hatte eine andere Farbe, und alle waren grell, ihre Erscheinung war insgesamt ein optischer Faustschlag ins Gesicht.

Würde man ihr ein Chamäleon auf die Schulter setzen, so würde es innerhalb weniger Sekunden schizophren werden, hatte Montecristo gedacht, während er dieses kunterbunte Farbenkarussell betrachtete.

»Kann ich Ihnen helfen?«

»Ja, ich möchte ein Buch kaufen, das ich gestern im Fernsehen gesehen habe.«

Na, das fängt ja gut an, dachte Montecristo.

»Gern. Wissen Sie noch Titel oder Autor?«

»Nein, Aber ich weiß noch, dass das Cover rot war.«

Montecristo sah sich um. Allein in seiner kleinen Buchhandlung gab es schon jede Menge Bücher mit einem roten Cover. »Das scheint mir ein wenig zu vage zu sein«, hatte er ihr erklärt und dabei verkrampft gelächelt. »Erinnern Sie sich nicht noch an etwas anderes?«

»Nein. Na ja, aber wie viele Romane wird es schon geben, die ein rotes Cover haben? Das kann doch nicht so schwer zu finden sein, oder?«

Beruhige dich und leg den Tacker wieder in die Schublade zurück, hatte er sich befohlen, und während er gehorsam das Gerät losließ, hatte er stumm die Hände gerungen, um sie dann hinter dem Rücken zu verschränken. Atme tief durch und verhalte dich wie ein Profi.

Er hatte wieder sein verbindliches Lächeln aufgesetzt. »Entschuldigen Sie. Ich war einen Moment lang abwesend. Die Farbe des Covers nützt mir leider nicht viel, Signora. Versuchen wir es doch mal mit der Sendung, in der Sie das Buch gesehen haben. Welche war das?«

»Tja …«

»Okay. Wissen Sie noch, wer sie moderiert hat?«

»Nein.«

»Waren die Autorin oder der Autor im Studio?«

»Ich glaube nicht.«

»Kam er oder sie aus Italien oder nicht?«

Schulterzucken.

»Um was für ein Genre handelt es sich denn?«

»Wer erinnert sich schon an so was! Aber das Cover war rot.«

Montecristo hatte sich auf die Zunge gebissen. Als er sich umsah, bemerkte er Patricia: Sie sah ihn grinsend an und schien nur darauf zu lauern, dass er explodierte. Er hatte sich fest vorgenommen, ihr nicht diese Genugtuung zu geben, und hatte – unter Aufbietung aller Kräfte – durchgehalten.

»Also … War es ein dickes Buch, so der klassische Wälzer, oder eher dünner, also ein kurzer Roman?«

»So mittel.«

»Ausgezeichnet. Sie können sich gar nicht vorstellen, wie mir das weiterhilft, was Sie gesagt haben, vielen Dank. War ein Bild auf dem Cover?«

Als die Frau nickte, hatte er sie gefragt: »Und erinnern Sie sich an dieses Bild?«

»Ja, das war rot.«

»Natürlich. Dumm von mir, dass ich Sie danach gefragt habe … Wissen Sie noch, ob es sich um ein aktuelles Buch handelt, ob es gerade erst veröffentlicht wurde oder schon vor ein paar Jahren?«

»Die haben es gestern im Fernsehen gezeigt. Gestern ist ziemlich aktuell, oder?«

»Ja, aber … Ach, lassen wir das, sonst überhitzt sich Ihr Hirn, und dann geschieht noch ein Unglück.«

Die Frau hatte ihn misstrauisch angesehen. »Wollen Sie mich beleidigen?«

»Auf gar keinen Fall. Ich will Ihnen nur helfen.«

»Haben Sie hier keinen anderen Kollegen? Sie scheinen mir Ihrer Aufgabe nicht gewachsen zu sein.«

Vom anderen Ende des Raums hörte Montecristo ein Glucksen: Patricia krümmte sich, um nicht laut loszulachen.

»Darf ich Ihnen eine persönliche Frage stellen?«, hatte er sie am Ende seiner Kräfte gefragt.

»Okay.«

»Sind Sie zufällig farbenblind?«

»Warum das denn?«

Montecristo musterte ihren Aufzug. Nur ein kurzer

Blick auf diese Farborgie, und er bekam Kopfschmerzen. »Na ja, das würde alles erklären.«

»Was alles?«

»Dass diese Buchhandlung ein Floß der Vernunft ist, das auf dem endlosen Ozean des allgemeinen Chaos treibt und deshalb all jene anzieht, die eine Ordnung wiederherstellen wollen.«

»Wie bitte?«

»Sehen Sie, der zweite Hauptsatz der Thermodynamik, eine ihrer Grundlagen, besagt, dass jedes System, das sich selbst überlassen wird, von Ordnung in Unordnung übergeht, falls keine Energie von außen darauf einwirkt.«

»Was zum Teufel soll das heißen?«

»Das heißt, ich verkaufe Bücher, Signora. Ich bin kein Sozialarbeiter, Pfarrer oder Psychologe, und vor allem ist es nicht meine Aufgabe, die unaufhaltsame Zunahme der allgemeinen Entropie einzudämmen, wie sie im zweiten Hauptsatz der Thermodynamik beschrieben wird. Und trotzdem kommt *ihr* immer weiter *hierher* und verlangt von mir, dass ich Ordnung in euer mentales Chaos bringe …«

Die Kundin starrte ihn immer verwirrter an.

»Deshalb hören Sie mir jetzt einmal gut zu. Verlassen Sie meinen Laden, hundert Meter weiter rechts finden Sie eine Apotheke. Gehen Sie da rein. Fragen Sie nach einem starken Phosphorpräparat gegen Vergesslichkeit, warten Sie ein paar Wochen, bis die Behandlung gewirkt hat und kommen Sie erst wieder, wenn Sie wenigstens *Titel oder Autor* wissen!«, hatte er so laut gebrüllt, dass die arme Frau ängstlich zurückwich, sich ruckartig umwandte und unter einer Schimpftirade den Laden verließ.

Patricia hatte sich auf ihn gestürzt und ihn angeschrien, sie müsse schließlich von irgendetwas ihre Miete zahlen, und wenn er weiterhin die Kunden so schlecht behandelte, würden sie beide auf der Straße landen.

»Kapierst du nicht, dass *die mich* schlecht behandeln und nicht umgekehrt? Hast du die gehört? Ein Buch mit einem roten Cover und das muss reichen, also geht's noch?«

Bevor Patricia ihn in Stücke reißen konnte, betrat jemand die Buchhandlung und rief: »Warten Sie, Patricia, lassen Sie mich ihm wenigstens die letzte Ölung erteilen! Dann retten wir zumindest die Seele dieses Unseligen.«

Fra Raimondo lachte herzlich und lautstark. Nach und nach kamen auch die anderen Dienstagsdetektive und schützten Montecristo vor Patricia. Er hatte sie angesichts der Dringlichkeit ihres Treffens früher zusammengerufen.

Der Buchhändler lächelte erleichtert. Noch nie war er so froh gewesen, sie zu sehen.

»Kaum zu glauben, dass wir den Laden immer noch am Laufen halten können, so wie du dich aufführst. Aber glaub nicht, dass du mir so davonkommst!«

»Sicher, sicher. Wir reden später weiter.« Montecristo wandte Patricia den Rücken zu und ging hinunter in den kleinen Raum. »Jetzt haben wir zu tun.«

52

Auf der Leseliste für die Treffen des Monats war für diesen Dienstag eigentlich ein weiterer Roman von Simenon angesetzt, *Maigret und die junge Tote*, da gerade eine Verfilmung mit Gérard Depardieu in der Titelrolle in die Kinos kam. Und die Idee war, dass sie, nachdem sie diesen düsteren Noir, einen der dunkelsten der Reihe, wiedergelesen hatten, sich alle gemeinsam den Film im Programmkino Greenwich ansehen würden, das nicht weit entfernt von der Buchhandlung lag. Aber auch an diesem Abend hatten die Sanduhrmorde ihre Pläne über den Haufen geworfen.

Bevor er sich setzte, holte sich Signor Scalabrini seinen Hut, den er in der Buchhandlung vergessen hatte, von der Büste von Agatha Christie und legte ihn neben sich, um ihn nicht wieder liegen zu lassen. Dann zeigte er den Leseklubgefährten, welchen Wein er für diesen Abend ausgewählt hatte. Er war nicht von intensivem Dunkelrot wie sonst, diesmal war seine Farbe strohgelb mit grünlichen Reflexen. »Da dies heute kein Treffen zum Vergnügen, sondern eher eine … Arbeitssitzung sein wird, habe ich gedacht, wir nehmen einen Weißwein mit geringerem Alkoholgehalt, damit wir uns ein wenig besser konzentrieren können«, erklärte er, während Montecristo die Gläser auf das kleine Tischchen stellte.

»Wir Lumpenpack haben einen Gentleman wie Sie gar nicht verdient, Signor Scalabrini«, sagte Maina und brachte diesen damit in Verlegenheit. »Und auch keine begnadete

Köchin wie Sie, Camilla«, fuhr sie fort und deutete auf die beiden herzhaften Kuchen, die die alte Dame für alle gebacken hatte: einen aus Blätterteig mit einer weichen aromatischen Füllung aus Käse und gekochtem Schinken, und eine köstliche Quiche aus Polenta mit Zwiebeln, Spinat, Pancetta, Trauben und Dolcesardo, dem typischen sardischen Weichkäse.

»Gott segne Ihre Zauberhände, Camilla, und Ihre Großzügigkeit, die an gute alte Zeiten erinnert, Vittorio«, sagte Fra Raimondo und segnete das Mahl mit einem Kreuz.

Wie üblich brachten sie einen Trinkspruch aus auf diejenige, die ihnen allen fehlte, ihre Präsidentin, dann drehte Montecristo die Tafel zu ihnen um, auf der er die neuesten Entwicklungen in den Fällen notiert hatte.

Alle Mitglieder des Leseklubs nahmen wie Musterschüler einen Notizblock zur Hand, um ihre Eindrücke aufzuschreiben.

»Also, unser Freund hat wieder zugeschlagen«, begann Montecristo. »Nur, dass es diesmal so aussieht, als hätte er die Beherrschung verloren … In Saronno hat er drei Menschen getötet. Vater, Sohn und Tochter … Aber beginnen wir ganz von vorn.«

53

Nachdem Montecristo die anderen über die Fakten zum letzten Mordfall in Kenntnis gesetzt hatte, schwiegen die Mitglieder des Leseklubs erst einmal, jeder in seine eigenen Gedanken versunken.

»Wer fängt an?«, fragte er.

»Nun, das ist eine einschneidende Veränderung des Modus Operandi«, wagte sich Camilla vor.

»Allerdings. Er hat seine sprichwörtliche Kaltblütigkeit über den Haufen geworfen und drei Menschen umgebracht, darunter einen Behinderten«, schloss Fra Raimondo sich an. »Nun hat er sein wahres Gesicht gezeigt. Das eines sadistischen Killers.«

»Wer sagt uns, dass es sich hier um Grausamkeit handelt?«, wandte Scalabrini ein.

»Wie meinen Sie das?«

»Maigret würde sagen: Konzentrieren wir uns auf den emotionalen Aspekt des Verbrechens. Was macht uns so sicher, dass es sich hierbei um Unmenschlichkeit und Grausamkeit handelt?«, argumentierte er. »Die Art und Weise der Durchführung des Tötungsdelikts hat sich nicht verändert, wenn ihr einmal darüber nachdenkt. Ich sehe kein weiteres Element von Sadismus im Verhältnis zu den vorhergehenden Verbrechen. Dass er den alten Mann im Rollstuhl getötet hat, könnte auch ein Zeichen von Mitleid sein. Können wir das ausschließen?«

Scalabrini hatte alle, einschließlich Montecristo, vollkommen mit seiner Sichtweise überrascht, und dieser gab zu: »Sie haben recht, Vittorio. Nein, wir können diese Hypothese nicht ausschließen.«

»Die Tatsache, dass es sich bei dem Opfer um einen ehemaligen Polizisten handelt, gibt mir zu denken«, überlegte Camilla laut. »Was, wenn der Mord irgendetwas mit Patteris Beruf zu tun hat?«

»Caruso und Dimase sind überzeugt, dass dem nicht so ist, ihre Kollegen vom zuständigen Polizeipräsidium in Busto Arsizio ebenfalls«, antwortete ihr Montecristo. »Sie haben Patteris berufliche Vergangenheit gründlich durchleuchtet und keine dunklen Flecken gefunden. Offenbar war er ein hervorragender Polizeibeamter, überall beliebt und hervorragend in seinem Job.«

»Ich würde mich auf die Stadt konzentrieren. Warum Saronno? Aus welchem Grund hat er Sardinien verlassen und ist bis nach Norditalien gereist? All dies deutet auf Rache als Motiv. Was könnte ihn sonst zu einer solchen Reise veranlasst haben?«, fragte Maina.

»Maina hat recht. Wir dürfen nicht den Fehler der Polizei wiederholen, die sich zu stark auf den Mörder und zu wenig auf die Opfer konzentriert hat. Denn alles dreht sich um sie, wie man auch den Worten des Mörders entnehmen kann, die mir Lorenzo wiedergegeben hat.« Montecristo wies auf den Satz des Jungen, den er mit Kreide auf die Tafel geschrieben hatte: DU WEISST, WARUM ICH DAS GETAN HABE. DENK IMMER DARAN, DASS NICHT ICH SIE UMGEBRACHT HABE. DAS WARST DU.

»Es gibt etwas, das alle Morde verbindet. Etwas, das sich uns immer noch nicht erschließt«, sagte Montecristo leise, während er noch einmal die Tathergänge und alle Details der Morde durchging.

»Nun, wenn der Kleine die Wahrheit sagt«, bemerkte Camilla, »muss der Auslöser für die Verbrechen ein Vergeltungsschlag sein. Ein Rachefeldzug an mehreren Personen wie in Agatha Christies *Und dann gab's keines mehr.*«

»Rache … Nehmen wir mal an, die These stimmt. Für was rächt er sich?«, erwiderte Montecristo.

»Und da sind wir wieder bei den Opfern«, sagte Fra Raimondo. »Wenn jemand so kalt und distanziert handelt, ohne jegliche moralischen Bedenken, wenn er vom Feuer der Rache erfüllt ist, bedeutet das, dass er nicht von Geburt an so ist, sondern erst dazu wurde. Er muss etwas ganz Furchtbares erlebt haben.«

»Zweifellos. Aber was?«, spornte Montecristo sie an.

»Einen Mord vielleicht«, antwortete Maina und zuckte mit den Schultern. »Die müssen einen Menschen getötet haben, der ihm viel bedeutet hat. Ich verwende den Plural, weil es sich um einen Vergeltungsschlag an mehreren Personen zu handeln scheint.«

»Und diese Rache trifft zwar alle Menschen im Umfeld, aber sie konzentriert sich auf die Person, die er vor diese Entscheidung stellt«, merkte Scalabrini an.

»Also Nicola Vincis und Silvana Atzori«, las Maina von der Tafel ab. »Und einen der drei Patteri.«

»Okay. Gehen wir mal nach dem Ausschlussverfahren vor. Was könnten diese Personen gemeinsam haben?«, ermutigte Montecristo seine Mitstreiter und unterstrich ihre Namen auf der Tafel.

Die Mitglieder des Leseklubs sahen sich eine Weile die Liste mit den Opfern an, dann antworteten sie wie aus einem Munde: »Das Alter!«

54

Montecristo hatte sich mit Angela Dimase im Ex Tipografia, einer Bar an der Ecke Largo Carlo Felice und Corso Vittorio Emanuele verabredet, dem Epizentrum von Cagliaris Ausgehszene. Er wartete an einem der Tische im Freien auf sie und genoss einen köstlichen Nikka – ein japanischer Whisky –, das einzige Getränk, das in der Lage war, nach einem Treffen des Dienstagskrimiklubs Ruhe in seine Gedanken zu bringen, die wie Flipperkugeln durch sein Hirn hin und her zu springen schienen. Aus den Boxen des Lokals ertönte ein fröhlicher Rockabillysong, aber Montecristo war zu abgelenkt, um der Musik zuzuhören: In seinem Kopf hallten noch die Worte der Dienstagsdetektive nach.

»Ich kann nur hoffen, dass ich jetzt nicht umsonst eine halbe Stunde Lebenszeit mit Parkplatzsuche verschwendet habe«, begrüßte Angela ihn.

Montecristo blickte hoch und erkannte sie kaum wieder. »Hast du dir die Haare wieder umgefärbt?«

Angela Dimase nahm ihm gegenüber Platz, schüttelte energisch ihre rabenschwarzen Haare aus der Stirn und trank einen Schluck von seinem Whisky.

»Köstlich«, stellte sie fest. »Aber das genügt nicht dafür, dass ich deinetwegen mein Sofa verlassen und die zigste Wiederholung von *Der Tag des Falken* verpasst habe, einem meiner absoluten Lieblingsfilme.«

»›Immer beieinander, doch ewig getrennt‹ … Das ist auch einer von meinen«, stammelte Montecristo, dem auffiel, dass an Angelas linkem Ringfinger nach wie vor kein Verlobungsring steckte. In seinem Herzen glimmte Hoffnung auf.

»Du bist ja ein Romantiker … Also?«

»›Die schwierigsten Fälle sind immer die banalsten‹«, rezitierte Montecristo, der sich in die Rolle des Detektivs hineinversetzte.

»Ist das ein Zitat aus einem deiner Heftchenkrimis?«, zog Angela ihn auf.

»Nein. Das hat Nunzia gesagt.«

»Wie geht es der Ärmsten denn?«

»Nicht gut. Doch sie hat einen ihrer seltenen klaren Momente gehabt und mir diesen Satz gesagt. Seit sie den ausgesprochen hat, muss ich immer daran denken. Und beim Treffen mit den anderen haben wir festgestellt, dass sie recht hat.«

»Geht das auch etwas genauer?«

»Gleich. Aber du trinkst besser vorher etwas …«

»Jetzt bin ich aber wirklich beunruhigt.«

Montecristo bestellte einen Whisky für Angela und wartete ab, bis der Kellner ihn brachte.

Als er das Glas erhob, runzelte Angela die Stirn und fragte ihn verärgert: »Worauf zum Teufel sollen wir anstoßen?«

Montecristo zuckte mit den Schultern. »Vielleicht darauf, dass wir auf dem besten Weg sind, euren Fall zu lösen?«

Die Sovrintendente stellte ihren Whisky hin, ohne einen Schluck davon getrunken zu haben, und fixierte Montecristo mit ihren tiefblauen Augen. »Sag mir, dass das kein Scherz ist.«

Montecristo lächelte nur und begann ihr seine Theorie darzulegen.

55

Zum x-ten Mal überflog Sovrintendente Dimase die Liste der Opfer: Laut Montecristo musste die Lösung des Falles hier zu finden sein.

»Ich geb auf«, schnaubte sie schließlich entnervt. »Ich kann hier nichts Ungewöhnliches entdecken. Sag mir einfach, was ihr herausgefunden habt.«

Aus der Innentasche seiner Sportjacke holte Montecristo einen Rotstift und umkreiste die Geburtsdaten von Nicola Vincis, Silvana Atzori und Elena und Riccardo Patteri. »Was fällt dir jetzt auf?«

»Sie sind alle in etwa gleich alt.«

»Ganz genau. Sie sind alle in Cagliari geboren und haben dasselbe Alter. Und nicht nur das …«

»Muss ich erst meine Waffe rausholen und sie dir auf die Brust setzen, damit du endlich mit der Sprache herausrückst?«

Montecristo grinste und schob sich die Haare hinter die Ohren. »Der Schlüssel zu dem Rätsel liegt hier, Angie: bei den Opfern. Beziehungsweise bei etwas, das sie gemacht haben und womit sie den Rachedurst des Killers ausgelöst haben.«

Schlagartig schienen alle Menschen, die eben noch fröhlich um sie herum gelärmt hatten, verschwunden zu sein: Es gab nur noch sie beide. Angela Dimase hing an seinen Lippen, und Montecristo hätte seine Seele an den Teufel verkauft, nur um dieses betörende Gefühl in die Länge zu ziehen.

»Und das heißt?«

»Wir haben uns stundenlang das Hirn zermartert, um die Verbindung zwischen ihnen allen zu entdecken, und schließlich haben wir sie gefunden. Die Uni.«

»Unmöglich. Sie haben alle unterschiedliche Universitätsabschlüsse«, widersprach Dimase. »Das war mit das Erste, was wir überprüft haben.«

»Das will ich ja gar nicht in Abrede stellen. Aber ich meine gar nicht die Studiengänge, die sie abgeschlossen haben …«

Die Polizeibeamtin sah ihn mit hochgezogener Augenbraue an. »Ich bin kurz davor, die Geduld zu verlieren, Marzio.«

Montecristo zog aus der Tasche eine Liste, die er und Maina von der Website der Universität von Cagliari heruntergeladen hatten, und hielt sie seiner Freundin hin. »Etwa drei Jahre lang waren die drei Studienkolleginnen und -kollegen am selben Institut. Sie haben dieselbe Fakultät, dieselben Vorlesungen besucht und haben dieselben Examen abgelegt. Dann haben alle vier kurz vor dem Abschluss hingeschmissen, sich an anderen Fakultäten eingeschrieben und eben unterschiedliche Abschlüsse gemacht. Ich wiederhole: *alle vier*. Die Familie Patteri ist sogar in eine andere Region auf dem Festland umgezogen.«

»Du willst mir doch nicht erzählen, dass Silvana Atzori und Nicola Vincis Kommilitonen waren?«

»Das habe ich mir nicht aus den Fingern gesogen, es ist eine unbestreitbare Tatsache. Schau hier.« Montecristo deutete auf das Dokument der Uni über einen Prüfungstermin, an dem alle vier Opfer teilgenommen hatten. »Und falls dir das nicht genügt, dann guck dir das an.«

Jeder von ihnen hatte ein Seminar mit dem Titel *Römisches Recht in Sardinien im Spiegel von Rechtsgeschichte und lokaler Geschichte* besucht. Dieser Beweis wischte die letzten Zweifel Dimases vom Tisch.

»Warum hat uns diese blöde Schnepfe angelogen?«, fragte Dimase mit zornerstickter Stimme.

»Vielleicht verbirgt Silvana Atzori etwas oder schützt jemanden … Unsere Hypothese ist ja, dass zwischen ihnen in diesem Jahr etwas vorgefallen ist, das sie veranlasst hat, zu einem so späten Zeitpunkt im Studium noch das Fach zu wechseln. Und vielleicht hat dieses *Etwas* dazu geführt, dass sie ins Visier des Killers geraten sind.«

»Was denn zum Beispiel?«

»Das weiß ich noch nicht. Aber wir müssen die Möglichkeit in Betracht ziehen, dass diese Leute nicht so unschuldig sind, wie wir gedacht haben.«

Angela Dimase fühlte, wie es ihr eiskalt den Rücken hinablief.

»Denk auch an den Satz, den Lorenzo, Nicolas Sohn, gesagt hat: ›Du weißt, warum ich das getan habe. Denk immer daran, dass nicht ich sie umgebracht habe. Das warst du‹«, wiederholte Montecristo noch einmal. »Diese Interpretation würde allem einen deutlich anderen Sinn geben, meinst du nicht auch? Vielleicht haben sie als Studenten ein Verbrechen begangen, und jetzt rächt sich jemand.«

»Ach du Scheiße … Was machen wir denn jetzt?«

»Na ja, wenn du den nächsten Mord verhindern willst, müssen wir uns sofort eine Liste aller Studenten dieses Jahrgangs besorgen. Das nächste Opfer könnte darunter sein …«

56

Die stellvertretende Staatsanwältin Tiziana D'Ambrosio hatte die Ermittler mehrfach angewiesen, sich auch mitten in der Nacht mit ihr in Verbindung zu setzen, falls im Laufe der Untersuchung irgendetwas auftauchen sollte, das den Fall in einem neuen Licht erscheinen ließ. Und da Caruso klar war, dass das, was der Buchhändler und seine Hobbydetektive entdeckt hatten, von fundamentaler Wichtigkeit für die Ermittlungen war, hatte er noch zu später Stunde die Staatsanwältin angerufen und sich alle erforderlichen Genehmigungen ausstellen lassen, um im universitären Umfeld recherchieren zu können. D'Ambrosio hatte auch keine Miene verzogen, sondern sofort ihr Einverständnis gegeben und darum gebeten, stets in Echtzeit auf dem Laufenden gehalten zu werden. Anschließend hatte Caruso das gesamte Verwaltungspersonal an der Juristischen Fakultät der Universität Cagliari aus dem Bett geholt und tatsächlich eine vollständige Liste aller Teilnehmer des Studiengangs erhalten, den auch die Opfer besucht hatten: Das Wort »Mordermittlung« machte alle Angestellten unverzüglich gefügig und ließ sie beflissen mit dem Polizeibeamten zusammenarbeiten.

»Schau mal, was ich ausgegraben habe, Montecri'«, verkündete er nun freudestrahlend, als er sein Büro auf dem Revier betrat, wo Montecristo und Dimase schon auf ihn warteten. Mit triumphierendem Lächeln schwenkte er ein Bündel Unterlagen.

»Was *du* ausgegraben hast? Wenn ich dir nicht gesagt

hätte, wonach du suchen sollst, wärst du doch noch keinen Schritt weiter, Caruso.«

»Hör einfach zu«, fuhr der Polizeibeamte kurz angebunden fort, während er sich die Lesebrille aufsetzte. »Emanuele Cogoni, selber Jahrgang wie Nicola Vincis und Kommilitone von ihm wie auch von Silvana Atzori und den beiden Patteri. Auch er hat im selben Monat das Studium abgebrochen und sich in einer anderen Fakultät eingeschrieben.«

»Ja und?«, fragte Montecristo skeptisch.

»Er hat vor zwei Jahren Selbstmord begangen … Schon äußerst merkwürdig, oder?«

Montecristo und Dimase wechselten einen Blick: Diese Nachricht untermauerte ihren Verdacht.

»Hier ist der Bericht der Kollegen vom Tatort. Der Kerl hat sich aufgehängt und einen Abschiedsbrief hinterlassen: ›Ich bitte alle um Verzeihung, aber ich kann mit dieser Last auf der Seele nicht weiterleben. Möge Gott uns vergeben, was wir getan haben‹ … Dieses ›wir‹ ist doch gruselig, nicht wahr?«

Die beiden anderen nickten besorgt.

»Zwei Opfer, zwei Selbstmorde und dazu noch eine, die versucht hat, sich das Leben zu nehmen, alle aus ein und demselben Kurs. Marzio hat recht, Flavio«, sagte Dimase. »Die haben etwas Schlimmes getan, und irgendjemand lässt sie nun dafür bezahlen.«

»Morgen gehen wir zu der Atzori und bringen sie dazu, mit der Wahrheit herauszurücken«, kündigte Caruso an.

»Hast du etwas gefunden, das eindeutig belegen würde, dass Vincis, die Atzori und die Patteri sich kannten?«, fragte Montecristo.

»Ich habe mir die Anwesenheitslisten von einigen Examensterminen und verschiedenen Pflichtseminaren geben lassen. Alle vier waren dort. Beziehungsweise alle fünf, wenn man Cogoni dazuzählt.«

»Bingo«, seufzte Dimase.

Caruso nahm die Brille ab und nickte. »Ja … Es gibt nun allerdings ein kleines Problem.«

»Und das wäre?«, fragte Montecristo.

Caruso zeigte ihnen eine Liste mit achtzig oder gar hundert Namen. »Das sind die Kommilitonen der Opfer aus diesem Seminar beziehungsweise aus diesem Semester.«

»Gütiger Himmel … Wie viele sind das denn?«

»Wenn man unsere fünf abzieht, bleiben immer noch fünfundachtzig.«

»Oh Shit … Da kommen wir ja nicht mal durch, wenn wir die ganze Nacht durcharbeiten«, jammerte Dimase.

»Na ja, es gibt durchaus eine Möglichkeit, die Liste zu verkürzen«, sagte Montecristo.

»Und die wäre?«

»Wenn wir auf dieser Liste das nächste Opfer finden wollen, dann müssen wir nur dem Muster der anderen folgen. Wir müssen suchen, wer von den Studenten das Studium im selben Monat abgebrochen hat.«

Caruso deutete wild gestikulierend mit dem Zeigefinger auf ihn. »Hör auf mich, Dima'«, sagte er dann an seine Teampartnerin gewandt. »Heirate den Kerl. Er mag ja keinen Geschäftssinn haben und sich wie ein Penner anziehen, aber er hat definitiv Grips im Kopf.«

Montecristo wurde rot und murmelte: »Jetzt halt die Klappe und gib lieber die Liste her. Am besten teilen wir sie unter uns auf, dann sind wir doch noch vor morgen früh damit fertig.«

57

Der Mörder betrat ein Antiquitätengeschäft in der Via Dante Alighieri, jener Straße, die früher eine der renommiertesten der Stadt gewesen war und nun mit jedem weiteren Jahr einen unaufhaltsamen Niedergang erlebte. Er begrüßte mit einem Kopfnicken den Geschäftsinhaber, der mit einem Kreuzworträtsel beschäftigt war, und gab damit zu verstehen, dass er sich nur umsehen wollte. Gelassen schlenderte er dann zwischen den historischen Möbeln und antiken Gegenständen herum. Der Plan, den er mit so viel Geduld und Präzision ersonnen hatte, näherte sich seiner Vollendung. Nur noch eine Person musste beseitigt werden. Die letzte. Erst dann würde er wieder zu seinem Leben zurückkehren können, mit der befriedigenden Gewissheit, dass er etwas Konkretes getan hatte. Für *sie*.

Aus der Werkstatt im hinteren Teil des Geschäfts drangen chemische Gerüche von den Substanzen, die für die Restaurierung von Möbeln verwendet wurden. Dieser Gestank vermischte sich mit dem charakteristischen Duft des Holzes, dem herben Geruch von Naphtalin und den süßlichen Ausdünstungen der Stuhl- und Sesselpolsterungen, die nun, ihrer einstigen Besitzer verwaist, Staub ansetzten. Fast niemand interessierte sich noch für all diesen »alten Plunder«, wie es ein Pärchen bezeichnet hatte, das sich einige Sekunden im Laden umgesehen hatte. Auch der Mörder hegte kein besonderes Interesse an diesen antiquierten Gegenständen. Vielmehr stimmten sie ihn traurig, weil sie in seinen Augen den offensichtlichen Beleg für die unerbittlich und grausam verstreichende Zeit darstellten, jene Zeit, die ihn in dem tosenden Meer seiner Einsamkeit zu ertränken suchte.

Wie poetisch du heute bist, zog er sich selbst auf. Du wirst wirklich alt.

Der Mann streifte zwischen Kommoden, Kredenzen, Vitrinen und allen möglichen Möbelstücken aus dem 19. Jahrhundert herum. Er durchforstete mit den Augen Porzellan, verknitterte Drucke, Tafelsilber, in die Jahre gekommene Kleidungsstücke, verrostete Kerzenhalter, alte Puppen von verstörendem Aussehen und Handschuhe von kleinen Mädchen, die inzwischen seit Jahrhunderten tot waren, doch das, wonach er suchte, konnte er nirgends entdecken. Er hätte den Ladenbesitzer fragen können, der wie viele seiner Kollegen den Eindruck eines verhärmten und misstrauischen Einzelgängers machte, der es leid war, von den Kunden wie ein Trödler behandelt zu werden und nicht wie ein Händler antiker Kunstgegenstände. Aber seine Nachfrage hätte dem Verkäufer womöglich einen Floh ins Ohr gesetzt und ihn damit in einen unbequemen Zeugen verwandelt. Also wappnete er sich mit Geduld und setzte seine mühselige Suche fort, in der festen Überzeugung, dass unter all dem Kram das Objekt seiner Begierde zum Vorschein kommen würde.

Als er beinahe die Hoffnung verloren hatte, entdeckte er sie. Sie versank fast in einer Truhe, die dem Vergessen anheimgegeben worden war und in die der Antiquitätenhändler Trophäen aus dem Freiheitskampf Garibaldis, Nippes, verblichene Zeitschriften und anderen Krempel, der keine prominentere Platzierung verdiente, achtlos hineingeworfen hatte. Der Mörder nahm sie in die Hand und wischte den Staub fort, wodurch er wertvolle, ins

Holz geschnitzte Ornamente freilegte. Er drehte sie um und sah dem feinen Sand zu, wie er von einem Glaskolben in den anderen rieselte, wobei er sich fragte, wann die Körnchen wohl zum letzten Mal den Platz gewechselt hatten.

Vielleicht warst du da noch nicht einmal geboren, sagte er sich.

Vorsichtig sah er sich um. Er war allein im Geschäft, und der Eigentümer saß in einer Ecke, aus der er ihn nicht sehen konnte, außerdem war er immer noch mit seinem Kreuzworträtsel beschäftigt. Langsam ließ der Mörder die Sanduhr in eine seiner weiten Manteltaschen gleiten. Dann schlenderte er nonchalant zur Kasse, in der Hand ein halbes Dutzend alter Liebesromane, die er aus einem Regal gezogen hatte, wo sie wild übereinandergestapelt waren.

Der Antiquitätenhändler musterte ihn neugierig.

»Die sind für meine Mutter. Sie ist sehr alt und lässt sich diese Geschichten gerne vorlesen. Sie erinnern sie an ihre Jugend.«

Der Händler lächelte höflich. Er hatte den Diebstahl nicht im Geringsten bemerkt. »Soll ich sie Ihnen einpacken?«

»Nein danke, das ist nicht nötig«, erwiderte der Mörder und legte den fälligen Betrag in bar auf den Tresen.

»Niemand liest mehr solche Romane«, bemerkte der Händler, als er ihm das Restgeld gab. »Diese Schriftstellerinnen sind inzwischen alle vergessen. Sehr bedauerlich.«

»Wir haben inzwischen alle nur noch ein sehr kurzes Gedächtnis. Das ist die wahre Krankheit dieses Jahrhunderts«, gab der Mörder zurück, während er die Bücher in einen Leinenbeutel packte.

»Da haben Sie recht.« Der Händler sah seinem anonymen Kunden hinterher, bis dieser den Laden verlassen hatte. Nachdem er das Geld im Innenfach der Kasse verstaut hatte, kehrte er wieder zu seinem Kreuzworträtsel zurück und hatte diesen Verkauf schon wieder vergessen. Ganz so, wie der Mörder es sich gewünscht hatte.

58

Als Silvana Atzori die beiden Polizeibeamten in ihr Zimmer kommen sah, erkannte sie gleich an deren Blicken, dass etwas vorgefallen war.

Angela Dimase ging zum Fenster, lehnte sich wortlos mit dem Rücken an die Wand daneben und musterte sie scharf.

Caruso holte aus der Akte eine Fotografie und schleuderte sie der Frau auf den Schoß. »Das ist direkt von Emanuele Cogonis Social-Media-Profil«, begann er barsch. »Ich weiß, dass ihr auf Facebook nicht befreundet wart. Aber das da bist du, oder?«

Silvana wurde aschfahl und betrachtete das Bild, das sie draußen vor einer Bar zusammen mit Nicola Vincis, Elena und Riccardo Patteri, Emanuele Cogoni und zwei anderen jungen Männern zeigte, mit denen sie zu ihrer Uni-Zeit befreundet gewesen war. Sie hatte dieses Foto komplett vergessen und keine Ahnung gehabt, dass dieser Idiot Emanuele es auf seiner Pinnwand gepostet hatte.

»Du hast gewusst, dass er sich umgebracht hat?«, fragte Caruso.

Die Frau nickte.

»Und ich wette, dass du auch weißt, warum …«

Schweigen.

»Du hast uns angelogen, Silvana«, knurrte Dimase, stieß sich von der Wand ab und kam dem Krankenhausbett bedrohlich nahe. »Du und deine Kommilitonen vom Jurastudium habt jemandem etwas angetan. Und dieser jemand, oder ein Mensch, der in enger Beziehung zu ihm steht, hat angefangen, sich zu rächen … Schluss jetzt mit den Lügen. Wir wollen die Wahrheit wissen.«

»Wir haben keine Zeit mehr zu verlieren. Also?«, hakte Caruso nach und kam ebenfalls näher, als wollten sie sie in eine Falle drängen. »Wegen dieses Geheimnisses sind schon zu viele Menschen gestorben. Pack jetzt aus.«

Silvana schaute zwischen den beiden Polizeibeamten hin und her, dann murmelte sie: »Ich mache von meinem Aussageverweigerungsrecht Gebrauch. Ich will mit meinem Anwalt sprechen.«

Dimase und Caruso wechselten einen finsteren Blick.

Die Angelegenheit war noch schlimmer, als sie gedacht hatten.

59

Montecristo merkte, wie sein Handy in der Tasche vibrierte, und löste seine Augen von der Geometrieaufgabe, die Lorenzo gerade beendete. Es war eine Nachricht von Angela Dimase. Als er sie las, begriff er, dass absurderweise wieder alles in seinen Händen lag. Oder besser: in denen seines ehemaligen Schülers.

Während der Junge den Umfang und die Fläche der Raute aus seiner Aufgabe berechnete, schrieb Montecristo an die Dienstagsdetektive, die sich auf verschiedenen »Missionen« befanden, um Elemente zusammenzutragen, die ihre These untermauern würden. *Gibt's was Neues?*, tippte er ein. Einer nach dem anderen antwortete, dass sich aktuell noch keine neuen Entwicklungen ergeben hätten.

Beunruhigt wandte Montecristo sich wieder den Berechnungen des Jungen zu.

»Bitte sehr«, sagte Lorenzo schließlich und reichte ihm das Heft.

Montecristo überprüfte die Aufgaben und wuschelte ihm schließlich mit einem zufriedenen Lächeln durch die Haare. »Sehr gut. Wenn ich dein Lehrer wäre, dann würde ich dir dafür eine Zwei plus geben. Deine Klassenarbeit wirst du mit der vollen Punktzahl schaffen.«

»Danke.«

»Aber nicht doch ... Jetzt räum die Hefte und den Schulrucksack weg. Bevor ich gehe, muss ich dir noch was zu den Ermittlungen zeigen. Meinst du, du schaffst das? Es dauert nur eine Minute.«

»Na klar.«

Während der Junge den Tisch leer räumte, ging Montecristo zu Ilaria Saccon und erklärte ihr leise, was er im Sinn hatte, um sich ihr Einverständnis einzuholen.

»Die Staatsanwältin weiß darüber Bescheid?«

»Natürlich. Sonst hätte sie mir auch niemals die Erlaubnis erteilt hierherzukommen.«

Die Therapeutin zögerte – sie befürchtete, dass das, was Montecristo vorhatte, jenes Minimum an psychologischem Gleichgewicht untergraben könnte, das Lorenzo gerade wiedererlangt hatte. »Ich bin nicht sicher, ob das eine gute Idee ist … Ist das wirklich notwendig?«

Montecristo kontrollierte noch einmal sein Smartphone: keine neue Nachricht, weder von den Polizeibeamten noch von seinen Freunden aus dem Lesekreis. »Ja«, sagte er deshalb und blickte ihr fest in die Augen. »Es ist von absoluter Wichtigkeit für die Lösung der Mordfälle.«

Ilaria Saccon verschränkte besorgt die Arme vor der Brust, nickte aber schließlich.

»Fertig«, verkündete Lorenzo, als Montecristo zu ihm zurückkam. »Was wolltest du mir denn zeigen?«

»Ich muss dir ein paar Bilder zeigen. Und du sagst mir einfach, ob du eine dieser Personen kennst.«

Aus einer Aktenmappe, die ihm Caruso übergeben hatte, zog Montecristo einige Fotos und legte sie vor dem Jungen auf den Tisch. Sie zeigten Antonio Atzori, Michela Onnis und Samuele Patteri, einige der Opfer des Killers. »Sind die dir jemals begegnet oder erinnerst du dich, dass du sie irgendwo zusammen mit deinen Eltern gesehen hast?«

Lorenzo schüttelte entschieden den Kopf. »Die habe ich noch nie gesehen.«

»Gut. Dann noch eines.«

Diesmal zeigte ihm Montecristo das Foto vom Facebook-Profil Emanuele Cogonis, des Mannes, der sich umgebracht hatte.

»Oh, war der da jung …«, sagte der Junge leise und zeigte auf seinen Vater.

»Abgesehen von deinem Papa, erkennst du da sonst noch jemanden?«

Lorenzo schaute sich die Gesichter von Elena und Riccardo Patteri, Silvana Atzori, Emanuele Cogoni und den zwei anderen Männern an, die Tiziana D'Ambrosio bereits unter Polizeischutz gestellt hatte, weil sie die nächsten möglichen Opfer des Killers sein könnten.

»Nein, tut mir leid.«

Also muss Vincis alle Beziehungen zu diesen Leuten abgebrochen haben, überlegte Montecristo. »Jetzt noch das allerletzte, versprochen, dann lass ich dich in Ruhe.« Montecristo hielt kurz den Atem an und zeigte ihm das Bild, das seiner Meinung nach und auch nach Meinung seiner Krimigefährten den Mörder zeigte. »Und der hier?«

Der Junge runzelte schlagartig die Stirn und studierte schweigend das Foto, als hätte er Schwierigkeiten, diese Gesichtszüge mit seiner Erinnerung in Einklang zu bringen. Daher beschloss Montecristo, ihm eine Hilfestellung zu geben, und holte das Bild hervor, auf dem Maina das Foto mit einer Grafiksoftware bearbeitet und eine schwarze Sturmhaube darübergelegt hatte. »Und jetzt?«

Als einzige Antwort weiteten sich Lorenzos Augen, er schluchzte auf und fing an zu weinen. »Das ist er!«, sagte er immer wieder, wenn er nicht gerade schluchzte, und flüchtete sich in die Arme von Ilaria Saccon.

Montecristo nickte ernst und legte die Bilder zurück in die Aktenmappe. Er hatte gehofft, er würde sich irren. Stattdessen hatten die Tränen des Kindes seine Ahnung bestätigt.

60

An diesem Abend hatten weder Vittorio Scalabrini noch Camilla Solinas die Möglichkeit gehabt, etwas zu Essen oder Trinken zum Treffen mitzubringen, da Montecristo sie und die anderen Klubmitglieder so kurzfristig eingeladen hatte.

Als Maina, Fra Raimondo, Scalabrini und Signora Solinas vollkommen durchnässt von einem Platzregen ankamen, war das Les Chats Noirs bereits für den Publikumsverkehr geschlossen. Patricia, die die Anweisung erhalten hatte, bis zu ihrer Ankunft im Geschäft zu warten, führte sie in den üblichen Raum der Treffen, wo Montecristo stumm in einem der Sessel vor dem erloschenen Kamin Trübsal blies. Zu seinen Seiten lagerten Miss Marple und Poirot reglos wie Sphinxe auf den Lehnen des hohen viktorianischen Sessels. Auf den kleinen Tischen stapelten sich die Unterlagen der Ermittlung.

Die Mitglieder des Lesekreises entledigten sich ihrer regenglänzenden Mäntel und hängten sie in eine Ecke.

»Alles in Ordnung, Marzio?«, erkundigte sich Camilla, nachdem sie die anderen fragend angesehen hatte, besorgt angesichts der geistigen Abwesenheit ihres Gastgebers, der gar nicht bemerkt zu haben schien, dass sie eingetroffen waren.

»Geht so. Der Tag hat nicht gerade gut begonnen«, brummte Montecristo, ohne von der Feuerstelle aufzusehen. »Wenige Minuten nach Ladenöffnung kommt da ein kleiner Junge in die Buchhandlung und fragt mich doch glatt: ›Haben Sie zufälligerweise die *Orgasmen* von Oscar Wilde?‹«

Die Dienstagsdetektive grinsten.

»Mir ist die Kinnlade runtergeklappt. Dann habe ich ihm einfach die *Aphorismen* von Wilde in die Hand gedrückt und den Schlüssel der Buchhandlung gleich dazu. ›Du hast gewonnen‹, habe ich zu ihm gesagt. ›Da, nimm. Den hast du dir redlich verdient. Viel Glück damit …‹ Ach, wenn er ihn doch angenommen hätte …«

Das Grinsen auf den Gesichtern der anderen wurde noch breiter. Als sie allerdings die Flasche Sherry auf einem der Tischchen neben den Fallunterlagen und einer alten Ausgabe der *Seltsamen Geschichten* von Edgar Allan Poe sahen, wurde ihnen klar, dass es sonst wenig zu lachen geben würde. Sie hatten Montecristo noch nie allein trinken sehen.

Der Buchhändler erhob sich, holte vier Gläser und verteilte sie. »Bitte sehr. Trinkt wenigstens einen Schluck … Denn der Morgen hat zwar mies begonnen, ging dann aber noch schlimmer zu Ende.«

61

Als alle etwas zu trinken hatten, erhob Marzio Montecristo das Glas mit dem golden funkelnden Sherry und sagte: »Diesmal hat sich unsere Präsidentin aber einen Trinkspruch in allen Ehren verdient, denn wenn wir in dem Fall an einen entscheidenden Wendepunkt gekommen sind, dann verdanken wir das einzig ihrem Hinweis.«

Er stand auf und drehte die Tafel um, auf die er Nunzias Satz geschrieben hatte: DIE SCHWIERIGSTEN FÄLLE SIND IMMER DIE BANALSTEN. DIE ANTWORT LIEGT DA, WO DU SIE AM WENIGSTEN ERWARTEST, VERBORGEN UNTER EINER SCHICHT VON BELANGLOSIGKEITEN.

»Sie hatte recht, die Antwort lag hier, direkt vor unseren Augen, aber wir waren zu sehr damit beschäftigt, sie Gott weiß wo zu suchen und haben dabei alles, was in unserer nächsten Umgebung war, übersehen.«

Einen Moment lang schienen die bernsteinfarbenen Augen der beiden Katzen aufzuleuchten, als hätten sie gespürt, dass jetzt der entscheidende Augenblick gekommen war. Die Blicke der Anwesenden waren auf Montecristo gerichtet, alle pressten die Lippen aufeinander, und jeder Muskel war gespannt. Sie bebten geradezu vor banger Erwartung, denn jetzt war der Moment der Wahrheit gekommen.

Montecristo trank einen Schluck Sherry und sagte dann: »Wie in den besten Kriminalromanen hat auch hier der Mörder Fehler begangen und Spuren hinterlassen, durch die die Ermittler ihn hätten finden können. Aber waren es wirklich Fehler oder war dies dem unterbewussten Wunsch geschuldet, gefasst und bestraft zu werden? Man bekommt nur selten die Gelegenheit, das den direkt Beteiligten zu fragen, und dies ist eine solche Gelegenheit … Richtig, Signor Scalabrini?«

Über den Raum legte sich plötzlich eine Eiseskälte, und alle Blicke gingen zu dem elegant gekleideten älteren Herrn, der ungerührt von seinem Harveys Bristol Cream trank und schließlich nickte.

»Richtig«, erwiderte er mit seiner sonoren Stimme und sah zu Montecristo: »Wie haben Sie es herausgefunden?«

62

Montecristo schenkte sich noch zwei Fingerbreit Sherry ein und setzte sich wieder. Diesmal rückte er seinen Sessel vor den Halbkreis, den die Leseklubmitglieder gebildet hatten. Die beiden schwarzen Katzen gesellten sich wieder dicht an seine Seite, fast als seien sie ein Teil von ihm. Der Buchhändler nahm einen Schluck, und während der seidige weiche Geschmack des Harveys seinem Gaumen schmeichelte, ergriff er das Wort: »Anfangs gab es keinen bestimmten Grund für meinen Verdacht, es war mehr eine Reihe von Elementen, die mich erst stutzig machten, sich dann zu Indizien verstärkten und erst später zu Beweisen … Wenn ich aber den genauen Moment nennen sollte, an dem mein Verdacht geweckt wurde, dann war das bestimmt, als Sie Ihren Hut hier in der Buchhandlung auf der Büste von Conan Doyle vergessen hatten – und zwar an dem Abend, als die Familie Patteri ermordet wurde.«

Scalabrini nickte und forderte ihn stumm auf fortzufahren.

»Es war so merkwürdig, dass Sie – einer der präzisesten und aufmerksamsten Menschen, die ich je kennengelernt habe – einen Gegenstand vergessen haben, der untrennbar mit Ihnen verbunden ist. Ich habe versucht, Sie anzurufen, aber Ihr Handy war ausgeschaltet. Also habe ich angenommen, Sie hätten vielleicht vergessen, es nach unserem Treffen wieder einzuschalten, aber das wären schon zwei Versehen gewesen, und da habe ich mir gesagt, das passt nicht zu Ihnen. Na, jedenfalls habe ich Ihre Adresse herausgesucht, habe meine Moto Guzzi genommen und bin zu Ihnen nach Hause gefahren, um Ihnen den Hut zu bringen. Aber Sie waren nicht da. Eine Nachbarin von Ihnen, die mit dem Hund rausgehen wollte, sah mich und hat mich gefragt, wen ich suchen würde. Ich habe es ihr erklärt, woraufhin sie mir dann erzählte, sie hätte gesehen, wie Sie vor ein paar Minuten mit einem Koffer in ein Taxi gestiegen wären, wie schon einige Male in den vergangenen Monaten. In dem Moment habe ich mir noch nichts weiter dabei gedacht. Ich habe vermutet, Sie würden vielleicht jemanden aus Ihrer Familie besuchen, ein Kind oder sonst einen Verwandten, und bin wieder gegangen.«

»Sie hatten Ihren Hut vergessen, weil Sie nervös waren und vielleicht auch ein wenig fassungslos: An jenem Abend hatten Caruso und Dimase uns doch glatt in *Ihren* Fall einbezogen. Das hat Sie komplett durcheinandergebracht, stimmt's?«, fragte Maina.

Scalabrini nickte. »Das mit dem Hut war ein doppelter Fehler«, überlegte er laut.

»Ganz genau«, bestätigte Montecristo. »Bei unserem nächsten Treffen habe ich, vielleicht aus diesem unterschwelligen Gefühl heraus, das ich aber noch nicht so recht zu fassen bekam, Ihren Hut auf die Büste von Agatha Christie gesetzt, weil ich sehen wollte, wie Sie darauf reagierten. Und Sie haben ihn von dort genommen, ohne etwas zu sagen, ja ohne überhaupt zu bemerken, dass der Hut seinen Platz gewechselt hatte. An sich war das nichts Dramatisches: Das Ganze konnte auch nichts zu bedeuten haben, aber mein Kopf hatte alles registriert. Die Saat des Zweifels war gesät.«

»Das zweite entscheidende Element, das zu Ihnen führte, war Ihr Nachname«, fuhr Maina fort. »Sie sind nicht von hier. Sie kommen aus der Nähe von Padua, Sie haben auch keinen sardischen Akzent. Sie haben sogar überhaupt keinen Akzent, sondern sprechen ein reines Italienisch wie ein Schauspieler. Darauf sind wir aber erst später gekommen ... Das erste Element, das uns auf eine Spur gebracht hat, war das Alter der Opfer. Als wir diese Verbindung gefunden hatten, wurde uns klar, dass das, was sie alle gemeinsam hatten, der Studiengang an der Universität war, den sie alle im selben Jahr besucht hatten. Um herauszufinden, wer das nächste Opfer sein könnte, haben Caruso und Dimase eine Liste mit allen Teilnehmern des Kurses von Vincis, Atzori und den Geschwistern Patteri ausgedruckt. Unter den fünfundachtzig Namen hat Montecristo einen Namen gelesen, der seine Neugier weckte: Scalabrini.«

»Unter anderen Umständen wäre mir vielleicht nichts aufgefallen«, räumte Montecristo ein. »Aber da war dieser verdammte Zweifel, dieses nicht greifbare Gefühl, dass irgendetwas nicht stimmte, und das hat mich dazu gebracht, diesen Nachnamen mit Ihnen in Verbindung zu bringen und nachzusehen, ob es irgendeine Gemeinsamkeit gab. Und da kam dann Signora Solinas ins Spiel.«

Die alte Dame ergriff lächelnd das Wort: »Marzio hatte mir gesagt, dass Ihre Nachbarin sich in jener Nacht als ziemliche Plaudertasche erwiesen hatte, deshalb habe ich sie aufgesucht, und wir haben uns im Handumdrehen angefreundet. Sie hat mir erzählt, dass Sie seit Jahren verwitwet wären, aber dass Sie eine Tochter hätten, Sabrina, die infolge eines Unfalls, der vor Jahren geschehen sei, als sie die Universität besuchte, im Wachkoma in einer Klinik läge. Sabrina Scalabrini hat Jura studiert und war tatsächlich eine Kommilitonin der Opfer. Nach Aussage dieser redseligen Nachbarin haben Sie keine Verwandten auf dem ›Festland‹; deshalb hatte Ihre Reiseaktivität in den letzten Monaten ihre Neugier geweckt.«

Montecristo bemerkte, dass Scalabrini nichts mehr im Glas hatte. Er ahnte, dass der andere dies jetzt brauchte, und goss ihm noch einen großen Schluck Sherry ein. Der alte Herr dankte es ihm mit einem Kopfnicken.

»Dann hat Marzio sich an mich gewandt und mich gebeten, Ihrer Tochter in der Einrichtung, in der sie liegt, einen Besuch abzustatten«, fuhr Fra Raimondo mit ruhiger, schmerzerfüllter Stimme fort, die so gar nicht zu seinem bärenhaften Erscheinungsbild passen wollte. »Ich muss sagen, da war meine Kutte sehr hilfreich, niemand ist misstrauisch geworden … Das Erste, was ich bemerkt habe, abgesehen von der armen jungen Frau natürlich, waren die Romane auf dem Nachttisch neben ihr.«

Scalabrini lächelte traurig.

»Es waren nicht nur alles Kriminalromane, sondern genau dieselben, die wir hier in den vergangenen Monaten gelesen und besprochen haben. Eine der Krankenschwestern hat mir erzählt, dass Sie gewöhnlich Ihrer Tochter daraus vorlesen, auch wenn sie nicht einmal … Sie wissen schon, was ich meine.«

»In der Zwischenzeit hatte die Polizei die Passagierlisten der Flüge von Cagliari nach Mailand und zurück erhalten, ebenso die Übernachtungsnachweise aus Hotels, Pensionen und Bed and Breakfasts in Saronno«, fuhr Montecristo fort. »In letzter Zeit sind Sie mehrmals dorthin geflogen und haben vier Mal in Saronno übernachtet. Jedes Mal in einer anderen Unterkunft. In der Nacht, in der die Patteri ermordet wurden, sind Sie von Cagliari nach Mailand Linate geflogen. Und die Überwachungskameras am Flughafen haben aufgezeichnet, wie Sie dort in ein Taxi stiegen. Mittels des Autokennzeichens konnten Caruso und seine Kollegen in Mailand den Fahrer des Taxis ausfindig machen, der ausgesagt hat, er habe Sie nach Saronno gefahren. Eine ziemliche Strecke, unmöglich, so etwas zu vergessen. Sie haben bar bezahlt, und am nächsten Morgen sind Sie vermutlich mit dem Zug nach Mailand zurückgefahren und dort in ein Flugzeug nach Cagliari gestiegen.«

»Während sich all diese Indizien gegen Sie häuften«, ergriff nun wieder Signora Solinas das Wort, »hat Marzio mich, Maina und Fra Raimondo mit einem Foto von Ihnen zu den Trödelläden in Cagliari ausgeschickt. Zwei der Händler haben Sie wiedererkannt. Sie hatten bei ihnen alte Sanduhren gekauft.«

»Nun war der *Corpus* der Beweise beinahe lückenlos«, sagte Montecristo. »Es fehlte nur ein letztes Detail, der Schlüsselbeweis: Ich habe Ihr Foto meinem ehemaligen Schüler gezeigt. Maina hatte das Foto mit einem Grafikprogramm bearbeitet und eine schwarze Sturmhaube über Ihr Gesicht gelegt … Lorenzo hat Ihre Augen sofort wiedererkannt.«

»Von da an wurden Sie von Polizisten in Zivil observiert, die auch Ihre Wohnung in Ihrer Abwesenheit durchsucht haben. Sie haben die Videoaufzeichnungen der Morde gefunden«, erklärte Maina Scalabrini.

»Die Pistole und der Schalldämpfer hingegen waren im Zimmer Ihrer Tochter in der Klinik versteckt, und zwar im Schrank unter einem doppelten Boden«, fuhr Fra Raimondo fort, während er seinen vom Gebrauch abgenutzten Rosenkranz zwischen den Fingern drehte. »Ein genialer Schachzug. Niemand wäre je auf den Gedanken gekommen, dort nachzusehen.«

»Dass Sie in diesen Jahren so viele Krimis gelesen haben, war bestimmt hilfreich, stimmt's?«, bemerkte Montecristo.

»Das hat Sie zu einem vorsichtigen, scharfsichtigen Mann gemacht und einem Experten für Verbrechen und Kriminalfälle. Alles Fähigkeiten, die sich Ihnen als nützlich erwiesen beim Töten … Aber würden Sie uns nun auch *den Grund* dafür nennen, Vittorio?«

63

Ehrlich gesagt habe ich mich nie sehr für Kriminalromane begeistert. Die waren mir gleichgültig. So seltsam Ihnen das erscheinen mag, ich habe immer Liebesromane bevorzugt«, begann Scalabrini, wohl wissend, dass die Beweise, die seine Leseklubgefährten zusammengetragen hatten, unwiderlegbar waren und es keinen Sinn hatte zu leugnen. Er wirkte ruhig wie immer, und schon seinen ersten Worten merkte man ein tiefes Gefühl der Befreiung an.

»Aber meine Tochter las sie sehr gern. Zumindest vor jenem Unglückstag … Sie studierte Jura, war eine hervorragende Studentin und träumte davon, Richterin zu werden. Das wäre ihr auch gelungen, alle waren davon überzeugt, angefangen bei ihren Professoren, die sie unglaublich schätzten. Dann, kurz vor dem Examen, ist etwas passiert … Eines Abends ist sie mit einigen Kommilitonen ausgegangen. Eine rare Ausnahme, denn eigentlich war sie schüchtern und introvertiert, vielleicht sogar ein wenig zu streng mit sich selbst, würde ich sagen. Sie hatte kaum Freunde und gönnte sich nur selten einmal einen freien Abend und eine Pause vom Studium. Um es ganz klar zu sagen, sie war in ihrem ganzen Leben höchstens zwei oder drei Mal in einer Diskothek gewesen. Das war nichts für sie. Wie auch immer, an jenem Abend ist sie ausgegangen. Es wurde halb zwei, zwei Uhr, und sie war noch nicht zurück. An und für sich nichts Besorgniserregendes für ein Mädchen ihres Alters. Aber ich wiederhole: Sabrina war da anders als ihre Altersgenossen. Ihre Mutter und ich versuchten, sie auf dem Handy zu erreichen, doch sie antwortete nicht. Wir waren beunruhigt, aber gleichzeitig wollten wir ihr keinen Druck machen, wenn sie sich schon mal einen freien Abend gönnte. Also warteten wir ab. Es wurde vier, fünf, dann sechs Uhr … Nichts. Um sieben Uhr sind meine Frau und ich ins Auto gestiegen und wollten sie suchen, aber bevor ich den Motor starten konnte, erhielt ich einen Anruf der Polizei: Man hatte Sabrina bewusstlos auf einem Feldweg nahe Villasor, einem Dorf etwas außerhalb von Cagliari, aufgefunden, wenige Meter von ihrem Auto entfernt. Sie hatte eine Wunde im Nacken und schien offenbar viel getrunken oder exzessiv Drogen konsumiert zu haben und deswegen kollabiert zu sein. Wir konnten uns das überhaupt nicht vorstellen, aber wir folgten den Anweisungen der Polizei und fuhren zu unserer Tochter ins Krankenhaus … Eigentlich gibt es da nicht mehr viel zu erzählen: Sabrina kam nie wieder zu Bewusstsein … Sie wurde zahlreichen Untersuchungen unterzogen, die zweifelsfrei ergaben, dass sie eine schädigende Mischung aus Alkohol und synthetischen Drogen zu sich genommen hatte. Sie wies auch zahlreiche Blutergüsse auf, als wäre sie brutal geschlagen worden. Die Ärzte konnten nicht mit Sicherheit feststellen, ob sie vergewaltigt worden war, aber auf jeden Fall hatte sie in der Nacht etliche, eher gewalttätige Sexualkontakte gehabt. Die Polizei stellte Ermittlungen an, die aber zu nichts führten. Sie machte die Kommilitonen ausfindig, mit denen Sabrina sich getroffen hatte, aber die sagten aus, sie hätten nur einige Stunden mit ihr verbracht, danach sei sie mit einem älteren Mann weggegangen, den sie nicht kannten, mit dem Sabrina aber vertraut zu sein schien. Bevor Sie mich jetzt danach fragen, ich hatte nicht die leiseste Ahnung, wer das sein konnte …

Dass meine Tochter sich im Wachkoma befand und den Ermittlern nichts dazu sagen konnte, machte alles noch schwieriger. Ihr Fall wurde rasch als ›Körperverletzung, Täter unbekannt‹ zu den Akten gelegt.«

Scalabrini nahm seinen Hut in die Hand und drehte ihn zwischen den Fingern.

»Und während die Polizei aufgegeben hatte und die Ärzte ebenfalls, vegetierte Sabrina vor sich hin. Tag für Tag wurde sie schwächer wie eine Pflanze, der man die Ernährungsgrundlage entzogen hat. Versuchen Sie sich einmal vorzustellen, wie grundlegend und bis ins Innerste dieser Schicksalsschlag mein Leben und das meiner Frau erschüttert hat. Von einem Tag auf den anderen war es, als existierte unsere Tochter nicht mehr. Als wäre sie für immer eingeschlafen … Sämtliche Therapien, auch die neuesten und selbst jene, die sich noch in der Erprobungsphase klinischer Studien befanden, erwiesen sich als erfolglos. Ihr Zustand schien irreversibel zu sein … Man riet mir, ich solle mit ihr sprechen und es auch mit Vorlesen versuchen, selbst wenn nichts vermuten ließ, dass man sie mit Worten erreichen konnte.«

Miss Marple kam auf Scalabrini zu und machte einen auffordernden Buckel, dass er sie jetzt streicheln sollte. Er nahm die Einladung an, und bei dieser Geste schien er sich zu entspannen.

»Oft geht das Schicksal seltsame und unwahrscheinliche Wege, manchmal auch sehr absurde«, fuhr Scalabrini fort. »Jahre nach dem Unglück kam ich auf der Suche nach Kriminalromanen, die ich meiner Tochter vorlesen konnte, in diese Buchhandlung hier, damals hieß sie noch La Libreria del Mistero. Ich gehörte zu den Kunden der ersten Stunde. Eines Tages, ich stöberte mal wieder in den Regalen, lernte ich Nunzia kennen. Als sie den Leseklub ins Leben rief, nahm ich gern an den regelmäßigen Treffen teil, weil ich Rat suchte, um mich mit einem Genre vertraut zu machen, mit dem ich mich, wie gesagt, bisher noch nicht beschäftigt hatte.«

Nun näherte sich auch Poirot eifersüchtig auf der Suche nach Streicheleinheiten. Scalabrini legte den Hut aus der Hand und strich über das glänzende Fell des Katers. Mit den beiden Katzen auf dem Schoß wirkte er wie der unschuldigste Mensch auf der ganzen Welt. Montecristo und die anderen Anwesenden konnten kaum glauben, dass er wirklich sechs Menschen kaltblütig umgebracht hatte.

»Meine Frau wurde krank und ließ mich schließlich allein mit Sabrina zurück. Ich zog es vor, meine Tochter in eine Privatklinik zu verlegen. Jeden Tag besuchte ich sie und hatte mich schon dem Schmerz und dem düsteren Los ergeben, dass ich nie erfahren würde, was ihr zugestoßen war, was man ihr so Furchtbares angetan hatte, um sie in diese ewige Dunkelheit zu stoßen. In diese »endlose Nacht«, um aus einem der letzten Romane von Agatha Christie zu zitieren, die wir gelesen haben … Der zweite Schock traf mich, als ich dieses verdammte Tagebuch erhalten habe.«

Die bernsteinfarbenen Augen der Katzen richteten sich nun gespannt auf ihn.

64

Ich erhielt ein Paket von einem gewissen Emanuele Cogoni. Der mir unbekannt war. Als ich es öffnete, fand ich ein Heft darin. Ich las es und stellte fest, dass es eine lange Beichte für mich enthielt. Cogoni begann damit, dass er sich umbringen würde. ›Wenn Sie dieses Tagebuch lesen‹, schrieb er, ›werde ich bereits tot sein.‹

Einige Tage später sollte ich feststellen, dass es stimmte, denn ich wohnte seinem Begräbnis bei ... Das Tagebuch war ein ehrliches und detailliertes Geständnis dessen, was in dieser verfluchten Nacht geschehen war, es führte alle Namen der Beteiligten und sogar ihre Adressen auf. Nicola Vincis, Silvana Atzori, Elena und Riccardo Patteri, Giulia Pes und Emanuele Cogoni hatten damals meine Tochter zu einer privaten Feier in das Strandhaus der Patteri eingeladen. Alle studierten mit ihr Jura. Und jedem von ihnen war Sabrina ein Dorn im Auge, weil sie die Prüfungen mit links geschafft hatte, während die anderen schon einige Male durchgefallen waren, außerdem ärgerte es sie, dass sie bei allen Professoren und wissenschaftlichen Mitarbeitern so hoch angesehen war, weil sie derart ernsthaft und unbeirrbar ihren Weg verfolgte und sich durch nichts von ihrem Studium abbringen ließ. Kurz gesagt: Sie hassten Sabrina. Und so hatten sie beschlossen, sie dafür büßen zu lassen. Hinter dieser Einladung verbarg sich in Wirklichkeit ein ausgeklügelter Plan, um es ihr heimzuzahlen. Sie gaben ihr zu trinken. Und als sie betrunken war – sie hatte ja keinerlei Erfahrung mit Alkohol –, verabreichten sie ihr ohne ihr Wissen synthetische Drogen, wodurch sie jegliche Hemmungen verlor. Sie machten sich einen Spaß daraus, Sabrina zu demütigen, sie ›auf Abwege zu führen‹, und hatten Sex mit der ›Streberin‹, um auf die Worte von Cogoni zurückzugreifen. Der Cocktail aus Alkohol und Drogen machte sie immer grausamer. Sie reagierten all ihre Frustration als mittelmäßige Studenten an ihr ab. All den Neid, den sie Semester für Semester angehäuft hatten. Die ganze Enttäuschung darüber, dass sie den Erwartungen ihrer Familien nicht genügten. … Angefeuert von den drei Mädchen vergingen sich die Jungen mehrmals an ihr. Sabrina war ja von den Drogen vollkommen weggetreten und ihrer Willkür ganz und gar ausgeliefert.«

Die Dienstagsdetektive hielten den Atem an.

»Während die Männer sie immer brutaler rannahmen, wurde Sabrina schlecht, und sie übergab sich auf einen von ihnen, Nicola Vincis. Der versetzte ihr zur Strafe einen Schlag gegen die Kehle. Sabrina musste sich noch einmal erbrechen und ›beschmutzte‹, wie sie es ausdrückten, damit das Haus der Patteri. Daraufhin hagelte es weitere Schläge. Sabrina versuchte sich zu verteidigen, was die Wut der anderen nur umso mehr schürte. Brutal warfen sie sie vom Bett auf den Boden. Sabrina schlug hart mit dem Kopf auf, sie wurde bewusstlos und verlor Blut. In der Annahme, dass sie schlief, ließen sie sie dort liegen, blutend und bewusstlos, und gingen ins Wohnzimmer, um sich erneut vollzudröhnen. Als sie einige Stunden später versuchten, Sabrina aufzuwecken, stellten sie fest, dass sie zu weit gegangen waren: Sabrina wollte einfach nicht wieder aus der Bewusstlosigkeit auftauchen … Sie versuchten alles Mögliche, legten sie in eine Badewanne und ließen eiskaltes Wasser ein, aber meine Tochter reagierte auf keinerlei Außenreize … Je mehr Zeit verging und je mehr die Wirkung der Drogen bei ihnen nachließ, desto klarer wurde ihnen, was sie getan hatten ... In ihrer Not riefen die beiden Geschwister Patteri schließlich ihren Vater Samuele Patteri an, einen Polizeibeamten.«

Während Scalabrini die Ereignisse schilderte, brachten die Mitglieder des Leseklubs die einzelnen Elemente des Verbrechens in Zusammenhang, Spuren und Hinweise ergaben nun einen Sinn. Und das sich abzeichnende Gesamtbild nahm immer schlimmere Formen an.

»Als Patteri vor Ort eintraf, traute er seinen Augen nicht. Als er fragte, was der Auslöser für die brutale Gewalt gewesen sei, und seine Kinder ihm die Nichtigkeit des Anlasses erklärten, hätte er sie beinahe geschlagen ... Er hätte es tun sollen. Aber er tat es nicht ... Der Mann hatte sofort begriffen, dass dieses Mädchen jeden Augenblick sterben konnte und dass ihr Tod das Leben der Anwesenden für immer zerstören würde. Deshalb entschloss er sich, ihnen zu helfen. Er wies sie an, was sie tun, was sie sagen und wie sie sich verhalten sollten. Dann lud er meine Tochter in ihren Wagen, fuhr zu dem einsamen Feldweg und ließ sie dort liegen. Er bläute seinen Kindern und ihren Freunden ein Alibi ein, säuberte das Haus gründlichst und entfernte verräterische Beweise ... Ich denke, Sie verstehen, was passierte. Zur Sicherheit untersagte er ihnen jeglichen freundschaftlichen oder anderen Kontakt miteinander und wies sie an, die Universität zu verlassen und damit jede Verbindung zu Sabrina zu kappen. In jener Nacht schlossen sie einen Pakt. Sie hatten einen furchtbaren Fehler begangen, aber wenn sie sich an Patteris Anordnungen hielten, würden sie davonkommen ... Und so war es auch: Jeder deckte den anderen, und niemand hatte sie in Verdacht. Patteri ließ sich versetzen, um Cagliari hinter sich zu lassen und seine Kinder unter Kontrolle zu haben. Er zog mit ihnen nach Busto Arsizio, seinem neuen Arbeitsplatz. Die anderen aus der Gruppe wählten alle neue Berufswege, aber sie hielten sich strikt daran, einander aus dem Weg zu gehen.«

In der Buchhandlung hatte sich eine undurchdringliche Stille ausgebreitet, es herrschte eine Stimmung wie in einer griechischen Tragödie. Fra Raimondo und Camilla Solinas hatten Tränen in den Augen.

»Nun stand ich vor einem großen Problem: Was sollte ich mit Cogonis Beichte anfangen? Ich beschloss, mir Zeit zum Nachdenken zu nehmen. Und diese Zeit war schlimm für mich. Ich konnte nachts nicht schlafen. Ich träumte, wie meine Tochter schrie und um Hilfe rief. In meinen schlimmsten Träumen rief sie nach mir und flehte mich an, etwas zu unternehmen. Immer wieder las ich wie ein Besessener dieses Tagebuch eines Verbrechens, bis ich Teile davon auswendig kannte. Diese Worte waren wie ein Gift, das meine Seele verätzte. Cogonis Geständnis wurde wie ein Stachel in meinem Fleisch. Ich konnte an nichts anderes mehr denken. Die Bürde dieser schrecklichen Tat brachte mich beinahe um den Verstand. Mein Kopf kehrte immer wieder zu der bewussten Nacht zurück. Zu dem Schrecklichen, was mein Kind hatte durchmachen müssen. Mein Kopf kreiste ständig nur um den Gedanken, was ihr und uns genommen worden war, während diese abscheulichen Menschen weiter ihr Leben lebten, als wäre nichts geschehen. Sie konnten sich verlieben, heiraten, Kinder bekommen und ein glückliches Leben führen … Dieses Tagebuch wurde zu meinem Fluch. Cogoni hätte sein Geheimnis mit ins Grab nehmen und mir wenigstens den Frieden der Unwissenheit zugestehen können. Aber feige wie er war, wollte er sein Gewissen erleichtern und hat die Bürde dieser Nacht auf mich abgewälzt. Er hatte mich gezwungen, mit dieser Wahrheit zu leben. Was hätte ich als Ehemann im Gedenken an meine Frau anderes tun sollen, als Gerechtigkeit zu üben? Und was hätte ich als Vater anderes tun können, als mich zu rächen? Wie hätte ich meine Tochter noch ansehen können, ohne mich zu schämen? Das konnte ich einfach nicht. Deshalb habe ich mich dem Bösen ergeben. Ich habe mir unsere Lektüren zunutze gemacht und meine Rache vorbereitet: Ich bin den Mördern meiner Tochter gefolgt, habe sie ausspioniert und überwacht, habe ihren Tagesablauf, ihre Gewohnheiten studiert, bis ich jede ihrer Bewegungen voraussehen konnte. Ich gestehe, dass die Thriller von Richard Stark und Edward Bunker sowie die Abenteuer von Maurice Leblancs Lupin für mich sehr lehrreich waren, um als Verbrecher umsichtig und tödlich zu agieren.«

Vittorio Scalabrini, der Sanduhrmörder, ertrug mit Würde die Blicke seiner Leseklubgefährten, die in diesem Moment alle nur einen Gedanken hatten: Wie sehr sein Schicksal doch dem von Amanzio Berzaghi glich, einer der wichtigsten Figuren in Giorgio Scerbanencos *Ein pflichtbewusster Mörder*. Ein Meisterwerk vom Erfinder des italienischen Kriminalromans. Im Leseklub hatten sie das Buch vor einigen Jahren gelesen und darüber diskutiert. Niemand von ihnen hätte sich je vorstellen können, dass sie diese Leseerfahrung damals mit einem schmerzerfüllten Vater geteilt hatten, der genauso nach Rache dürstete wie der Mann in Scerbanencos Roman.

Maina fand als Erste ihre Sprache wieder und wagte eine Frage: »Haben Sie nie daran gedacht, sich an die Polizei zu wenden und …«

»Nach all der Zeit? Das hätte keinen Zweck gehabt. Außerdem war Patteri ja Polizist. Das machte alles komplizierter. Ich konnte mich an niemanden wenden. Es war an mir, hier etwas zu unternehmen.«

»Wo ist das Tagebuch jetzt?«, fragte Montecristo.

»Unterwegs. Ich wollte, dass Dottoressa D'Ambrosio als mit dem Fall betraute Staatsanwältin es erhält, aber erst in ein paar Tagen, wenn meine *Arbeit* beendet wäre.«

»Haben Sie daran gedacht, alles zu gestehen und sich den Behörden zu stellen?«, fragte Fra Raimondo.

»Ehrlich gesagt weiß ich das nicht. Sobald erledigt war, was erledigt werden musste, hätte ich wohl den letzten Schritt getan.«

»Warum mussten Sie die Leute vor diese schreckliche Wahl stellen, hätte es nicht genügt, sie zu töten?«, fragte Camilla.

Scalabrini zuckte mit den Schultern. »Vielleicht weil auch ich jeden Tag, seit meine Frau mich verlassen hatte, einer quälenden Entscheidung ausgesetzt war, was ich tun sollte: Sollte ich die Stecker von den Apparaten ziehen, die Sabrina am Leben erhielten, oder sie in diesem bedauernswerten Zustand weiterleben lassen? Was war weniger grausam? Die eigene Tochter töten, damit sie aus diesem Zustand befreit wäre, oder sie zu einem so unmenschlichen Zustand verdammen? Diese Frage habe ich mir jeden Tag gestellt. Sie quälte mich, aber ich fand keine Antwort darauf … Ich wusste genau, wie sehr es jemanden vernichten kann, die Entscheidung über Leben oder Tod eines geliebten Menschen treffen zu müssen, weil ich es seit Jahren am eigenen Leib erfahre. Die Täter von damals zu töten wäre eine zu leichte Strafe gewesen. Sie sollten die gleiche Hölle durchmachen wie ich und eine Entscheidung treffen müssen. Denn diese Entscheidung würde sie für immer zerstören. Sie sollten entscheiden müssen, *wer* zu töten sei. Ich würde nur der Henker sein … Dies war die schlimmste Strafe, die mein Kopf sich ausdenken konnte. Die gleiche, die sie mir unbewusst auferlegt hatten.«

Die Tür zum Nebenraum öffnete sich: Caruso und Dimase betraten den Raum, gefolgt von zwei Beamten in Uniform. In dem Versteck hatten sie Scalabrinis Geständnis mitangehört.

Keineswegs überrascht lächelte dieser nur, stand ergeben auf und hüllte sich in seinen dunklen schweren Mantel, der ihn aufrecht zu halten schien. »Ich bin bereit«, sagte er zu den Polizeibeamten.

»Nur eine letzte Fragte«, hielt Montecristo ihn auf. »Kommen wir zum ersten Mord zurück … Was hätten Sie getan, wenn Vincis sich entschieden hätte, seinen Sohn zu opfern und nicht seine Frau?«

»Ich hätte ihn getötet und die Frau und das Kind am Leben gelassen«, erklärte Scalabrini.

Die Antwort beruhigte Montecristo. Er reichte ihm den Hut, den der alte Mann auf dem Sessel abgelegt hatte.

»Behalten Sie ihn, ich möchte, dass etwas von mir hierbleibt … Und ich entschuldige mich aus tiefstem Herzen bei Ihnen allen. Ich hätte Sie nie in das alles hineinziehen sollen, aber die Umstände haben mir keine Wahl gelassen. Ich wusste, dass Sie auf mich kommen würden. Es war nur eine Frage der Zeit.« Fra Raimondo weinte. Scalabrini ging zu ihm und legte ihm tröstend eine Hand auf die Schulter. »Bitte besuchen Sie ab und zu meine Tochter, Padre. Das würde mir sehr viel bedeuten.«

»Das werde ich bestimmt tun«, antwortete Fra Raimondo. »Und ich werde auch Sie besuchen, das versichere ich Ihnen.«

»Wir auch«, versprach Montecristo.

Caruso trat vor und holte die Handschellen heraus. Vittorio Scalabrini begriff, dass der Moment gekommen war, und er nickte ergeben. »Ich danke Ihnen allen von ganzem Herzen für die Zeit, die wir miteinander verbracht haben. Es war mir wirklich eine Freude. Grüßen Sie bitte die Präsidentin von mir.«

Immer noch vollkommen perplex und erschüttert sahen die Dienstagsdetektive zu, wie die Polizeibeamten ihren Freund abführten. Als sie endlich allein waren, richteten Maina, Signora Solinas und Fra Raimondo ihre Blicke erwartungsvoll auf Montecristo. Dieser tauchte erst dann aus seiner Erschütterung auf, als Miss Marple und Poirot in einem seltenen Ausbruch von Zärtlichkeit an seinen Beinen entlangstrichen, als wollten sie ihn trösten.

Montecristo sah in die Runde und verkündete: »Jetzt gehen wir ins Pub und betrinken uns, und ich akzeptiere keine Ausreden!«

65

Montecristo hatte sich schließlich doch ein Herz gefasst und sich mit ihr im Le Terrazze verabredet, einem der romantischsten Lokale der Stadt mit einem atemberaubenden Blick auf die Bucht von Calamosca. Dieser wunderbare natürliche Meerbusen wurde von zwei majestätischen Landzungen vom Wind geschützt: im Osten vom Capo Sant'Elia, auf dem ein alter Leuchtturm und ein wuchtiger Festungsturm spanischen Ursprungs thronten, im Westen von der Sella del Diavolo, einer wie ein »Teufelssattel« aussehenden Felsformation, die über die Bucht, den glitzernden Sandstrand und das glasklare, in allen Türkistönen schillernde Meer wachte. Der Anblick der sich endlos erstreckenden Weite vermittelte jedem Betrachter unmittelbar ein tiefes Gefühl von Freiheit.

Auf dieser Terrasse, die zwischen Himmel und Meer zu schweben schien, beobachtete Montecristo die untergehende Sonne und sann über die Sanduhrmorde nach. Obwohl die Verhaftung Scalabrinis inzwischen eine Woche zurücklag, war es ihm noch nicht gelungen, sich mit dieser traurigen Wahrheit abzufinden.

»Ciao, Sherlock Holmes«, begrüßte ihn Angela Dimase und setzte sich zu Montecristo an den Tisch, den besten, wie er sich bei der Reservierung von den Kellnern hatte versichern lassen, denn von dort aus war die Aussicht am wunderbarsten. »Wo willst du denn so aufgebrezelt hin? Hast du etwa einen Job in einer Bank ergattert? Ach, endlich eine richtige Arbeit …«

Montecristo drehte sich um und lächelte ihr zu. Für diesen Anlass hatte er sich rasiert und war sogar beim Friseur gewesen. Er hatte ein Vermögen in einen modisch geschnittenen, aber eleganten Anzug samt tailliertem Hemd investiert. Dieser Aufzug ließ seine schlaksige Gestalt in einem ganz neuen Licht erscheinen. Zum ersten Mal seit Langem sah er so alt aus, wie er wirklich war, und nicht etwa fünfzehn Jahre älter.

»Ich dachte schon, du würdest mich versetzen.«

»Frauen müssen auf sich warten lassen, das solltest du inzwischen wissen«, erwiderte Dimase und biss in eine der Tartelettes. Für diese Häppchen zum Aperitif war das Lokal berühmt. Sie bestellten eine weitere Spezialität des Hauses, Austern »alla Marilyn«, dazu Prosecco, und genossen schweigend diese magische Atmosphäre, während es immer dunkler wurde und die Nacht allmählich vom Himmel Besitz ergriff. Die Lautsprecher lieferten dazu das stimmungsvolle *Pyro* der Kings of Leon.

»Es gibt einiges, auf das wir anstoßen müssen«, verkündete Dimase und hob ihr Glas.

»Ach ja? Auf was stoßen wir an?«

»Als Erstes schlage ich vor: auf die Lösung des Falles. Das haben wir ja noch gar nicht gefeiert.«

»Na ja, so viel gibt es da auch nicht zu begehen, Angie. Der Mörder war mitten unter uns …«

»Ich weiß, aber immerhin habt *ihr* ihn ausfindig gemacht.«

»Das ist ein schwacher Trost, glaub mir.«

»Wie auch immer … Auf die Dienstagsdetektive!«

Sie ließen die Gläser klirren und nahmen einen Schluck.

»Zweiter Trinkspruch«, fuhr Dimase fort.

»Himmel … Du willst mich also unbedingt betrunken machen … Okay. Lass hören.«

»Der Leiter der Mordkommission hat die Unterlagen

für meine Beförderung geprüft. Dank dir werde ich wohl bald Sovrintendente Capo sein.«

»Herzlichen Glückwunsch, Angie. Das hast du dir redlich verdient.«

»Ich muss vor allem dir danken, Marzio. Du warst wirklich … *unersetzlich*.«

Dieses Adjektiv rechtfertigte den Ring, den Montecristo in der Jackeninnentasche bei sich trug und für den er sich für mindestens die nächsten zwei Jahre noch weitere Schulden aufgebürdet hatte.

»*Unersetzlich* …«, wiederholte er. »Das gefällt mir … Zu dem Thema gibt es etwas, das ich dir sagen wollte.«

»Was für ein Zufall! Ich hab dir auch was dazu zu sagen«, verkündete Dimase euphorisch.

»Na dann schieß los.«

»Nein, du zuerst.«

»Wo denkst du hin? *Ladies first*.«

»Okay. Schließ die Augen.«

»Wie meinst du das?«

»Was ist daran denn nicht zu verstehen? Schließ einfach die Augen. Press die Lider zusammen. Tu irgendwas, damit du nichts sehen kannst. Stell dich blind für ein paar …«

»Okay, okay, ich hab's schon kapiert.« Montecristo gehorchte. »Du sagst mir aber, wann ich sie wieder aufmachen darf?«

»Warte noch etwas … noch eine Sekunde … Okay. Jetzt darfst du gucken.«

Montecristo öffnete die Lider und hatte nun Angelas Hand direkt vor den Augen, sie wedelte ihm damit wenige Zentimeter vor der Nase herum. Eine Hand, an der er unmöglich den Diamantring übersehen konnte, der funkelte wie alle Sterne am Firmament zusammen.

Montecristo war wie versteinert.

»Was sagst du dazu? Fabrizio hat mich gefragt, ob ich ihn heiraten möchte, und ich habe Ja gesagt«, informierte sie ihn enthusiastisch.

»Fabrizio?«, stammelte Montecristo ungläubig. »Aber … habt ihr euch nicht getrennt?«

»Ja, aber am Ende ist er zurückgekommen, wir haben uns versöhnt, und endlich hat er sich zu dem Schritt entschlossen, auf den ich schon seit Ewigkeiten gewartet habe. Männer …«

Montecristo kam sich vor wie ein kompletter Vollidiot. Am liebsten wäre er im Boden versunken oder hätte sich in Luft aufgelöst wie ein Geist, stattdessen konnte er nichts anderes tun, als wie gelähmt auf diesen funkelnden Verlobungsring zu starren, der das Zehnfache von seinem armseligen Ring gekostet haben musste.

Du bist ein jämmerliches Würstchen, sagte er sich. Wie hast du dir bloß einbilden können …

»Du wirkst bestürzt.«

»Das bin ich auch.«

»Freust du dich nicht für mich?«

»Freuen? Äh … na klar. Ich hatte nur nicht damit gerechnet.«

»Ich auch nicht, das kannst du mir glauben. Aber wenn dich das jetzt schon geschockt hat, dann wirst du gleich erst recht geschockt sein, wenn du gehört hast, was ich dir noch zu sagen habe.«

»Du bist schwanger?«, kam ihr Montecristo zuvor.

»Ach, erzähl doch keinen Blödsinn, *nein*! Erheb dein Glas …«

»Angela …«

»Los, erheb dein Glas.«

Im Bann ihrer blauen Augen gehorchte Montecristo wie ein kleines Kind.

»Was weißt du über Hochzeiten?«, fragte Angela.

»Genug, um einen großen Bogen darum zu machen.«

»Idiot … Du weißt bestimmt, dass es da Brautjungfern, Trauzeugen und so was gibt, oder?«

»Ich mag wie ein tumber Barbar wirken, und oft bin ich das auch, aber ich bin immer noch ein menschliches Wesen, das in einer sozialen Gemeinschaft lebt. Also ja, ich weiß, was eine Hochzeit ist, Angie.«

»Bestens. Denn ich habe dich zu meinem Trauzeugen erwählt.«

Montecristo verschluckte sich am Prosecco. »Entschuldigung … Was hast du gesagt?«

»Ich habe dich zu meinem Trauzeugen erwählt!«

Montecristo nickte und versuchte, die Lippen so zu verziehen, dass es den Anschein eines Lächelns erweckte. Ein eher kompliziertes Unterfangen, schließlich hatte er sich hier mit ihr verabredet, um ihr einen Antrag zu machen, und hatte jetzt nur noch den einen Wunsch, sich von der Terrasse auf die Klippen in der Bucht von Calamosca hinabzustürzen und so seinem Leben ein Ende zu setzen, in der Hoffnung, dass die Möwen seine Überreste fressen und von seiner Existenz auf diesem Planeten keine Spuren übrig bleiben würden.

»Was meinst du? Bist du dabei?«

Montecristo schüttelte ungläubig den Kopf, dann stand er auf und umarmte sie gerührt.

»Na klar bin ich dabei! Ich danke dir von Herzen, dass du an mich gedacht hast, Angie«, flüsterte er ihr ins Ohr und küsste sie auf die Stirn. »Es wird mir eine Ehre sein, an diesem Tag an deiner Seite zu sein.«

»Du bist doch mein bester Freund. Natürlich habe ich da an dich gedacht!«

»Na klar. Und ich bin wirklich geschmeichelt.«

Sie stießen erneut an, und als Montecristo den Wein hinunterstürzte, spürte er, wie er ihm die Kehle hinabbrannte wie Galle.

Nachdem sie ausgetrunken hatte, winkte Angela einem Kellner, dann wandte sie sich an Montecristo. »Und du?«

»Ich was?«

»Was wolltest du mir sagen?«

Er zuckte mit den Achseln und schüttelte den Kopf. »Ach nichts. Es war nur etwas zum Fall, aber jetzt, nach dieser großartigen Nachricht, habe ich keine Lust mehr, darüber zu reden. Konzentrieren wir uns auf die schönen Dinge.«

»Du hast recht. Apropos: Ich kann es gar nicht erwarten, dir das Kleid zu zeigen, das ich mir ausgesucht habe!«, sagte Dimase aufgekratzt und drückte seine Hand.

Als der Kellner geflissentlich an ihren Tisch kam, orderte Angela noch einen Prosecco. Montecristo dagegen, der wusste, was für ein schlimmer Abend vor ihm lag, nahm einen Whisky. Doppelt. Und pur. Ohne Eis. »Den stärksten, den ihr habt.«

Der Kellner blickte ihm in die traurigen Augen, ehe er die Bestellung in sein Tablet tippte, und begriff sofort, dass Montecristo keinen Drink brauchte, sondern einen Seelentröster. Wieder im Lokal gab er die Bestellung an den Barmann weiter mit der Bitte, bei diesem doppelten Whisky ruhig etwas großzügiger zu sein. Der Barmann nickte und ließ die funkelnde Flüssigkeit länger ins Glas laufen als nötig, wofür Montecristo ihm mehr als dankbar war.

66

An diesem Tag hatte er ihr *Das Geheimnis des gelben Zimmers* von Gaston Leroux mitgebracht, das gerade in einer neuen, eleganten Ausgabe erschienen war. Das war nicht nur ein vielleicht unübertroffener Kriminalroman, sondern auch eines von Nunzias Lieblingsbüchern, von dem sie früher einmal Ausgaben in allen Sprachen gesammelt hatte.

Montecristo sah ihr dabei zu, wie sie das Buch mit fragendem Blick in den Händen wendete. »Ist das ein guter Autor?«, fragte sie ihn dann.

»Na, das kann man wohl sagen.«

»Sie sind der erste Arzt, den ich kenne, der so ein begeisterter Krimileser ist.«

»Sagen wir mal so, eigentlich bin ich ja gar kein Arzt. Andererseits, doch: Tatsächlich heile ich mit Büchern.«

»Dann heilen Sie mich bitte.«

Du hast ja keine Ahnung, wie gern ich das tun würde, meine Liebe, dachte Montecristo.

»Für einen Arzt sind Sie ziemlich blass. Und Sie haben gerötete Augen. Arbeiten Sie zu viel?«

Montecristo schüttelte den Kopf. Er litt immer noch an den Nachwirkungen des Katers infolge der Verkündigung von Angela Dimases bevorstehender Hochzeit: Er hatte mit dem Trinken gemeinsam mit ihr auf der Terrasse über Calamosca begonnen, aber nachdem die zukünftige Braut gegangen war, hatte er weitergetrunken, bis das Lokal schloss. Es hatte jedoch alles nichts genutzt:

Nach dem Aufwachen fühlte er sich noch miserabler als vorher.

»Nein. Es ist nur eine schwierige Zeit. Aber du hast uns, auch wenn dir das nicht bewusst ist, sehr dabei geholfen, einen Fall zu lösen.«

»Einen Fall? Aber ich verstehe doch gar nichts von Medizin. Wie kann ich Ihnen da geholfen haben, Dottore?«

»Das zu erklären ist etwas kompliziert … Wie geht es dir eigentlich?«

»Alt werden ist scheiße.«

Montecristo runzelte die Stirn und musste grinsen. »Das ist so sicher wie das Amen in der Kirche.«

»Außerdem weiß ich nicht, was diese zwei da von mir wollen.«

»Wer?«

Die alte Frau deutete auf etwas Unbestimmtes in der Zimmerecke. Vorsichtshalber sah Montecristo hin, aber wie immer war dort nichts.

»Ich habe keine Brille auf, Nunzia. Sag mir, was du siehst.«

»Zwei Megären. Ganz in Schwarz gekleidet. Sie flüstern, dass sie wegen mir gekommen sind … diese Schlampen.«

Montecristo sprang plötzlich auf, schrie theatralisch die nackte Wand an und wedelte dazu mit den Armen: »Hinfort von hier! Haut ab, ihr verfluchten Hexen. Lasst sie in Ruhe, ich will euch hier nicht mehr sehen!«

Nunzia war etwas erschrocken über diese ebenso unerwartete wie heftige Reaktion.

»Siehst du sie noch, meine Liebe?«, fragte er.

Die Präsidentin kniff die Augen zu schmalen Schlitzen zusammen, um besser sehen zu können, dann jubelte sie: »Nein! Sie sind fort!«

»Na dann. Gut so.«

Da er wusste, dass Musik eine entspannende Wirkung auf ihre von der Krankheit angegriffene Psyche hatte, schaltete Montecristo das Transistorradio ein, in dem gerade »Alone Together« lief.

Nie hat ein Song besser gepasst, sagte er sich und überließ sich den melancholischen Seufzern von Chet Bakers Trompete.

Nunzia reichte ihm einen Zettel, auf den sie etwas geschrieben hatte. Montecristo setzte sich neben sie aufs Bett und las den Namen seines Schülers, Lorenzo, den sich die alte Frau mit unsicherer Handschrift notiert hatte.

»Wer ist das?«, fragte sie.

»Das ist ein Junge, der seine Eltern verloren hat.«

»Armes Kind … Wie geht es ihm?«

Montecristo dachte an seine letzte Begegnung mit dem Jungen nach Scalabrinis Verhaftung: Lorenzo stand nun nicht mehr unter Polizeischutz und war in die Obhut eines Onkels gegeben worden; als er seinem ehemaligen Schüler mitgeteilt hatte, dass der Mörder seiner Mutter gefasst worden war, war dieser in ein befreiendes Weinen ausgebrochen.

»Jetzt besser. Aber er hat eine schwierige Zeit vor sich. Es gibt da einiges, was er herausfinden wird, wenn er älter ist, und das wird sehr schwer zu …«

»Ich bin sicher, dass Sie ihm helfen werden. Nicht wahr, Dottore?«

»Aber sicher, meine Liebe.«

Die Präsidentin musterte sein Gesicht, und Montecristo hatte das Gefühl, dass sich der Nebel der Demenz in ihrem Kopf gelichtet hatte. Sie hob eine Hand und strich ihm zärtlich übers Gesicht, wie um seine Züge nachzuzeichnen. »Wissen Sie, dass Sie meinem Sohn sehr ähnlich sehen, Dottore?«

Montecristo nickte. »Aber ich bin dein Sohn, Mamma«, antwortete er leise mit schmerzerfüllter Stimme.

Sie hob überrascht eine Augenbraue und starrte ihn weiter an. »Nein, du bist nicht mein Sohn. Du ähnelst ihm sehr, das stimmt, aber du bist nicht er. Mein Sohn ist leider gestorben. Warum hast du so etwas Gemeines gesagt?«

»Weil es die Wahrheit ist«, erwiderte Montecristo, während ihm Tränen über die Wangen liefen. »Du erinnerst dich nicht mehr daran, aber ich bin Marzio, dein Sohn.«

Ein paar Sekunden lang musterte sie ihn verwirrt, dann gab sie ihm einen heftigen Klaps auf den Oberschenkel: »Hören Sie schon auf damit, sich über eine alte Frau lustig zu machen! Das ist grausam.«

Montecristo wischte sich das Gesicht mit dem Handrücken ab und bat sie um Verzeihung. Erst als sie begonnen hatte, ihn nicht mehr zu erkennen, hatte er sich entschieden, sie in diese Einrichtung zu bringen. Er hatte das Familienhaus verkaufen müssen, um sich bei seinem mageren Einkommen die Kosten für diese hervorragende Seniorenresidenz leisten zu können. Trotzdem fraßen ihn die Schuldgefühle jeden Tag auf, weil er sie hier untergebracht hatte, es fühlte sich an, als hätte er sie verlassen.

»Ja, verzeih mir, Nunzia«, entschuldigte er sich erneut mit bebender Stimme und schlüpfte wieder in die Rolle, die er inzwischen seit vielen, zu vielen Monaten spielte. »Das war ein geschmackloser Scherz. Es kommt nicht wieder vor.«

»Aber jetzt gehen Sie noch nicht, ja? Leisten Sie mir noch ein wenig Gesellschaft, Dottore. Zumindest bis zum Ende dieses Liedes.«

»In Ordnung«, sagte der Sohn und legte einen Arm um ihre schmalen Schultern. Dann sagte er ganz leise: »Mamma.«

KAMPA VERLAG

Piergiorgio Pulixi
Die Insel der Seelen

Sardiniens dunkle Seite

Kriminalroman
Aus dem Italienischen von Barbara Engelmann,
Barbara Neeb und Katharina Schmidt

Sardinien – Insel der verlorenen Töchter

Die Kommissarinnen Mara Rais und Eva Croce sind nicht begeistert, als sie in die Abteilung für ungeklärte Verbrechen des Polizeipräsidiums von Cagliari im Süden Sardiniens zwangsversetzt werden. Die eine ist gebürtige Sardin, nicht auf den Mund gefallen und damit schon manches Mal angeeckt. Die andere, eine Mailänder Spezialistin für Ritualmorde, steht privat vor einigen Herausforderungen und wurde suspendiert. Das Büro der neu gegründeten Abteilung Cold Cases: ein staubiger Keller voller alter Akten. An der Seite der beiden Ermittlerinnen: der todkranke Moreno Barrali, seinerseits Ispettore capo der Polizia di Stato. Er will in den wenigen Monaten, die ihm noch bleiben, einen alten Fall lösen: Vor Jahrzehnten wurden zwei Frauen am Tag der Toten in der Nähe von nuraghischen Brunnentempeln brutal ermordet. Ritualmorde, denkt Moreno Barrali. Doch seine Vorgesetzten glauben nicht an seine Theorie. Das Team begibt sich auf die Spur eines uralten Kults – und auf einmal wird der Cold Case brandheiß: Eine zweiundzwanzigjährige Frau ist seit einigen Tagen spurlos verschwunden. Ein drittes Opfer?